Heike Fröhling
Weil ich an uns glaubte

AF178678

TINTE
&
FEDER

Das Buch

Günther ist sechzehn, als er seine Heimat hinter sich lassen muss – und mit ihr seine große Liebe Marianne. Dass Günthers Familie in der DDR unter Beobachtung steht, wissen beide. Sie ahnen jedoch nichts von den Fluchtplänen seiner Eltern. Von heute auf morgen getrennt, versuchen Marianne und Günther verzweifelt, sich in der neuen Situation einzufinden, die verloren geglaubte Liebe hinter sich zu lassen. Aber auch in seinem neuen Leben im Westen kann Günther Marianne nicht vergessen. Wird es ihm gelingen, sie wiederzufinden?

Viele Jahre später erfährt Enkelin Lena, dass ihre totgeglaubte Großmutter noch lebt. Lena möchte Marlies unbedingt kennenlernen. Als Marlies ihr eine Geschichte erzählt, wird Lena bald klar, dass darin mehr Wahrheit steckt, als sie anfangs vermutete. Sie birgt eine Erkenntnis, die ihr eigenes Leben völlig auf den Kopf stellen könnte.

Die Autorin

Heike Fröhling studierte Germanistik und Musikwissenschaften und war jahrelang als Journalistin für Frauenzeitschriften tätig, bevor sie ihrem Wunsch nachging, Schriftstellerin zu werden.

Sie veröffentlicht seit 1999 als Verlagsautorin, seit 2012 auch als Selfpublisherin. Die meiste Zeit des Jahres ist Heike Fröhling unterwegs, um für eines ihrer nächsten Bücher zu recherchieren.

Mehr über die Autorin erfahren Sie auf ihrer Website writerontour.de.

HEIKE FRÖHLING

Weil ich an uns glaubte

Zeit der Schattenfrauen

ROMAN

Deutsche Erstveröffentlichung bei
Tinte & Feder, Amazon Media EU S.à r.l.
38, avenue John F. Kennedy, L-1855 Luxembourg
Mai 2021

Umschlaggestaltung: zero-media.net, München
Umschlagmotiv: © Ildiko Neer/ArcAngel
1. Lektorat: Marketa Görgen
2. Lektorat: Cathérine Fischer
Korrektorat: Manuela Tiller/DRSVS

Gedruckt durch:
Amazon Distribution GmbH, Amazonstraße 1, 04347 Leipzig /
Canon Deutschland Business Services GmbH, Ferdinand-Jühlke-Straße 7,
99095 Erfurt /
CPI books GmbH, Birkstraße 10, 25917 Leck

ISBN: 978-2-49670-603-1

www.tinte-feder.de

Kapitel 1

Lena 2020

Von einer lauten, aufgebrachten Stimme schreckte Lena aus dem Halbschlaf hoch. Fast wäre sie endlich eingeschlafen, aber auch nur fast. Reflexartig setzte sie sich im Bett auf. Ihr Schädel dröhnte. Hätte sie doch nicht so viel von dem Geburtstagssekt getrunken! Sie brauchte eine Weile, um sich zu orientieren. Sie befand sich nicht zu Hause in ihrer Zweizimmerwohnung, sondern in ihrem ehemaligen Kinderzimmer bei ihrer Mutter. Die Luft war vom vergangenen Sommertag heiß und stickig. Kein Licht schien durch die Rollladenritzen, draußen war es vollständig dunkel. Nur durch den Schlitz unter der Zimmertür drang ein Schimmern herein, das Schreibtisch, Stuhl, Regal und Kleiderschrank wie viereckige, dunkle Schemen erscheinen ließ. Nie hatte sie sich wirklich in diesem spartanisch eingerichteten Raum wohlgefühlt, aber auch nie das Bedürfnis verspürt, ein paar Blumen aufzustellen oder Bilder und Poster an die Wand zu hängen.

»Marlies? Wie kann sie es wagen?«, hörte sie ihre Mutter unten rufen. Sie klang völlig außer sich. »Jetzt taucht sie auf! Jetzt!«

Lena tippte zweimal auf ihre Armbanduhr, um die Displaybeleuchtung zu aktivieren. Halb zwei. Sie war erst seit einer Stunde im Bett.

Kurz war alles still, dann waren Schritte aus dem Wohnzimmer zu hören. Wie ein panisches, gefangenes Tier lief Lenas Mutter Susanne auf und ab. Anscheinend telefonierte sie.

»Morgen ist Sonntag. Da habe ich Zeit, mich darum zu kümmern. Dass sie mir damit meinen Geburtstag verderben muss! Typisch Marlies. So ist sie schon immer gewesen, ich weiß es aus Peters Erzählungen. Sie kann gar nicht anders, als alles kaputtzumachen. Dabei waren der Tag und auch der Abend einmal wirklich harmonisch. Ich habe mit Lena in den Geburtstag reingefeiert. Wir haben die alten Videokassetten von früher geguckt, Sekt getrunken. Keine einzige Diskussion, kein Streit. Was natürlich auch daran lag, dass ich mir den Mund verboten habe und zu all den Flausen in ihrem Kopf mal nichts gesagt habe. Aber statt es so weitergeht – wäre ja zu schön, um wahr zu sein. Gerade jetzt taucht Marlies auf. Was soll das denn nach all den Jahren? Wer, meint sie, interessiert sich für sie? Sie hat nie in unser Leben gehört und wird es auch niemals.«

Lena konnte nicht glauben, was sie da hörte. Leise stand sie auf, tastete sich am Schrank entlang zur Tür und öffnete sie. Kühle wehte durch den Flur, der Windzug fühlte sich auf ihrer verschwitzten Stirn angenehm an. Barfuß ging sie weiter zur Treppe und verharrte dort. Fest umklammerte sie das Geländer, um bei dem einsetzenden Schwindel nicht zu stürzen. Langsam, Stufe für Stufe, bewegte sie sich treppab ins Wohnzimmer.

Marlies? Von welcher Marlies sprach ihre Mutter? Lena kannte nur eine mit dem Namen: ihre Oma, aber die war schon lange vor ihrer Geburt gestorben. Der Name Marlies war selten, trotzdem musste es sich um eine andere handeln.

»Hallo«, sagte Lena, doch gleichzeitig begann ihre Mutter wieder, so laut und aufgebracht zu reden, dass Lenas heiserer

Gruß übertönt wurde. Lena war übel und schwindelig vom Alkohol und sie setzte sich auf die unterste Treppenstufe. Kurz überlegte sie, ob sie überhaupt wach war oder träumte, so unlogisch war das, was sie hörte.

»Wehe, sie versucht, zu Lena Kontakt aufzunehmen. Glaub mir, dann kann sie was erleben. Das lasse ich nicht zu. Ich habe es ihr schon letzte Woche gesagt, da hat sie erst einmal unverfänglich angerufen, wollte Lenas Telefonnummer haben, um mit diesem unsäglichen Mann bei meiner Tochter aufzukreuzen. Stell dir das mal vor. So eine Unverfrorenheit! Ich habe sie natürlich abgewürgt. Wir sind unser Leben lang bestens ohne sie zurechtgekommen, dann soll sie uns jetzt auch in Ruhe lassen.« Eine kurze Stille trat ein. »Dass sie plötzlich so hartnäckig ist. Ich verstehe es nicht. Warum bleibt sie nicht einfach in ihrer Versenkung?«

Lena richtete sich auf. Es war kalt geworden. Durch die geöffnete Balkontür drang kühle, feuchte Nachtluft herein, wehte mit einem leisen Pfeifen durch den Flur. Das abendliche Gewitter hatte von der Hitze des Tages nichts übrig gelassen. Sie brauchte eine Weile, bis der erneut einsetzende Schwindel nachließ. Zum Glück war sie nach der Geburtstagsfeier nicht mehr Auto gefahren. Susanne lief im Raum auf und ab, schlug im Vorbeigehen auf die Sessellehne und war so in Gedanken, dass sie noch immer keine Notiz von ihrer Tochter nahm.

»Mit wem telefonierst du?«, fragte Lena.

Susanne zuckte zusammen. »Ich muss auflegen«, sagte sie, drückte das Gespräch weg und legte das Mobilteil auf die Ladestation. »Das war nur Jule. Sie wollte mir gratulieren.«

»Jetzt, um halb zwei?«

»Sie weiß, dass ich in letzter Zeit so schlecht schlafe. Und sie wird von gegenüber Licht gesehen haben.«

»Ihr habt über Oma gesprochen?« Lenas Gedanken flossen durch den Alkohol langsamer. Es fiel ihr schwer, die Worte zu formulieren. Ihre Zunge war wie am Gaumen festgeklebt, fühlte sich trocken und pelzig an. Sie ging in die Küche und trank Wasser aus dem Hahn.

Dann kehrte sie ins Wohnzimmer zurück. »Ihr habt über Oma gesprochen?«, fragte sie noch einmal.

»Natürlich nicht. Oma ist tot, das weißt du doch, Dummchen.«

Lena versuchte, sich daran zu erinnern, was genau sie gehört hatte. Das Gespräch ihrer Mutter mit deren bester Freundin war eindeutig gewesen, jedenfalls Lenas Erinnerung nach. Susanne wich Lenas Blick aus, begann, das schmutzige Geschirr vom Tisch abzuräumen, die leeren Chipstüten zusammenzuknüllen und in den Mülleimer zu stopfen.

»Du lügst doch!« Lena schüttelte den Kopf. »Warum? Was ist hier los?«

»Du musst etwas verwechselt haben. Oder geträumt. Soll ich Jule noch mal für dich anrufen?« Sie nickte in Richtung Terrassentür, zur gegenüberliegenden Häuserreihe, wo Jule wohnte. »Willst du selbst mit ihr sprechen? Das ist völlig lächerlich, was du mir unterstellst. Du bildest dir da was ein.«

»Oma lebt? Ist das wirklich möglich?« Mühsam versuchte Lena, ihre Gedanken zu sortieren.

»Wenn du dir mal eine Flause in den Kopf gesetzt hast, bist du so stur! Wie ein Kind. Ich habe es dir doch gesagt: Du hast da was missverstanden.«

Ich habe es ihr schon letzte Woche gesagt, da hat sie erst einmal unverfänglich angerufen, wollte Lenas Telefonnummer haben, klang es in Lena nach. Das waren die Worte ihrer Mutter gewesen, sie war sich ganz sicher. Ja, ihr Schädel hämmerte vom Alkohol und ihre Gedanken flossen zäh, aber trotzdem wusste sie doch, was sie gehört hatte!

Bevor Susanne eingreifen konnte, nahm Lena das Mobilteil ihrer Mutter und ihr Handy, drückte auf die Anrufliste und fotografierte mit ihrem Handy das Display ab. Es würde nicht lange dauern, um herauszufinden, mit wem genau Susanne in den letzten Tagen telefoniert hatte. Zum ersten Mal war Lena erleichtert, dass Susanne das Handy, das Lena ihr vor zwei Jahren zu Weihnachten geschenkt hatte, nicht nutzte, sondern nur für Notfälle im Auto lagerte. So konnte sie sicher sein, dass das Gespräch, um das es in dem Telefonat gegangen war, von genau diesem Festnetzanschluss aus geführt worden war.

»Lena, hör zu«, begann Susanne. »Das kannst du nicht machen. Lösch die Fotos. Ich habe auch ein Recht auf Privatsphäre, nicht nur du! Es geht dich nichts an, mit wem ich telefoniert habe. Wir sind hier nicht bei der Stasi.« Sie versuchte, Lena beide Telefone aus der Hand zu nehmen. »Ich kann dir das alles erklären.«

»Da bin ich aber gespannt.« Lena gab ihr das Mobilteil zurück, schob ihre Mutter dann vehement beiseite. Sie setzte sich an den Esstisch und verschränkte die Arme.

Susanne sank auf der Couch in sich zusammen. Mit einem Mal wirkte sie viel älter als fünfzig, eher wie eine Siebzigjährige. Es war, als wäre sie innerhalb von Sekunden um Jahrzehnte gealtert. »Ich will dich nicht anlügen.«

Lena wartete darauf, dass Susanne weitersprach, doch die schwieg und massierte sich die Schläfen. Dann verbarg sie ihr Gesicht hinter den Händen.

»Oma lebt«, sagte Lena.

»Ja.«

Stille trat ein. Lena stützte die Ellbogen auf den Tisch und die Stirn auf den Händen ab. Sie schloss die Augen und zwang sich, die Zahnreihen voneinander zu lösen, die sie vor Anspannung so fest aufeinandergebissen hatte, dass ihr schon der Kiefer schmerzte.

»Wie ist das möglich?« Vergeblich versuchte Lena, sich zu vergegenwärtigen, was das bedeutete.

Ihre Oma lebte.

Lena hatte sie nie kennengelernt. Was sollte das alles?

»Dann ist Opa also nicht deswegen allein geblieben«, überlegte Lena laut, »ohne Frau, weil er keine Beziehung mehr wollte. Er hätte gar nicht neu heiraten können, weil Marlies noch lebt?«

»Er hat sich längst scheiden lassen von dieser …«

»Was hat sie getan? Wie könnt ihr nur so eine krasse Lüge in die Welt setzen? Ich habe eine Oma! Und wusste es nicht mal – bis heute!«

»Es ist viel passiert. Nichts, was ein Kind erfahren sollte.«

»Ich bin kein Kind mehr. Ich bin neunundzwanzig. Wenn du es mir nicht sagst, finde ich es auch ohne dich raus.« Lena schüttelte den Kopf. Es war nicht mehr von Bedeutung, wie Susanne versuchen würde, sich herauszureden, welche Entschuldigungen oder Erklärungen sie vorbringen würde. Lena würde keine Ruhe geben, bevor sie sich nicht ihr eigenes Bild gemacht hätte, das schwor sie sich.

Dabei hatte dieser Tag so gut begonnen. Zum ersten Mal seit Jahren war es zwischen ihr und ihrer Mutter nicht zu Verstimmungen gekommen. Susanne schien so glücklich über die anstehende Verlobung zwischen Lena und Max zu sein, dass sie einmal nicht wegen Lenas Berufswahl gestichelt, einmal nicht – wie sonst bei jeder Gelegenheit – gemeint hatte, Lena solle endlich erwachsen werden und sich einen richtigen Beruf suchen oder das Abi nachmachen, um wie ihre Mutter einen krisensicheren Job im Schuldienst anzunehmen.

Lena nahm die Fleecedecke von der Stuhllehne hinter sich und wickelte sie um ihren Körper. Ihr war kalt. Die nackten Füße stellte sie auf den Deckenzipfel.

»Also«, sagte Lena. »Sag mir die Wahrheit.«

»Es ist spät. Vertagen wir es auf morgen. Mein Kopf dröhnt. Den Sekt habe ich wirklich nicht vertragen.«

»Susanne!«

Susanne zog auf der Couch die Beine an den Körper und schlang die Arme um die Knie. »Es ist nicht so einfach. Für uns alle nicht.«

Lena wartete, bis ihre Mutter weitersprach. Es war, als würde die Stille zwischen ihnen flirren.

»Im Grunde kenne ich sie gar nicht«, begann Susanne, »diese Frau, die mich geboren hat. Sie war krank im Kopf. Es war etwas Psychisches. Nach der Geburt ist sie nur ein paar Wochen zu Hause gewesen mit mir, wobei sich schon da dein Opa Peter mehr um mich gekümmert hat als sie. Schnell wurde klar, dass sie überfordert war. Peter war verzweifelt, konnte nicht endlos zu Hause bleiben, irgendjemand musste ja Geld verdienen. So ging er wieder arbeiten. Weil Marlies es nicht geschafft hat, sich um mich zu kümmern, hat Peter mich zu seinen Eltern gegeben, damit erst mal sichergestellt war, dass ich nicht stundenlang hungrig und mit nassen Windeln in meinem Bettchen liege, bis er von der Arbeit kommt. Marlies ist in … eine Klinik gekommen.«

»Was für eine Klinik?«

»Eine Klapse. Eine Anstalt eben.«

»Susanne!«

»Du wolltest es wissen, also sage ich es dir. Ich habe dich gewarnt. Es ist nichts, mit dem sich ein Kind beschäftigen sollte. Und auch jetzt solltest du die Angelegenheit abhaken. Marlies war verrückt. Völlig außer Kontrolle. So jemand ändert sich nicht.« Susanne kaute auf ihrer Unterlippe, knetete ihre Finger. »Ich habe sie mal besucht, da war ich sieben oder acht Jahre alt. Also in der Klinik. Sie war wie ein Zombie! Hat mich gar nicht erkannt. Wusste nicht einmal mehr, dass sie eine Tochter hat. Unzählige Male hat sie mich nach meinem Namen gefragt, wollte wissen, wer ich bin, und hatte es ein paar Minuten später dann doch wieder vergessen. Es war grauenhaft. Fast noch

11

schlimmer waren die Zustände in der Klinik. Wie es gestunken hat! Nach Kot und Urin und Desinfektionsmitteln. Ihr Körper war aufgeschwemmt, wohl von den Medikamenten.

Mit vierzehn habe ich sie noch einmal besucht. Es war wie beim ersten Treffen. Sie hat nicht begriffen, dass ich ihre Tochter war. Du kannst dir gar nicht vorstellen, wie es ist, wenn man der eigenen Mutter gegenübersitzt, die völlig weggetreten ist. Tagelang habe ich nach dem Besuch geheult wie ein Schlosshund. Peter musste mir für die Schule eine Entschuldigung schreiben, weil ich völlig fertig war.«

Lena suchte das Gesicht ihrer Mutter nach einem Zeichen ab, dass sie log, aber diesmal schien sie die Wahrheit zu sagen. Trotzdem ergab es keinen Sinn. »Wenn Marlies hier anruft«, sagte Lena, »und nach mir fragt, dann begreift sie anscheinend sehr gut, dass sie eine Enkelin hat. Das klingt für mich jetzt nicht völlig verwirrt.«

»Das muss alles an diesem Mann liegen. Ein alter Schulkamerad von Marlies, soweit ich weiß. Kurz nach der Wende ist er aufgetaucht aus dem Westen, hat Himmel und Hölle in Bewegung gesetzt, damit Marlies entlassen wird, und sie mitgenommen. Sogar die Gerichte hat er eingeschaltet! Typisch! Taucht mit seinem großen, protzigen Benz auf, markiert den Boss, hat von nichts eine Ahnung, weiß aber gleich alles besser – der Retter der Welt. Jetzt wird er sie angestachelt haben, den Kontakt zu dir zu suchen. Wer weiß, was das wieder bezwecken soll.«

»Du solltest dich mal reden hören.« Lena stand auf. »Ich gehe ins Bett. Das ist doch völliger Blödsinn, was du erzählst. Jetzt kommst du auch noch mit irgendwelchen Verschwörungstheorien.« Sie würde bis zum nächsten Tag warten, bis sie wieder klar denken könnte, und versuchen, Licht ins Dunkel zu bringen. Zum Glück war es Sonntag und sie konnte bis zum Mittag ausschlafen.

KAPITEL 2

LENA

Schon am Sonntagmorgen war es Lena gelungen, alle Nummern auf Susannes Telefonliste zuzuordnen – alle bis auf eine, die weiterhin ein Geheimnis blieb. Über zwanzigmal hatte sie dort bereits angerufen, aber nie hatte jemand abgenommen. Auch war keine Mailbox eingerichtet, nach einigen Klingeltönen erklang regelmäßig das Besetztzeichen.

Als Lena dann am Montagmorgen direkt nach dem Aufwachen als Erstes wieder die Wahlwiederholungstaste drückte, meldete sich endlich jemand am anderen Ende der Leitung. Lena fragte, ob sie richtig verbunden sei – es war tatsächlich Marlies! »Hallo. Ich bin es, Lena.« Lena ärgerte sich über den unbeholfenen Gesprächseinstieg. Ihr Atem beschleunigte sich. Im Hintergrund war ein monotones Rauschen zu hören wie das eines Ventilators.

»Lena!« Marlies' Stimme klang überschwänglich und gleichzeitig brüchig. »Dass du anrufst! Ich habe mit allem gerechnet, aber nicht damit.«

»Du lebst.«

»Sicher tue ich das.«

Ich habe eine Oma. Ich habe eine Oma. Obwohl Lena die Stimme durchs Telefon hörte, war der Gedanke noch immer so abwegig, dass sie es nicht wirklich begreifen konnte. »Ich dachte, du wärst tot. So haben es Susanne und Opa von Anfang an erzählt«, sagte Lena. »Wenn ich das gewusst hätte …«

»Ich habe mir in den letzten Jahren so oft vorgenommen, mich zu melden. Aber den Mut dazu zu finden, nach allem, was …« Marlies sog laut die Luft ein. »Jetzt sprechen wir uns. Das ist die Hauptsache.«

»Ich verstehe das alles nicht. Was geht hier vor sich?«

»Es ist so viel passiert! Ich weiß gar nicht, wo ich anfangen soll.«

»Irgendwo. Es ist egal, wo. Susanne hat mir erst gestern erzählt, dass du kurz nach ihrer Geburt in eine Klinik gekommen bist.«

»Die Klinik.« Marlies schwieg. »Das stimmt.«

Lena schluckte. Sie merkte, dass Marlies nicht darüber sprechen wollte. Nun war sie diejenige, die unruhig von einem Zimmer ins andere lief, vom Schlafzimmer durchs Wohnzimmer in die Küche und wieder zurück – genauso nervös wie ihre Mutter, als es um Marlies gegangen war. Dann setzte Lena sich auf ihr Bett, blickte aus dem Fenster über die roten Dächer der Stadt und versuchte, sich ihre Oma vorzustellen, während sie weiterhin Marlies' Atem und dem gleichmäßigen Surren im Hintergrund lauschte. War sie groß oder klein? Dick oder dünn? Wie war ihr Gesicht? Wie bewegte sie sich? Würde sie, wenn sie sich gegenüberständen, eine Familienähnlichkeit erkennen oder wäre Marlies wie eine völlig Fremde?

»Inzwischen lebe ich in einem kleinen Ort in der Nähe von Darmstadt«, fuhr Marlies fort. »Vor einer Woche bin ich zurückgekehrt in die alte Heimat, habe mir ein Hotelzimmer genommen, um Susanne zu treffen, mit ihr zu reden. Sie hat mir schnell klargemacht, dass sie keinen Kontakt haben möchte, was ich akzeptiere. Auch wenn ich natürlich hoffe, dass sie ihre Meinung ändert. Dann habe ich euch beide zusammen in einer Eisdiele gesehen, Susanne und dich, und ich wusste sofort, dass du ihre Tochter sein musst. Meine Enkelin. Ihr seht euch so ähnlich!«

»Wir uns ähnlich? Na ja, das finde ich nicht unbedingt.« Lena lachte. Ihr Leben lang hatte sie sich bemüht, nicht wie ihre Mutter zu werden, andere Entscheidungen zu treffen, anders auszusehen, sich von ihr in jeder nur möglichen Weise abzugrenzen. Sollte sie selbst einmal Kinder bekommen – das hatte sie sich geschworen –, würde sie ihnen eine wirkliche Mutter sein, Anteil nehmen, anstatt den eigenen Nachwuchs als etwas zu betrachten, das man bestmöglich wegorganisieren muss.

In der Ferne konnte sie aus dem Küchenfenster den Turm des Rathauses sehen. Nun schwiegen sowohl Lena als auch Marlies. Lena versuchte, sich aus dem Wenigen, das Marlies gesagt hatte, ein Bild von ihrer Oma zu machen. Marlies klang nicht verrückt, kein bisschen verwirrt, sondern klar und überlegt. Wenn sie erzählte, dann langsam und deutlich artikuliert, fast wie eine Nachrichtensprecherin, als hätte sie jedes Wort mehrfach abgewogen, bevor sie es aussprach. Lena war überwältigt von der einfachen Tatsache, dass Marlies existierte, dass sie Oma und Enkelin waren. So viele Sätze hatte sich Lena in den letzten Stunden zurechtgelegt, so viele Fragen gab es, die sie stellen wollte. Nun hatte sie all das vergessen.

»Du bist in Templin?«, fragte Lena. »Hier direkt?«

»Im Hotel.«

»Was hältst du davon, wenn wir uns treffen?« Der Vorschlag war gewagt. »Hast du ein Auto oder bist du mit dem Zug gekommen?«

»Ich bin mit dem Wagen hier. Inzwischen habe ich auch den Führerschein gemacht.«

»Es sind nur ungefähr zehn Minuten Fahrtzeit in Richtung Schorfheide bis zum Parkplatz am Gollinsee, der direkt an der Hauptstraße liegt. Wir könnten zusammen ein paar Schritte gehen, uns an den See setzen. Ich kenne eine Stelle, dort trifft man niemanden. Es gibt Baumstämme zum Sitzen. Es ist mein Lieblingsort, den ich noch niemandem gezeigt habe.« Nicht einmal Max wusste von der versteckten Badestelle am See. Es war ihre Zuflucht, ihr Geheimnis. Dorthin konnte sie sich zurückziehen, wenn sie für sich sein wollte. Wenn sie sich dort aufhielt, war es, als würde sie vom Alltag zurücktreten und ihre Sorgen und Zweifel erschienen fern. Sie wunderte sich selbst, dass sie ihrer Großmutter vorschlug, sich dort zu treffen, obwohl sie sie doch noch gar nicht kannte.

»Du meinst den Parkplatz kurz vor der Abbiegung, die links nach Gollin führt und rechts in Richtung Süden nach Klein Dölln? Dort, wo der Forstweg vom Parkplatz geradeaus auf einem breiten Weg eine Bresche in den Wald schlägt, man aber auf dem Pfad nach links zum See gelangen kann? Meinst du diese Badestelle?«

Lena schluckte. »Woher kennst du den Weg?«

»Ich bin ihn früher oft mit dem Rad gefahren. Habe am See meine Hausaufgaben erledigt. Die Stelle war auch mit dem Rad zügig zu erreichen und gleichzeitig bin ich dem Einflussbereich meiner Eltern entkommen.«

»Ich kann dich aber auch am Hotel abholen, wenn du möchtest.«

»Treffen wir uns am Parkplatz.«

Marlies kannte ihren Rückzugsort! Lena beschloss, das als Zeichen zu sehen. Konnte es etwas anderes als eine geheime Verbundenheit sein, von der sie beide nichts gewusst hatten?

»Wann?«, fragte Lena. Sie ging ins Bad und betrachtete sich im Spiegel. Die Augen lagen nach zwei durchwachten Nächten in tiefen, dunklen Höhlen, die Haare waren verschwitzt und strähnig. Bevor sie aufbrach, musste sie unbedingt duschen und die dunklen Augenringe mit Concealer überschminken.

»Heute Nachmittag? Gegen vier?«

»Perfekt!« Obwohl sie am liebsten sofort aufgebrochen wäre und es schwer war, die Neugier zu zügeln, bis sie Marlies endlich gegenüberstehen würde, so brauchte auch Lena Zeit, um sich zu duschen, ein paar Tassen Kaffee zu trinken und etwas zu essen, damit ihr Magen von all dem Koffein nicht rebellierte. Dann hielt Lena inne und schlug sich gegen die Stirn. Sie unterdrückte einen Fluch. Wie konnte sie nur so schusselig sein! »Da fällt mir ein«, sagte sie, »ich habe am Abend um acht noch eine Verabredung mit meinem Freund und seinen Eltern und ich glaube …« Sie schloss kurz die Augen. Tagelang hatte sie über dieses Treffen mit Max nachgedacht, wegen all der Grübeleien darüber sogar oft nicht einschlafen können, und nun hätte sie es fast vergessen. »… er will sich mit mir verloben. Heute. Deswegen habe ich auch um halb eins noch einen Friseurtermin. Wobei …« Ihre Gedanken rasten. Kopfschmerzen stellten sich ein, die schnell an Intensität zunahmen. Doch blieb bis zum Abend nicht genug Zeit? Was, wenn sie sich erst mit ihrer Oma und anschließend mit Max traf? Es musste einfach funktionieren. Die Spannung, Marlies zu treffen, war jetzt schon kaum auszuhalten. »Um vier am Parkplatz. Bleiben wir dabei.«

* * *

Über eine halbe Stunde eher als geplant wartete Lena im Wagen am vereinbarten Treffpunkt. Dank zweier Kopfschmerztabletten war das Hämmern hinter ihrer Stirn verschwunden, auch die Übelkeit vom vielen Kaffee war weg. Doch das Koffein, dessen Wirkung sie noch immer deutlich spürte, steigerte ihre Unruhe und hatte es ihr unmöglich gemacht, eine Minute länger allein in ihrer Wohnung auszuharren.

Alle paar Sekunden sah sie auf die Uhr. Ihr Magen knurrte und gurgelte. Viel hatte sie an diesem Tag nicht gegessen, sich nach dem ausgefallenen Frühstück nur ein Marmeladenbrot zum Mittagessen geschmiert, um pünktlich beim Friseur zu sein. Am Abend würde es genug zu essen geben bei dem Treffen mit Maximilian und seinen Eltern.

Lena trank noch ein paar Schlucke aus der Wasserflasche und öffnete das Autofenster. Hier, auf dem Parkplatz unter dem Blätterdach der Laubbäume, war es angenehm kühl im Vergleich zur Stadt. Sonnenstrahlen ließen die Blätter über ihr in verschiedenen Grüntönen schimmern, Wind wehte in den Innenraum des Wagens, strich über Lenas Stirn, kitzelte am Nacken. Es war, als würde dieser Waldparkplatz das Tor zu einer anderen Welt öffnen. Hier gab es kein Müssen und Sollen, kein Gezerre und keinen Alltag. Wanderer fanden kaum hierher. Wer von diesem Parkplatz aus weiterging, traf stundenlang auf keine Menschenseele. Nur einmal im Jahr kamen erst die Forstarbeiter mit ihren Sägen, und einige Tage darauf, wenn die Baumfällarbeiten erledigt waren, donnerten riesige Holztransporter in den Wald hinein: Zugmaschinen mit zwei Anhängern und einer monströsen Greifkralle in der Mitte, mit denen das abgeschlagene Holz aus dem Forst transportiert wurde. Doch nun, Anfang August, waren die Sägearbeiten abgeschlossen, die riesigen Transportfahrzeuge würden erst später kommen. Nun gehörten der Wald und der See ihr allein.

Sie betrachtete ihre Haare im Rückspiegel, aus denen der Friseur für den Abend eine perfekte Steckfrisur gezaubert hatte. Die zwei dunkelbraunen Strähnen, die sich bereits gelöst hatten und nun im Wind über der Stirn kitzelten, wirkten, als seien sie bewusst herausgezupft worden, um die Frisur aufzulockern. Etwas über vier Stunden blieben ihr noch bis zum Abendessen mit Max. *Was ist so schwer daran, glücklich zu sein?*, fragte sie sich. Sollte sie kurz vor ihrer Verlobung nicht so etwas wie positive Aufregung oder Vorfreude empfinden, wo sie sich doch zeit ihres Lebens nach nichts mehr sehnte als nach einer eigenen, intakten Familie?

Fünf Jahre waren Maximilian und sie heute schon zusammen, fünf Jahre auf den Tag genau. Den Ring, den er vor einer Woche gekauft hatte, ohne ihr davon zu erzählen, hatte er schlecht verborgen. Längst kannte sie sein Geheimnis, wusste sogar von dem Versteck des Schmuckkästchens, das er selbst während des Dienstes im Krankenhaus in seiner rechten Hosentasche trug und das eine sichtbare Ausbeulung hinterließ. Maximilian war nicht nur eine »gute Partie«, wie ihre Mutter und ihr Opa immer wieder betont hatten, als wäre es ein Wunder, dass sich der junge Krankenhausarzt in der Notaufnahme gerade in sie – Lena – verliebt hatte. Er war geistreich, verständnisvoll, zärtlich, unterstützte sie und beklagte sich nie, wenn sie bis tief in die Nacht an ihren Kinderbuchillustrationen arbeitete. Und doch wollte sich dieses Hochgefühl, das sie beim Gedanken an den Ring und das Abendessen mit seinen Eltern eigentlich erwartet hatte, nicht einstellen. Gab es Menschen, die nicht zum Glücklichsein taugten? Gehörte sie zu dieser Sorte von Menschen? Oder war an ihr irgendetwas falsch, dass es ihr schwerfiel, glücklich zu sein mit dem, was sie hatte?

Lena schaute auf die Uhr. Noch fünf Minuten, dann war es vier Uhr. Ob ihre Großmutter wirklich kommen würde? Auch wenn sie sich telefonisch verabredet hatten, erschien es Lena so irreal, dass sie kaum glauben konnte, was sich gerade abspielte.

Sie öffnete die bunte Pappbox auf dem Beifahrersitz. Das Cocktailkleid für den Abend war nicht in eine einfache Einkaufstüte gestopft, sondern die Verkäuferin hatte es vorsichtig mit Seidenpapier dazwischen gefaltet und in den Karton gelegt. Lena strich über den Seidenstoff und die Spitzeneinsätze. Niemals hätte sie sich so etwas Teures gegönnt, aber ihre Mutter hatte ihr das Geld geschenkt mit dem Auftrag: »Wehe, du gibst mir davon auch nur einen Cent zurück.«

Kornblumenblau war das Kleid, so blau, dass es ihre Augen wie das Meer an einem Sonnentag strahlen ließ, obwohl deren Farbe sonst eher unbestimmbar wirkte, irgendwo zwischen Blau, Grau und Grün. Am Rand der Iris, wie ein Ring um die Pupille herum, gab es noch kleine braune Einsprenkelungen, sodass sie im Grunde alle Augenfarben gleichzeitig hatte, alle und keine. Doch wenn sie das kornblumenblaue Kleid trug, gab es nichts Undefinierbares mehr, es war, als würden auch ihre Zweifel und Grübeleien einem einzigen großen Ausrufezeichen weichen.

»Ja, ich will«, flüsterte Lena und kam sich idiotisch vor. *Das sagt man doch nicht, wenn man einen Heiratsantrag bekommt, oder? Gehören diese Worte nicht zu einer Hochzeit?* Sie überlegte, was sie antworten sollte, wenn Max am Abend irgendwann zwischen den verschiedenen Menügängen fragte, ob sie sich mit ihm verloben wolle, ob sie sich ein Leben an seiner Seite vorstellen könne. Sie wollte nichts Abgedroschenes antworten, sondern etwas, das …

Lena hielt inne. Ein roter Polo mit Darmstädter Kennzeichen bog auf den Parkplatz ein und kam direkt neben ihrem Wagen zum Stehen.

Lena klappte den Deckel über das Kleid, dann stieg sie aus. Auch die Fahrertür von Marlies' Wagen wurde mit Schwung geöffnet. Marlies hielt sich beim Aussteigen am Griff über der Fahrertür fest, anschließend klammerte sie sich an die Tür, um sich hochzuziehen. Ihre Stimme hatte am Telefon so jung und unbeschwert geklungen, dass Lena kurz erschrak, wie gebrechlich Marlies doch war, wie schwer es ihr fiel, sich aus der tiefen, sitzenden Position aufzurichten. Einmal hatte ihr Opa erwähnt, dass seine Frau fünf Jahre jünger gewesen sei als er. Demnach wäre Marlies auch bereits achtzig Jahre alt. Ihre Haare waren so weiß, dass sie hellsilbern glänzten, wenn die Sonne darauf schien.

Langsam gingen die beiden Frauen aufeinander zu.

»Hallo«, sagte Lena und wusste nicht, wie sie die Frau, der sie immer näher kam, nennen sollte. Marlies? Oma? »Bist du allein gekommen? Die gesamte Strecke von Darmstadt hierhergefahren?« Lena schätzte, dass das mindestens sechs Stunden Fahrzeit waren, bei den üblichen Staus um Berlin herum konnten es auch acht Stunden oder mehr werden.

»Mein Mann und ich haben abwechselnd am Steuer gesessen, wobei ich nur gefahren bin, wenn die Straße nicht so voll war. Jetzt trifft er sich gerade mit seinen Cousins. Für ihn artet der Besuch in der alten Heimat fast in Stress aus.« Marlies lachte und mit einem Mal war alle Anspannung verschwunden.

»Schön, dass du gekommen bist. Dass wir uns endlich kennenlernen können.« Lena umarmte ihre Großmutter. Nie zuvor war sie einem Menschen begegnet, bei dem sie von der ersten Sekunde an das Gefühl hatte, in den Spiegel zu blicken und sich selbst – oder eine ältere Version von sich selbst – zu erkennen. Es waren nicht nur die gleichen hohen Wangenknochen und die Stupsnase, was auf den ersten Blick sichtbar war – auch die Melancholie in Marlies' Blick erinnerte Lena an sie selbst. Sie hatte Unsicherheit erwartet, Fremdheit – doch es war, als wäre Marlies schon immer Teil ihres Lebens gewesen.

»Ist das nicht verrückt, dass das unsere erste Umarmung überhaupt ist?«, fragte Marlies. Ihr Körper war weich und angenehm warm. Wie ein Kissen, fand Lena. Sie merkte, dass ihr innerhalb weniger Sekunden die Tränen kämen, wenn sie noch weiter in dieser Stimmungslage verharrte. So straffte sie ihren Rücken und ging zur Beifahrertür ihres Wagens, um sie zu öffnen.

»Bitte schön, steig ein«, sagte Lena, »ich helfe dir.« Sie nahm die Schachtel mit dem Kleid und verstaute sie auf dem Rücksitz. »Bis zur Badestelle ist es doch eine ganze Strecke.«

»Du traust mir den Weg nicht zu?« Marlies zwinkerte ihr zu.

Lena merkte, wie sich ihre Ohren und die Wangen heiß anfühlten. Wie sie es hasste zu erröten! »Das wollte ich nicht sagen. Ich wollte nur …«

»Du hast recht. Das wird das Beste sein. Es lohnt nicht, immer mit dem Kopf gegen die Wand zu rennen und sich das Leben schwer zu machen. In meiner Erinnerung ist es ganz nah bis zum See, aber ich schätze, es wäre für uns beide bestimmt eine halbe Stunde Wegzeit. Oder eher eine Stunde, wenn wir in meinem Tempo gehen.«

Marlies ging zur Beifahrertür. Sie atmete schwer beim Einsteigen und ließ sich von Lena stützen.

Mit Schwung rutschte Marlies in den Wagen. Sie griff unter ihre Kniekehlen und hob ihre Beine hinein. Lena rechnete noch einmal nach. Es stimmte: Achtzig Jahre war Marlies alt. Und doch wirkten ihr Gesicht und ihre Stimme so viel jünger.

Lena schloss die Beifahrertür von außen und setzte sich hinter das Steuer. Kurz betrachtete sie sich im Rückspiegel. »Nicht wundern, wie ich heute zurechtgemacht bin. Heute sind mein Freund und ich fünf Jahre zusammen. Hatte ich es dir am Telefon schon erzählt? Wir sind später noch verabredet, deswegen verzichte ich diesmal aufs Schwimmen. Bevor wir wieder zurück in die Stadt fahren, ziehe ich mich kurz um, das Kleid fürs Restaurant liegt auf dem Rücksitz. Aber falls du schwimmen willst – im Kofferraum habe ich immer Handtücher dabei. Ich habe uns zusätzlich einen Gaskocher eingepackt, Kaffee, Tee und Becher, damit wir … meine Güte, ich rede und rede.« Lena biss sich auf die Unterlippe. »Und ich habe dich noch nicht einmal gefragt, wie es dir geht. Das Treffen muss auch für dich aufregend sein. Obwohl es wohl eher verrückt war, dass wir beide nicht wussten, dass es die andere überhaupt gibt …« Sie zwang sich zu schweigen und startete den Motor.

»Es ist einfach wunderschön hier«, sagte Marlies. »Wie schön, das hatte ich ganz vergessen. Obwohl dieser Ort für mich auch immer mit Melancholie verbunden ist.«

Lena merkte, wie die schwermütige Stimmung von Marlies auf sie übergriff. Sie konzentrierte sich auf den Weg. »Ich hätte dich so sehr gebraucht«, sagte sie. »Andere Kinder haben vier Großelternteile. Darum habe ich sie immer beneidet. Dadurch, dass ich meinen Vater nie kennengelernt habe – weil ich ja nur ein ›Zufallsprodukt‹ einer Liebschaft bin –, fällt schon mal ein Großelternpaar weg. Ich hatte nur den einen Opa.« Kurz hielt sie inne, schaute aus dem Augenwinkel auf Marlies, ob sie möglicherweise nicht wollte, dass von Peter gesprochen wurde, doch Marlies blickte weiterhin entspannt aus dem Fenster. »Opa war immer für mich da. Hat sich um mich gekümmert, wenn Susanne arbeiten musste. Er hat mit mir getobt und herumgetollt. Er hat sich vor mich gestellt und die Idioten zurechtgewiesen und zum Schweigen gebracht, die mich in der Grundschule gehänselt haben. Aber Opa war niemand, mit dem ich wirklich reden konnte. So jemand hat mir gefehlt. Er entschied immer gleich, was richtig und was falsch war. Trotzdem war er in all den Jahren für mich mehr wie ein Vater als Susanne eine Mutter, die in erster Linie damit beschäftigt war, mich so wegzuorganisieren, dass ich ihr Leben nicht störte.«

Lena stoppte am Zugang zum See. Es war unglaublich, welche Nähe sie von Anfang an zu dieser Frau empfand, von der sie so wenig wusste und die sie nun zum ersten Mal im Leben sah. Doch es war, als wäre endlich eine Lücke, die konstant geschmerzt hatte, geschlossen worden, als wäre sie ein Stück weit vollständiger. Lena stieg aus und half Marlies aus dem Wagen.

Der würzige, kräftige Geruch nach frisch geschlagenem Holz lag in der Luft. Mit Wald assoziierte Lena generell etwas Düsteres, Geheimnisvolles, doch dieser Wald war anders: Die Bäume standen weit auseinander, Sonnenlicht kam überall bis auf den Boden, auf dem Heidekraut, Himbeeren, Ginster, Blaubeeren und Gräser wuchsen. Sie liebte diesen Wald und genauso viel bedeutete ihr dieser See.

Still blieben beide an der Kühlerhaube stehen, beobachteten, wie sich neben dem Baumstamm im Wasser die Oberfläche kräuselte, wie sanfte Wellen vom Wind ans Ufer gespült wurden.

Marlies setzte sich auf einen umgefallenen, abgestorbenen Baum.

»Ich habe auch eine Picknickdecke ... und den Kaffeekocher ...«, begann Lena, schwieg dann und nahm neben Marlies Platz.

Weiße Schäfchenwolken standen am blauen Himmel. Das Blätterdach hielt die Sonne ab wie ein Schirm. Sie hörten beide auf das gleichmäßig rhythmische Plätschern des Wassers und den Gesang der Vögel.

»Vermisst du deine alte Heimat manchmal?«, fragte Lena.

Marlies blickte über den See. Durch die Reflexionen des Wassers und das Sonnenlicht wirkte ihre Haut so hell, als wäre sie aus Porzellan. »Wenn ich zurückdenke, sehe ich nicht die Seen vor mir, all die Wiesen und Felder, die lichtdurchfluteten Wälder. Das hier ist wie ein Traum. Manchmal kann ich gar nicht glauben, dass all das Wunderbare real existiert, so märchenhaft ist es. Wenn ich mich an früher erinnere, kommt mir als Erstes die Klinik in den Sinn, und ich versuche dann, mich auf das zu konzentrieren, was mich jetzt und heute umgibt. Das hilft. Meistens jedenfalls.

Manchmal träume ich von dieser Gegend. Doch auch in den Träumen sind es nicht die Wälder und Seen, die im Vordergrund stehen. Stattdessen sehe ich all die Wege, die von der Landstraße abzweigen, die oft wie eine Kreuzung aussehen und dann rechts und links im Nichts verlaufen. Einfach enden. Du willst weitergehen, aber da ist nichts, nicht einmal ein Trampelpfad oder eine Reifenspur. Es gibt unzählige solcher Wanderwege hier in der Uckermark. Du siehst Reifenspuren auf Gras oder in den Boden eingegraben, folgst ihnen. Sie führen um Baumgruppen herum, zwischen den Feldern hindurch und dann – Ende.«

Lena dachte nach. »Klar kenne ich auch viele solcher Wege. Aber sie stören mich nicht. Schau dir doch das Wasser, den Himmel, die Bäume und die Enten an – was sind im Gegensatz dazu die Wege, die nicht weitergehen? Dieser Anblick über den See kann es doch mit jedem Foto aus einem Reisemagazin aufnehmen. Jedes geplante und gestellte Instagram-Bild ist nichts hiergegen!«

»In meinem neuen Zuhause – es ist sehr weit außerhalb und nicht direkt in der Stadt – habe ich so etwas nie erlebt. Da führen die Wege weiter, treffen immer auf andere, neue Wege, sie sind miteinander verschlungen und verwoben.« Marlies wirkte mit einem Mal abwesend. Sie stand auf, verharrte starr und blickte über den See. Als Lena den Arm um sie legte, zuckte sie zusammen, als wäre sie aus einem langen Schlaf aufgewacht.

»Das kann man doch nicht verallgemeinern«, sagte Lena.

»Ich meine das ganz konkret. Nicht allgemein.«

Lena schüttelte den Kopf. »Ich baue mal den Kocher auf. Kaffee oder Tee?«

»Kaffee, so stark wie möglich.«

Erleichtert, ihre Hände beschäftigen zu können, etwas zu tun zu haben, kümmerte sich Lena darum, die Gaskartusche anzuschließen und den Kocher trotz des aufkommenden Windes zu entzünden. So verschwand die seltsame Stimmung schnell wieder, die durch Marlies' Bild mit den Wegen entstanden war.

Marlies baute währenddessen aus einem angeschwemmten Brett und dem umgestürzten Baum einen Tisch.

Ein paar Minuten später standen zwei dampfende Kaffeetassen auf dem improvisierten Tisch. Sie nahmen die Tassen, pusteten in ihr Getränk und tranken es in kleinen Schlucken. Nur das Rauschen des Windes in den Blättern, das gleichmäßige Plätschern des Wassers am Ufer, ein Kuckuck und in der Ferne das Gackern von Enten waren zu hören – kein Auto, kein Flugzeug, kein Zeichen, dass sich in der Nähe die Zivilisation befand. Dieser Ort war wie aus Raum und Zeit gefallen, ein greifbar gewordenes Traumbild, das normalerweise so viel Abstand zum Alltag schuf, dass Lena all ihre Probleme vergaß. Doch an diesem Tag waren ihre Schultern verspannt und hochgezogen, sodass es ihr bereits im Nacken zog. Es fiel ihr schwer, Marlies Zeit zu geben und nicht zu drängen, auch wenn ihr die Frage auf den Lippen brannte: Was um Himmels willen war geschehen zwischen Marlies, Susanne und Peter? Wie war es dazu gekommen, dass sich Vater und Tochter entschlossen hatten, die Mutter zur Toten zu erklären, obwohl sie noch lebte?

Lena hob einen dünnen Stock vom Boden auf und drückte Löcher in den Sand, zeichnete ineinander verschlungene Kreise und Vierecke, bis ihr Blick auf zwei Löwenzahnblüten fiel. Sie wuchsen dicht nebeneinander, aber aus unterschiedlichen Pflanzen. Weil sie in der prallen Sonne standen, begannen trotz der Nähe zum See die Blätter bereits zu trocknen. Die Blüten bewegten sich im Wind wie zwei kleine Schaukeln. Lena zog ihr Handy hervor und filmte die Blumen ein paar Sekunden lang. Dann steckte sie schnell das Smartphone wieder beiseite, doch die seltsame Stimmung, die sich während der Betrachtung der Blüten in ihr ausgebreitet hatte, wurde intensiver, anstatt abzuklingen. Das hatte nichts mit Marlies zu tun, sondern kam tief aus ihrem Innern.

»Du wirkst traurig«, sagte Marlies. »Wenn es für dich doch schwierig ist, dich mit mir zu treffen, anstatt erst einmal zu schreiben oder zu telefonieren, wenn du an deine Mutter denkst …«

»Das ist es nicht.« Vorsichtig nahm Lena Marlies' Hand. »Ich bin froh, dass wir uns treffen, nur wir beide. Nächstes Jahr werde ich dreißig, da werde ich mir doch von meiner Mutter nicht vorschreiben lassen, mit wem ich mich verabrede und mit wem nicht. Sollten wir die Zeit, die wir haben, nicht miteinander nutzen?«

»Was bedrückt dich dann?«

Lena überlegte. Eigentlich wollte sie es gar nicht thematisieren, aber wer könnte ihr einen besseren Rat geben als Marlies als Außenstehende? »Würdest du an meiner Stelle heiraten, wenn du schon fünf Jahre mit jemandem zusammen bist und ihn auch von ganzem Herzen magst? Wenn er – ja, das kann ich sagen – der wichtigste Mensch in deinem Leben geworden ist?«, fragte Lena. Ihre Schultern entspannten sich, die Schmerzen im Nacken ließen nach. Die Zweifel, die unaussprechlich schienen, waren nun nicht mehr im Verborgenen. »Was ist Liebe wirklich?«, überlegte sie laut. »Ich warte die ganze Zeit auf irgendein Glück, aber es kommt nicht. So ein Gefühl von Wärme, Zufriedenheit, das muss sich doch einstellen beim Gedanken daran, sein Leben gemeinsam mit dem Geliebten zu verbringen, oder? Ich bin nicht unrealistisch, verlange gar keinen großen, dauerhaften Rausch, aber …« Sie fragte sich, ob irgendetwas mit ihr nicht stimmte, weil sie all die Gefühle, die sich eigentlich logisch betrachtet einstellen müssten, fernblieben. Warum konnte sie nicht einfach vorbehaltlos »Ja« sagen? Anfangs hatte sie gehofft, dass sich die Zufriedenheit und Vorfreude bei der Auswahl des Kleides für das gemeinsame Abendessen mit Max' Eltern oder beim Friseur einstellen würden, wie sich auch die eigene Stimmung hob, wenn man sein Spiegelbild anlächelte.

Inzwischen war sie sich nicht mehr sicher, ob sich jemals etwas an ihren Zweifeln ändern würde.

»Du stellst vielleicht Fragen!« Marlies lachte. »Ich kenne ihn ja gar nicht, deinen …«

»Max. Maximilian heißt er. Er ist Assistenzarzt in Eberswalde. Im Krankenhaus. Er arbeitet in der Notaufnahme.«

Marlies nickte.

Lena betrachtete weiter die beiden Blüten. Sie massierte sich die Stirn, wartete darauf, dass Marlies etwas sagte, doch sie schwieg.

»Es passt natürlich ideal zusammen, schon von unseren Jobs her«, fuhr Lena fort. »Ich bin Erzieherin – eigentlich. Habe aber ein Stipendium bekommen für ein Jahr und arbeite nun als Illustratorin. Ich bin damit nun völlig frei in der Zeiteinteilung, so kann ich meine Arbeit auf den Schichtdienst von Max einstellen. Wenn er viel arbeitet, tue ich es auch. Wenn er freihat, können wir die Tage miteinander verbringen.«

Marlies nickte wieder.

»Jetzt nick doch nicht immer! Sag was.« Lena stand auf, lief am Ufer auf und ab. »Was soll ich denn tun?«

»Du hast gefragt, was Liebe wirklich ist. Du weißt nicht, ob du seinen Antrag annehmen sollst.«

Lena setzte sich wieder und umklammerte ihre Tasse, obwohl längst kein Kaffee mehr darin war.

»Ich erzähle dir eine Geschichte«, sagte Marlies. Sie nahm neben Lena Platz. »Vielleicht hilft sie dir bei deinen Fragen.«

»Ich will doch nur einen Rat. Keine Geschichte.«

»Es ist eine wahre Geschichte.«

Kapitel 3

Marianne 1946

Mit einer selbst gebastelten Schultüte in der Hand betrat das
Mädchen – nennen wir es Marianne – am Tag der Einschulung
zum ersten Mal die Schulklasse. Sie war die Letzte von allen,
die Klassenkameraden hatten sich bereits Plätze gesucht, ihre
Schultaschen an der Seite abgestellt und die Schultüten stolz
neben sich auf die Holzbänke gelegt. Marianne war unsicher,
kannte keins der anderen Kinder. Es war nur noch ein Tisch
hinten links in der Ecke frei und ein einzelner Platz am Fenster
neben einem pummeligen Jungen mit braunen Haaren. Die
gesamten Vormittage einsam und allein auf der hinteren Bank
verbringen, das wollte Marianne nicht, aber lieber auch nicht
neben einem Jungen sitzen. In diesem Alter spielten Jungs
und Mädchen noch getrennt, sie waren weit davon entfernt,
sich ineinander zu verlieben. Die Mädchen spotteten über das
rüpelhafte Verhalten der Jungs, die sich beim Ballspielen balg-
ten und anrempelten. Die Jungs bezeichneten die Mädchen als
»Heulsusen«, lachten, wenn eins von ihnen weinte.

Marianne setzte sich mit der Schultüte in der Hand neben
den Jungen, ohne ihn anzusehen.

»Ich bin Günther«, sagte er und grinste breit. »Alle sagen Günni zu mir.« Dabei sprach er das »Günther« und das »Günni« mit J aus, wie »Jünther« und »Jünni«.

Marianne schaute beiseite, nannte ihren Namen nicht, um vor den anderen Mädchen das Gesicht nicht zu verlieren. Außerdem war sie in die Schule gekommen, um etwas zu lernen, um die Märchenbücher, die sie so liebte, endlich selbst lesen zu können. Doch zu ihrer Enttäuschung wurden zwar Bücher ausgeteilt, aber nicht darin gelesen. Die Lehrerin fragte nach dem Inhalt der Schultüten, was auch uninteressant war, denn bei allen enthielt die Zuckertüte, die ihrem Namen kaum gerecht wurde, das Gleiche: Stifte, andere nützliche Dinge für die Schule und ein Butterbrot.

Dann kam ein Fotograf für ein Klassenfoto, für das sie sich in drei Reihen aufstellen mussten, die Schultüten in der Hand, die Öffnung der Tüten über die linke Schulter gelegt, sodass sie still und steif dort standen wie Soldaten mit ihren Gewehren. Wer barfuß war, sollte sich in die hintere Reihe stellen. Marianne hatte zu große Schuhe von ihrer Mutter an, die zwar bei jedem Schritt an der Ferse schlappten und scheuerten, aber von Politur glänzten. Weil sie außerdem kleiner war als die anderen in der Klasse, durfte sie sich in die vorderste Reihe stellen.

Enttäuscht vom ersten Schultag, weil sie noch immer nicht lesen gelernt hatte – nicht einmal ein einziger Buchstabe war ihnen beigebracht worden –, eilte Marianne nach Hause.

»Bis morgen«, sagte der Junge zum Abschied.

Marianne antwortete nicht, sondern ging ihres Weges.

Zu Hause erzählte sie: »Ich sitze neben einem Jungen. Günther heißt er. Er ist schon sieben. Als Einziger.« Was Marianne nicht sagte, war, dass sie Günni sogar fast ein bisschen mochte, seit sie ihn in der Pause beobachtet hatte. Er balgte sich nicht wie die anderen Jungs um den Ball, ließ sich auch, als er angerempelt wurde, in keine Prügelei verwickeln. Günni machte sein eigenes Ding. Erst war er auf einer Mauer balanciert, dann hatte er aus einem Ast mit einem Messer einen Pfeil geschnitzt. Sie hatte ihn um das Taschenmesser beneidet. So ein tolles Messer hatte sie noch nie gesehen, aber Günni musste aufpassen, nicht damit erwischt zu werden. Niemand hatte darüber gesprochen, aber sie war sich sicher: Es war verboten, ein solches Messer mit in die Schule zu nehmen.

Der Schulhof war von einem scharfen, rostigen Drahtzaun umgeben, weil es für die Kinder zu gefährlich war, in dem Wäldchen auf der anderen Seite des Zaunes zu spielen, da es voller Schutt war, mit einem Bombenkrater in der Mitte. An der Vorderseite der Schule ragten einzelne Mauern von Ruinen wie Skelette in die Höhe. Auch diesen Ort durften sie nicht betreten. Schon einige Kinder und Jugendliche waren dort beim Klettern und Toben schwer verletzt worden, weil sie als Mutprobe auf den noch halb existierenden Treppen von Stockwerk zu Stockwerk geklettert und durch eine morsche Decke oder Treppe eingebrochen waren.

Dann, als es langsam kühler wurde und Marianne zu ihrer Enttäuschung noch immer nicht richtig lesen gelernt hatte, sondern langsam einen Buchstaben nach dem anderen beigebracht bekam, sprach Günni sie in der Pause an. Niemand war in der Nähe.

»Da, hinter dem Schuppen. Da ist ein Loch im Zaun«, sagte Günni und nickte in die Richtung, die er meinte.

Marianne schaute sich so langsam um, als wäre es schon verboten, etwas Derartiges überhaupt anzusehen.

Ja, es stimmte, und das Loch war von ihrem Standpunkt aus auch gut zu erkennen. Wenn sie allerdings nur ein paar Meter weiter zur Seite ging, verdeckte ein Busch die Sicht darauf. Nervös schaute sich Marianne zur Pausenaufsicht um, doch kein Lehrer und keine Lehrerin waren zu sehen.

»Komm«, sagte Günni, nahm ihre Hand und zog sie mit sich.

Marianne wurde es abwechselnd heiß und kalt. Neugier mischte sich mit Angst, Nervosität und so vielen anderen Gefühlen, für die sie keine Worte hatte. Es fühlte sich an wie ein Bienenschwarm, der sie umsummte und mit sich riss in Richtung Zaun. Sie stolperte neben Günni mehr vorwärts, als dass sie ging, aber sie behielt das Gleichgewicht.

»Und?«, fragte Günni, während er sichtbar stolz seine Entdeckung präsentierte.

Vorsichtig fühlte Marianne über den Riss, der sich wie eine kleine Tür aufklappen ließ, aber so schmal und niedrig war, dass nicht einmal ein Hund durchpasste.

»Ich bin doch nicht blöd«, sagte Marianne. Meinte Günni, ihr würde das nicht auffallen? »Das Loch hast du geschnitten. Mit deinem Messer.« Sie fühlte über die Ränder des Lochs: Die Kanten waren spitz, glänzten silbern, obwohl der Zaun bereits rotbraun und krümelig von all dem Rost war. »Was, wenn dich jemand dabei erwischt hätte?«, fragte sie.

»Hat aber niemand.«

»Und wenn?«

»Wenn das Wörtchen wenn nicht wär, wär ich schon längst ein Millionär. Hast du den Film gesehen ›Das Lied ist aus‹? Mit Liane Haid und Willi Forst.«

Marianne schüttelte den Kopf, wusste nicht, wovon er redete.

»Ich habe ihn schon gesehen. Im Kino. Mein Vater ist mit mir dahin. Er ist Journalist«, sagte er mit Stolz in der Stimme.

»Da klettere ich nicht rum. Das tun nur Idioten.«

»Du sollst auch nicht klettern.« Günni schaute sich verstohlen um.

Nun blickte eine Lehrerin in ihre Richtung, woraufhin er begann, Äste vom Busch zu zupfen und so zu tun, als würde er damit wie mit einem Degen spielen. Die Lehrerin wandte sich wieder von ihnen ab.

»Die Pause ist gleich zu Ende«, sagte Günni. »Wir brauchen mehr Zeit. Dann zeige ich dir was, das haut dich vom Hocker.«

»Wir haben gar keinen Hocker.«

»Mann, das sagt man doch nur so. Also, kommst du? Du würdest was verpassen.«

»Und was?«

»Entweder bist du nach der Schule hier oder ich zeige es dir nicht.«

»Vielleicht morgen.«

»Morgen nicht. Heute oder gar nicht«, meinte er lachend und lief zu den anderen Jungs.

Marianne ging zu ihren Klassenkameraden, die gemeinsam mit Zweitklässlern einen großen, in Segmente aufgeteilten Kreis mit stibitzten Kreideresten auf den Asphalt gezeichnet hatten und das »Kriegerklären-Spiel« spielten. Die Mitspieler für das Spiel waren schon festgelegt, so konnte sie nur noch zuschauen und nicht mehr mitmachen. Alle standen mit einer Fußspitze im Kreis, bereit zum Weglaufen.

»England erklärt Italien den Krieg«, rief jemand, woraufhin die Spieler auseinanderstoben, bis der Vertreter Italiens »Stopp« brüllte.

Das Ende der Pause brach das Spiel ab, bevor Italien sich jemanden zum Abschlagen aussuchen konnte.

In den folgenden Stunden konnte sich Marianne nicht konzentrieren, sie gab mehrfach falsche Antworten, was sonst nie geschah. Die Lehrerin wollte sie schon nach Hause schicken, da sie befürchtete, Marianne sei krank.

Eigentlich wollte sie nicht zum Treffpunkt am Zaun gehen. Aber weil die Eltern an diesem Mittwochmittag sowieso nicht zu Hause waren und es außerdem wieder Streit zwischen Vater und Mutter gegeben hatte, wartete sie, bis alle anderen Schüler den Schulhof verlassen hatten. Dann schlenderte sie zur verabredeten Stelle. Zuerst dachte sie erleichtert, Günni wäre schon weg, doch er trat hinter dem Busch hervor. Nun war das Loch im Zaun noch weiter vergrößert, sodass sie problemlos auf die andere Seite des abgesperrten Gebiets kommen konnten.

»Und jetzt?«, fragte Marianne.

»Wirst schon sehen.«

Er nahm ihre Hand und führte sie an den Ruinen vorbei in das Wäldchen, zwischen Bäumen hindurch, am Rand des Bombenkraters entlang bis zu einem kleinen Bach, von dem sie gar nicht wusste, dass er überhaupt existierte. Dann räumte er einige Äste beiseite, die als Tarnung dienten. Was dahinter zum Vorschein kam, raubte ihr den Atem: eine Hütte. Selbst gebaut. Innen gab es einen kleinen Tisch, zwei Stühle, sogar ein Bettvorleger und vier Kissen lagen auf dem Boden. Auf dem Tisch entdeckte sie zwei Karamellbonbons.

»Eins für dich, eins für mich«, sagte er.

»Die Kissen. Der Teppich. Was, wenn es durch das Dach regnet?«

Auch daran hatte Günni gedacht. Er zeigte Marianne, dass sie sich darum nicht sorgen musste: Über das Dach der Hütte hatte er einige Metallplatten und Holzbalken gelegt, die er wohl aus den Ruinen besorgt hatte, wie auch das restliche Material für den Hüttenbau.

Zuerst glaubte sie nicht, dass das Versteck wirklich regendicht wäre, aber ein paar Tage später konnte Günni es ihr beweisen: Kein einziger Tropfen drang in seine Hütte, nur der Vorhang aus altem Wollstoff, den er als Tür benutzte, sog sich bei Regen mit Feuchtigkeit voll, ohne jedoch Nässe ins Innere zu lassen.

In den folgenden Wochen trafen sie sich dort jeden Nachmittag. Sie erledigten an ihrem geheimen Ort zusammen die Hausaufgaben, Marianne übte mit Günther lesen und Günther zeigte ihr, wie man mit dem Messer Figuren aus Holzblöcken schnitzte. Oft saßen sie auch einfach nur schweigend da. Bis eines Nachts der Herbststurm einige Bäume entwurzelte und einer der umstürzenden Stämme mitten auf der Hütte landete. Männer kamen in das Wäldchen. Die umgestürzten Bäume wurden zu Brennholz verarbeitet. Ob sie die Reste der Hütte bemerkten? Das würde Marianne nie erfahren. Das Wäldchen gab es nach dieser Abholzaktion nicht mehr. An dem Ort, an dem die Hütte gestanden hatte, wurde eine neue Wohnsiedlung gebaut.

KAPITEL 4

LENA

Die Wolken zogen sich unvermittelt und plötzlich zu, obwohl kein Wind spürbar war. Nur die Wasseroberfläche des Sees kräuselte sich immer stärker, die Vögel verstummten und die Helligkeit nahm ab, als würde es schon bald Nacht werden und die Dämmerung einsetzen, obwohl es bis zum Abend noch viele Stunden hin war. Besorgt blickte Lena über den See und zum Himmel. Sie schaute zu Marlies, die von alledem nichts zu bemerken schien, sondern mit geschlossenen Augen so entspannt dasaß, als würde sie meditieren.

»Ich glaube, wir müssen einpacken«, sagte Lena. Nun wurde der Wind stärker, zerrte an ihrem mühevoll hochgesteckten Haar. Sie fluchte. Der Friseurbesuch war so teuer gewesen! Hektisch kramte sie die Tassen und den Gaskocher zusammen, löste die Kartusche und verstaute alles in ihrem Kofferraum.

»Aber ich bin noch gar nicht fertig mit der Geschichte«, sagte Marlies und öffnete die Augen.

Als hätte jemand eine Dusche aufgedreht, platschten nun dicke Tropfen auf sie herab, sodass es nur Sekunden brauchte, bis beide Frauen vollständig durchnässt waren. Marlies fiel es schwer, vom Baumstamm ohne Hilfe ins Stehen zu kommen, dann gelang es ihr im dritten Anlauf. Sie keuchte und ging auf Lenas Wagen zu.

»Halt dich hier an mir fest«, sagte Lena, klopfte auf ihre Schulter, griff Marlies unter den Achseln und legte einen Arm um ihren Rücken, um ihr beim Einsteigen zu helfen. Dann rannte sie um den Wagen herum und ließ sich selbst auf den Fahrersitz sinken. Im Rückspiegel betrachtete sie ihre Frisur. Blätter und kleine Aststücke klebten in den Haaren, von der kunstvollen Hochsteckfrisur waren nur noch die Haarnadeln vorhanden, die scheinbar wahllos kreuz und quer über dem Kopf verteilt steckten und keinen Sinn mehr erfüllten. Den Besuch beim Friseur hätte sie sich schenken können. Von der Feuchtigkeit in ihren Haaren und in ihrer Kleidung beschlugen innerhalb von Sekunden die Fenster und auch der Rückspiegel, sodass Lena keine Chance hatte, sich weiter um ihre Haare zu kümmern. Tastend entfernte sie eine Nadel nach der nächsten. Ihre Finger klebten von all dem Festiger, der im Salon verwendet worden war. Lena drehte sich nach hinten, beugte sich über den Rücksitz und schaffte es, einen der Sitze vorzuklappen, sodass sie im Kofferraum an die Handtücher gelangte. Das erste Handtuch reichte sie Marlies, doch das war so schnell durchnässt, dass sie ihrer Oma auch das zweite Handtuch überließ und sich selbst mit der Rolle Küchenkrepp abtrocknete, die sie noch im hinteren Fußraum entdeckte.

Kurz öffnete sie das Fenster an der Fahrerseite einen kleinen Spalt, um den Dunst herausziehen zu lassen, doch der Regen wehte mit solcher Wucht herein, dass sie das Fenster schnell wieder schloss.

»So ein Mist.« Mit dem vom Abtrocknen feuchten Küchenkrepp versuchte sie, die Scheibe von innen klar zu wischen, was misslang. Es half auch nicht, die Lüftung voll aufzudrehen, weder mit kalter noch mit heißer Luft. Es war zu viel

Feuchtigkeit im Innenraum, sodass die Scheiben nicht freizubekommen waren. An ein Losfahren war nicht zu denken.

Noch einmal wischte Lena über den Rückspiegel. Nun sah sie auch, wie verlaufen ihre Wimperntusche war – als hätte sie stundenlang geweint oder wäre kurz vor dem Ertrinken aus dem See gezogen worden.

»Und das gerade heute.« Sie hielt sich die Hand vor die Augen, dann sah sie auf die Uhr. Kurz nach fünf.

Der Himmel klarte genauso schnell wieder auf, wie er sich verfinstert hatte. Nun kurbelte Lena alle Fenster herunter. Die Feuchtigkeit zog ab und auch die Sicht durch die Front- und Rückscheibe wurde klar. Jetzt war das Gackern der Enten zu hören, das Zwitschern der Vögel.

»Am besten fahre ich dich zu deinem Wagen zurück oder direkt ins Hotel, damit du dich umziehen kannst. Wir holen uns hier noch den Tod, so nass, wie wir sind.« Lena startete den Wagen und lenkte auf den Hauptweg.

Marlies lachte. »Nein, lass mich einfach an meinem Wagen raus.«

»Lustig finde ich das nicht«, sagte Lena.

»So ist das Leben. Es zeigt uns, dass wir lebendig sind. Der Regen, der über uns prasselt. Der Wind, der an uns zerrt. Die Kälte und die Wärme, die Sonne und die Wolken – viel schlimmer ist es, wenn wir von all dem abgetrennt sind und nur noch in einer von Menschen geschaffenen, künstlichen Umgebung ausharren, in der das alles nicht mehr existiert.«

Sie waren fast am Parkplatz angelangt. »Du redest von der Klinik?«, fragte Lena.

»Lassen wir das Thema, das würde uns beiden nur die Stimmung verderben. Ich bin so froh, dass wir uns treffen konnten!«

Lena stoppte ihren Wagen neben dem von Marlies. Ihre Oma lehnte sich zu ihr hinüber und sie umarmten sich intensiv zum Abschied.

»Wie lange bist du noch hier in der Gegend? Wann willst du wieder nach Hause fahren?«, fragte Lena.

»In meinem Alter macht man keine Pläne mehr, weil das Leben sie sowieso über den Haufen wirft. Noch habe ich die Abreise nicht geplant. Vielleicht fahren wir in ein paar Tagen, vielleicht bleiben wir einige Wochen.«

»Bis wann bist du denn am Abend zu erreichen? Wann gehst du ins Bett?« Lena fiel auf, wie wenig sie doch von ihrer Großmutter und deren Tagesablauf wusste.

»Du kannst mich immer anrufen. Du störst nie. Ich muss nur daran denken, das Handy an den Strom anzuschließen, damit die Batterie nicht leer wird.«

Es fiel Lena nicht leicht, Marlies aussteigen zu lassen und zu sehen, wie sie abfuhr, obwohl sie mit ihrem Wagen nach dem Verlassen des Parkplatzes auf der Landstraße noch eine Zeit lang hinter dem Wagen ihrer Oma herfuhr. Gern hätte sie Marlies ins Hotel gebracht, dort auch ihren Mann kennengelernt, einige Zeit gemeinsam verbracht. Doch sie wusste, dass es knapp werden würde, wenn sie versuchen wollte, sich selbst wenigstens halbwegs wieder so herzurichten, wie sie vor dem Regenguss ausgesehen hatte.

* * *

Um fünf nach acht kurvte sie zunehmend nervös durch die Straßen der Templiner Innenstadt. Alle Parkplätze waren besetzt, keine freie Lücke war zu finden. Schon viermal war sie unverrichteter Dinge am Restaurant vorbeigefahren. Dabei hatte Max vorher angerufen und noch einmal betont, wie wichtig es sei, dass sie pünktlich wäre, welch großen Wert seine Eltern darauf legten – als ob sie nach all den Jahren nicht wüsste, wie seine Eltern tickten! Kurz entschlossen stellte sie sich an das vordere Ende der Bushaltestelle, mit zwei Reifen auf dem Bürgersteig. Möglicherweise würde sie abgeschleppt werden, doch das musste sie riskieren. Eine andere Möglichkeit gab es nicht.

Von ihrem Parkplatz aus waren es nur ein paar Meter zum Restaurant. Sie überquerte die Straße und kontrollierte in der Spiegelung eines Schaufensters ihr Outfit: Die Haare waren zwar nicht so perfekt wie nach dem Friseurbesuch, aber offen und mit dem Lockenstab bearbeitet wirkte sie in dem kornblumenblauen Kleid elegant und seriös. Nur das Gehen in den hochhackigen Schuhen war ungewohnt, trug sie doch üblicherweise Sneakers oder Turnschuhe. So kam sie in ihren Schuhen nur langsam voran, was den Vorteil hatte, dass sie gar keine Chance hatte zu rennen und außer Atem zu geraten.

Ein Mann in Anzug und Krawatte mit glänzenden Lederschuhen, der gerade aus dem Restaurant herauskam, hielt ihr mit einem Nicken die Tür auf und wartete, bis sie hineingegangen war. Lena bedankte sich. So viel Höflichkeit war sie gar nicht gewöhnt. Normalerweise wurde sie von solchen Männern, die sie innerlich als »Geldsäcke« titulierte, eher mit einem Naserümpfen bedacht.

Schnell verschaffte sie sich einen Überblick. Der Gastraum war an diesem Tag leer, sodass sie Max' Eltern sofort in der hinteren rechten Ecke entdeckte. Sie blieb stehen und schaute sich um. Max war nirgendwo zu sehen.

»Hey, da bist du ja«, sagte er und sie zuckte zusammen. Sie hatte gar nicht gehört, wie er sich seitlich genähert hatte. »Du bist zu spät.«

»Ein paar Minuten, es gab keine Parkplätze.«

»Gerade heute.« Er schüttelte den Kopf, lächelte dann und hakte sich unter. »Komm.«

KAPITEL 5

MARIANNE 1954

»Heute bleibst du hier. Du gehst nicht schon wieder zu dieser Familie Steinhäusler, die dir nur Flausen in den Kopf setzt.« Ihr Vater stellte sich in den Flur vor die Eingangstür und blockierte so mit seinem Körper den Ausgang. »Was sollen die Nachbarn denken? Es gibt schon Gerede wegen dir. Du übertreibst es mit diesem Günther! Nimm dir ein Beispiel an deiner Schwester Ruth. Geh in dein Zimmer und lerne für die Schule.«

»Bitte, Vati, bitte lass mich gehen. Ich habe es doch versprochen.« Sie blickte auf den Boden und zwang sich, nicht zu weinen. Tränen würden alles nur verschlimmern, dann würde er wütend werden und ihr noch eine Backpfeife geben für ihre Sturheit und Unbelehrbarkeit. Ihr Vater konnte Günther nicht leiden. Er hielt ihn für einen verweichlichten Idioten, seine Eltern waren in den Augen von Mariannes Vater »intellektuelle Spinner, die noch sehen würden, wohin sie mit ihrem klugen Gerede kommen«. Marianne wusste nicht, was mit »intellektuell« gemeint war, mit diesem Wort, das ihr Vater schon oft in Verbindung mit Günthers Eltern verwendet hatte. Aber sie traute sich nicht nachzufragen. Es bedeutete auf jeden Fall nichts Gutes. Sie versuchte erst gar nicht, ihre Eltern von deren

Meinung abzubringen, weil sie wusste, dass es aussichtslos war. Nur die Erwähnung der Namen Richard und Ella – so hießen Günthers Eltern – reichte, um ihren Vater zur Weißglut zu bringen. Allein dass sie sich von einem Kind mit Vornamen ansprechen ließen! Das bedeutete nichts anderes, als dass sie darauf aus waren, jegliche Autorität zu untergraben. Es waren »subversive Elemente« – auch da wusste Marianne nur, dass dieser Begriff nichts Gutes bedeuten konnte.

»Ich habe schon den Hof gefegt, wie du es wolltest. Schau. Kein einziger Krümel liegt mehr herum«, versuchte es Marianne noch einmal, obwohl sie damit wissentlich das Risiko einging, ihren Vater zusätzlich zu verärgern und sich einen längeren Hausarrest oder Schläge einzuhandeln. Aber gerade heute wollte sie zu Günther – Ella hatte Kuchen gebacken. »Die neue Lieferung mit den Schrauben habe ich auch schon in die hinteren Regale einsortiert, das sollte ich doch erst morgen machen. Neue Preisschilder habe ich geschrieben, wie du es wolltest, und die Schilder aufgehängt. Und noch zusätzlich hinter der Theke die Schubfächer mit den Schraubenmuttern kontrolliert, abgezählt und auf der Liste aufgeschrieben. Wie ihr es wolltet.«

Ihr Vater schwieg.

»Bitte, Vati! Bitte, bitte. Ich habe mich auch extra angestrengt, meine Arbeit im Laden zu tun.«

»Du bleibst hier. In deinem Zimmer. Keine Diskussion. Und erledigst deine Hausaufgaben.«

»Auch die habe ich schon gemacht. Soll ich dir die Hefte zeigen?«

»Willst du dir eine fangen?« Er hob drohend die Hand.

Marianne wich einen Schritt zurück. »Gut, ich bleibe da.« Sie dachte nach. Es gab nichts, was sie in ihrem Zimmer tun konnte, nicht einmal ein ungelesenes Buch hatte sie noch. Erst in zwei Tagen würde sie in die Bibliothek kommen. »Darf ich denn in Ruths Zimmer gehen und mit ihr spielen?«

»Aber nicht zu laut. Und keine Streiterei.«

Marianne drehte sich um und eilte die Treppe hinauf in das Zimmer ihrer Schwester. Ruth hatte für diese Woche Stubenarrest bekommen, weil die Lehrerin sich über sie beschwert hatte: Ruth hatte gemeint, die Mathematikaufgaben in der Klassenarbeit seien nicht richtig gestellt gewesen, sie hätten anders formuliert sein müssen. Auch wollte Ruth die Benotung ihrer Arbeit nicht akzeptieren, sie meinte, ihr Rechenweg und das Ergebnis seien fehlerfrei, ihre Lösungswege sogar noch besser als die von der Lehrerin vorgegebenen. Daraufhin hatte die Lehrerin die Eltern zu einem Gespräch bestellt, damit diese ihrer aufsässigen Tochter den Kopf zurechtrückten.

Als Marianne in Ruths Zimmer kam, lag die auf ihrem Bett und zuckte zusammen. Schnell ließ Ruth ein Buch unter ihrem Kopfkissen verschwinden.

»Dass du mich so erschrecken musst!« Ruth zog das Mathematikbuch wieder hervor – es war eins aus der zehnten Klasse, obwohl Ruth erst in die vierte Klasse ging. Mariannes Bücher aus der achten Klasse hatte Ruth bereits im vergangenen Jahr durchgearbeitet.

»Spielen wir etwas zusammen?«, fragte Marianne. »Murmeln? Oder Karten?«

»Du willst zu Günther, oder?«

Marianne nickte. Nun konnte sie ihre Tränen nicht mehr zurückhalten, legte sich zu Ruth ins Bett und zog sich das Kissen über den Kopf. Sie hasste es, wenn Ruth die Rolle der Tröstenden übernahm und sie selbst mit vierzehn Jahren wie ein kleines Kind mit den Tränen kämpfte.

»Warum kletterst du nicht durch das Badezimmerfenster raus? Ich mache es hinter dir zu«, sagte Ruth. »Wir verabreden eine Uhrzeit, dann mache ich es für dich auf und du kommst rein.«

»Sie werden es merken.« Marianne ließ das Kopfkissen von ihrem Gesicht gleiten, weil sie kaum noch Luft bekam.

»Um vier kommen die Bewerber für das Geschäft, um sich vorzustellen. Sechzehn Bewerber hat Vati ausgewählt, das hat er mir erzählt. Wenn du nur eine Viertelstunde pro Bewerber rechnest, sind sie unten im Laden bis acht Uhr beschäftigt. Wie ich Vati kenne, wird er viele Fragen stellen, sich die Zeugnisse genau zeigen lassen, sodass es sicher sehr lange dauern wird. Zwischendurch muss er ja auch noch die Kundschaft bedienen, wenn Probleme auftauchen, was wieder Zeit kostet.«

»Was, wenn sie hochkommen, um zu sehen, was wir machen?«

»Wann ist denn nachmittags zuletzt jemand in unser Zimmer gekommen?«

Marianne dachte nach. Nichts von dem, was Ruth sagte, konnte sie widerlegen. Manchmal war es erschreckend, mit Ruth zu sprechen, weil sie in dem, wie sie dachte und plante, nicht sechs Jahre jünger als Marianne wirkte, sondern sechs Jahre älter. Doch es stimmte – heute kamen die Bewerber um die Hilfsstelle im Laden. Ihre Eltern würden beschäftigt sein, solch eine Entscheidung traf ihr Vater nicht allein. Trotzdem – ein Risiko blieb. Auf der anderen Seite ertrug Marianne den Gedanken nicht, den gesamten Nachmittag in ihrem Zimmer zu hocken. Diese Enge! Es störte sie weniger, dass ihr Zimmer nur eine Kammer war, in die nicht einmal ein Kleiderschrank hineinpasste. Es war ihr egal, dass Ruth das deutlich größere und hellere Zimmer besaß – verbrachte sie im Gegensatz zu ihrer Schwester doch sowieso die Nachmittage am liebsten draußen, während Ruth ihr Zimmer nur verließ, wenn es unbedingt nötig war. Die Enge, die sie empfand, kam aus ihr selbst. Mehr war es ein Gefühl, in diesem Haus nicht richtig atmen zu können, anders wusste Marianne es nicht zu beschreiben.

»Also gut, wir machen es so, wie du vorgeschlagen hast. Ich gehe dann. Schließt du gleich das Badezimmerfenster hinter mir? Ich ziehe mich nur noch kurz um.« Marianne blickte an sich herab. Ihr Kniestrumpf hatte ein Loch, wo die Nachbarskatze die Kralle darin verhakt hatte, auch war ein Fleck von der Nudelsoße auf ihrem Rock. Sie würde sich auch die Zöpfe neu flechten. Günther und seine Eltern waren für sie wie ein Zuhause. Wenn sie dort das Haus betrat, war es, als würde sie genau dorthin gehören. Sie musste nichts Bestimmtes sagen, nichts tun, sie musste keine besondere Person sein. Es reichte, dass sie so war, wie sie war.

Sie brauchte eine Viertelstunde, um sich zurechtzumachen, dann krabbelte sie durch das Badezimmerfenster auf das Wellblechdach des Schuppens, sprang von dort auf die Hundehütte, in der schon lange kein Hund mehr lebte, und eilte durch den Garten auf die Straße. Aus dem Eisenwarengeschäft drangen aufgeregte Stimmen. Ruth hatte recht gehabt, ihr Vater war damit beschäftigt, die Kunden zu bedienen und gleichzeitig die Bewerber in Augenschein zu nehmen. Er sprach lauter und schneller als sonst.

Zehn Minuten später ging Marianne am Vordereingang der Villa vorbei, umrundete das Gebäude, um es durch den Hintereingang zu betreten. Ella, Günthers Mutter, lag in der Hängematte, mit Papieren und einem Bleistift in der Hand, auf dem Rasen um sie herum waren weitere Manuskripte verstreut – unzählige Stapel von Papieren, mit Steinen beschwert, damit sie nicht vom Wind weggeweht wurden. Ellas nackte Füße ragten über den Stoff der Hängematte. Sie lächelte, als sie Marianne sah, und winkte.

»Günther ist in seinem Zimmer«, sagte sie. »Im Schrank ist noch eine Dose Kekse, die kannst du mit hochnehmen. Du findest dich ja zurecht.«

Marianne bedankte sich. Auf dem Weg zur Küche durchquerte sie das Wohnzimmer. Richard, Günthers Vater, saß auf dem Sofa, seine Reiseschreibmaschine auf dem Schoß. Er tippte, ohne aufzusehen. Der niedrige Tisch vor ihm war so angefüllt mit Fotos und Ausschnitten aus russischen Zeitungen, dass die Schreibmaschine dort gar keinen Platz mehr fand. Doch das schien ihn nicht zu stören, im Gegenteil. Er war so versunken in seine Arbeit, dass er Marianne gar nicht bemerkte, sondern mit geschlossenen Augen weitertippte. Seine Finger flogen nur so über die Tasten und Marianne wunderte sich, dass sich die einzelnen Buchstaben nicht miteinander verhakten.

Leise schlich sie durch das offene Wohnzimmer, am Esstisch vorbei in die Küche. Die Kekse waren leicht zu finden. Marianne nahm die Dose, dann ging sie treppauf, klopfte an Günthers Zimmertür und trat ein, ohne eine Antwort abzuwarten.

Günther saß an seinem Schreibtisch, über das aufgeschlagene Grammatikheft gebeugt.

»Hast du schon gelernt?«, fragte er zur Begrüßung. »Ich verzweifle gerade.«

Sie stellte den mitgebrachten Proviant neben dem Heft auf dem Schreibtisch ab und schüttelte den Kopf. Sie hatte zwar im Unterricht gut aufgepasst, war auch mehrfach von der Lehrerin gelobt worden, aber den Unterrichtsstoff wiederholt hatte sie nicht.

Eigentlich wollte sie nicht darüber reden, doch nun sprudelte es aus ihr heraus. »Wen interessiert es, ob ich gute Noten schreibe oder nicht? Wenn ich mit einer Eins mit Sternchen nach Hause komme, kriege ich nur zu hören, was ich stattdessen alles im Haushalt hätte tun können, anstatt meine Nase in Bücher zu stecken, wie viel Arbeit im Geschäft deswegen liegen geblieben ist, wie überfordert meine Mutter ist. Du kannst es dir aussuchen. Du kannst alles werden, was du willst. Wie dein Vater berühmte Leute treffen. Selbst berühmt werden.«

»Journalist wie er werde ich bestimmt nicht. Das ist zu viel Aufregung.«

»Trotzdem hast du die Wahl. Ich nicht.« Marianne dachte an die Eisenwarenhandlung. Ihre einzige Wahl würde darin bestehen, ob sie an dem einen Tag lieber die Kunden bediente, an der Kasse stand oder neue Lieferungen einräumte. Selbst an die Buchhaltung und die Abrechnung würde ihr Vater sie nicht ohne Weiteres ranlassen, da traute er nicht einmal seiner eigenen Frau, das erledigte er nach Geschäftsschluss ohne Hilfe. Was sie – Marianne – wollte, das interessierte niemanden. Eher musste sie noch froh sein, dass er von ihr nicht verlangte, regelmäßig im Laden zu helfen, sondern nur, wenn viel zu tun war. Oft genug hatte er betont, dass sie sich den weiteren Angestellten, der nun hinzukommen sollte, sparen könnten, wenn Marianne und Ruth abwechselnd nachmittags mehrere Stunden mit anpacken würden.

Ihre Mutter hatte sich dagegengestellt, betont, dass es wichtig sei, dass auch sie als Mädchen sich für die Schule einsetzten, genug Zeit hatten zum Lernen. Marianne war sicher, dass sie längst im Geschäft stehen und nicht mehr am Schulunterricht teilnehmen würde, wenn es keine Schulpflicht gäbe.

Doch inzwischen war klar: Eine andere Ausbildung außerhalb des Eisenwarenladens, gar der Besuch der Oberschule mit einem anschließenden Studium, das würde ihr der Vater kaum erlauben. Auch Ruth konnte noch so viel davon träumen, Mathematikerin oder Physikerin zu werden. Sie konnte, solange sie jung war, die Realität ignorieren, sich laufend anspruchsvollere Mathematikbücher besorgen – aber das würde nichts nützen. Selbst wenn der Klassenlehrer persönlich beim Vater vorbeikäme, um sich für Ruth einzusetzen, war die Entscheidung des Vaters gefallen. Denn Ruth war wirklich klug, das musste jeder eingestehen. Doch auch dieses Eingeständnis änderte nichts an ihrem Lebensweg, weil sie eben ein Mädchen war und kein Junge. Trotzdem konnte sie die Hoffnung nicht aufgeben, dass es trotz allem eine Möglichkeit für sie gäbe, diesem Schicksal zu entkommen.

»Lass uns nicht an die Schule denken«, sagte Marianne. »Jetzt nicht. Und auch nicht an das, was kommt.« An diesem Ort gab es kein Müssen, kein Drängen. Er war für sie so weit von zu Hause entfernt wie eine idyllische Südseeinsel von einem Lager in Sibirien.

Günther klappte sein Heft zu. »Aber du fragst mich ab, bevor du gehst. Versprochen? Wenigstens kurz.«

Marianne nickte. Sie öffnete die Dose und schob sich einen Keks in den Mund. Mürbegebäck. Mit Mandeln. Es war so lecker, dass sie die Augen schloss, als es auf ihrer Zunge zerbröselte.

»Setzen wir uns doch aufs Bett«, schlug Günther vor, richtete seine Decke, strich sie gerade und machte Marianne Platz.

Sie setzte sich und positionierte die Keksdose in die Mitte zwischen sich und Günther, sodass beide gut hineingreifen konnten.

Günther schob die Dose erst beiseite, dann stellte er sie auf den Boden vor Mariannes Füße. Vorsichtig nahm er ihre Hand.

Sie zögerte, bewegte sich aber nicht, sondern fühlte, wie unerwartet rau und warm seine Handinnenfläche war.

»Der Zeitungsverlag schickt Vati morgen mit Willi Stoph auf eine Reise«, sagte Günther. »Zwei Wochen ist er dann unterwegs.«

»Du vermisst ihn jetzt schon?«

»Ich dachte, wir essen heute alle gemeinsam zu Abend. Bestimmt freuen sich Mutti und Vati, wenn du bleiben kannst. Dann sitzen wir zusammen und er erzählt, was er vorhat. Ganz genau weiß ich es nämlich auch noch nicht, der Auftrag kam kurzfristig. Aber er muss vorher einen Artikel fertig schreiben, für die Ausgabe übermorgen.«

Marianne sah das alte, vergilbte und zerschlissene Heftchen, das halb unter dem Kopfkissen hervorragte, zog es hervor und blätterte darin. »Heinz Brandt der Fremdenlegionär«. Wenn sie solch einen Schund mit nach Hause brächte, würde ihr Vater durchdrehen. Günthers Eltern störte es nicht, im Gegenteil. Wenn Günther seinen Vater bat, ihm zu helfen, noch weitere Bände dieser Reihe zu finden, die es längst nicht mehr regulär zu kaufen gab, tat er es.

»Nicht kaputt machen«, sagte er, nahm ihr das Heftchen aus der Hand und schob es wieder unter das Kopfkissen.

Sie wünschte sich, er würde noch einmal ihre Hand nehmen, stattdessen strich er über sein Kopfkissen.

Marianne schaute vom Bett aus dem Fenster. Wenn man von diesem Standort aus hinausblickte auf die alte, große Birke im Garten, in der so viele Vögel nisteten, war es, als hätte es den Krieg mit all seiner Zerstörung nicht gegeben, als existierte kein Mangel, als gäbe es keine Beschränkungen, als wäre alles im Überfluss vorhanden, so munter hüpften die Vögel von Ast zu Ast und ließen sich nicht einmal von dem Eichhörnchen stören, das zwischen ihnen herlief.

»*Tja, wenn man reich ist und in einer solchen Bonzenfamilie lebt, sieht die Welt anders aus*«, sagte Mariannes Mutter immer wieder. Doch Marianne fand nicht, dass die Stimmung in diesem Haus etwas mit Geld zu tun hatte. Arbeiten mussten Günthers Eltern genauso, er als Journalist mit seinen vielen Reisen, Günthers Mutter im Kinderbuchverlag. Die beiden waren mindestens so beschäftigt wie ihre eigenen Eltern in der Eisenwarenhandlung. Dass das Haus größer war, Günthers Vater schon fast eine Berühmtheit, seit er zusätzlich Bücher schrieb, spielte auch keine Rolle.

Bei ihr zu Hause war es, als würden die Wände in der Nacht Kälte ausatmen, dichter zusammenrücken, sie einklemmen und ihr die Luft nehmen. Hier dagegen war sie erfüllt von einer

Weite, die sich in ihrem Innern ausbreitete. An diesem Ort traute sie sich, all die Gedanken weiterzuspinnen, die sie sich zu Hause verbot.

»Stellst du dir manchmal vor, du wärst adoptiert? Deine Eltern wären gar nicht deine richtigen Eltern?«, fragte Marianne. Ihre Hüften und Oberkörper berührten sich. Marianne spürte seine Wärme, sein Atem kitzelte auf ihrer Stirn.

»Wie meinst du das?«, fragte er.

»Dass du ausgesetzt wurdest. In einem Weidenkorb wie in einem Boot als Säugling in einen Fluss gelegt zum Beispiel. Oder nachts in einem Karton vor einer Klosterpforte abgesetzt.«

»Wie im Märchen?«

»Stimmt, das gibt es wohl nur im Märchen.« Trotzdem fand Marianne die Vorstellung tröstlich, eigentlich in ein anderes Leben zu gehören, zu anderen Menschen, an einen anderen Ort.

Mit einem Mal wurde ihr die Nähe zu Günther zu intensiv, sein Körper und sein Atem zu warm bei der Sommerhitze. Sie rückte ein Stück ab von ihm.

»Spielen wir Mühle?«, fragte Günther. »Oder Mikado? Oder willst du lieber in den Garten?«

Marianne schüttelte den Kopf. Schon den gesamten Tag war sie unruhig gewesen, sodass es ihr schwerfiel, stillzusitzen oder sich auf eine Sache zu konzentrieren. Doch nun wurde die Nervosität noch intensiver. Sie dachte an Ruth, die in ihrem Zimmer auf dem Bett lag und in dem Mathebuch las, an all die Bewerber, die zu ihrem Vater kamen, an die Wäsche, die sie versprochen hatte, von der Spindel im Garten abzuhängen. Die Wäsche! Die hatte sie ganz vergessen. Diese Arbeit wäre noch wichtiger gewesen, als den Hof zu fegen.

»Ich glaube, ich gehe wieder«, sagte sie.

»Aber du bist doch gerade erst gekommen. Du wolltest mich abfragen.«

»Heute ist alles irgendwie – ich weiß auch nicht.«

»Wenn du wirklich schon wegwillst, bringe ich dich nach Hause. Wenigstens ein Stück begleite ich dich noch.«

»Das brauchst du nicht.«

Günther wollte ihre Hand nehmen, doch sie zog ihren Arm zurück, rückte weiter ab von ihm, stand auf und ging zur Tür. Manchmal kam ihr einfach alles falsch vor, was sie tat – ihr Alltag, ihr gesamtes Leben, ihre Wünsche und Träume. Durfte sie die Berührung zulassen, die zwar beiläufig war, aber so viel in ihr auslöste?

»Ist es wegen mir?«, fragte Günther. »Habe ich irgendetwas …«

»Nein. Du kannst gar nichts falsch machen.«

Nun sah er so traurig aus, dass es ihr leidtat, ihn enttäuscht zu haben. Sie ging zu ihm, umfasste seinen Kopf mit beiden Händen, drehte ihn so zu sich, dass er sie ansehen musste. Seine Stirn war verschwitzt, die Wangen heiß. Noch ein kleines Stück zog sie ihn zu sich heran, beugte sich dabei zu ihm, bis sich ihre Lippen berührten. Dann tat sie, was sie sich schon so oft vorgestellt hatte – sie küsste ihn, fühlte seinen Mund an ihrem. Sie roch seinen Atem, der nach Plätzchen duftete. Seine Lippen schmeckten etwas salzig, fand sie, aber angenehm salzig.

Schnell ließ sie ihn wieder los, als hätte sie sich verbrannt. »Zum Abschied«, sagte sie und trat zurück.

»Wie meinst du das? Willst du mich nicht mehr besuchen kommen? Überhaupt nicht mehr?«

»Doch. Natürlich komme ich wieder. Morgen.«

Sie fragte sich beim Rauslaufen, ob sie nun völlig verrückt geworden war. So oft hatte sie sich ausgemalt, wie es wäre, ihn zu küssen, hatte darauf gewartet, dass er es tat. Was aber nie geschehen war, so nah sie auch zu ihm rückte.

Wenn sie nun die Augen schloss, schmeckte sie noch immer das Salz. Es prickelte warm an ihren Lippen. Trotzdem hatte sie es sich anders vorgestellt, das Küssen. Dass sich dadurch

irgendetwas verändern würde, dass etwas geschehen würde ...
Aber irgendwie hatte es das nicht.

Sie war erleichtert, dass Günthers Vater weiterhin mit geschlossenen Augen tippte und die Tasten mit dem festen Anschlag auf dem Papier so laut klapperten, dass ihre Schritte für ihn nicht zu hören waren.

»Du gehst schon wieder?«, fragte seine Mutter, als Marianne im Garten an ihr vorbeiging, und blickte von ihren Manuskripten auf. »Du kannst gern noch zum Abendessen bleiben.«

»Ich muss«, sagte Marianne und eilte weiter um das Haus herum, die Einfahrt hinunter auf die Straße.

Der Asphalt war so sehr von der Sonne aufgeheizt, dass sie die Wärme durch ihre Sandalen spürte. Es war ein geschäftiges Gewusel, als wären alle Menschen der Stadt unterwegs. Fahrräder fuhren, Motorräder und Autos kamen vorbei, dazwischen spielten jüngere Kinder Ball oder Hüpfspiele auf der Straße. Doch die Luft stand zwischen den Häusern, sie war noch schwüler als am Mittag, obwohl es bereits Abend wurde und die Sonne sich langsam senkte.

Durch die rückwärtigen Gärten näherte sie sich dem Elternhaus, kletterte zügig auf die Hundehütte, wuchtete ihren Körper auf den Schuppen. Zwangsläufig berührte sie mit ihren Knien das Wellblechdach. Es war so heiß, dass sie schnell auf die Füße kam und einen Aufschrei unterdrückte. Sie versuchte, sich so wenig wie möglich mit den Händen abzustützen, um zum Badezimmerfenster zu gelangen. Endlich hatte sie es erreicht, drückte dagegen – und nichts passierte.

Sie versuchte es ein zweites Mal, diesmal fester, und erschrak. Ihre Finger hatten einen gut sichtbaren, fettigen Abdruck auf dem Glas hinterlassen, weil die Butter der Plätzchen verräterisch an ihren Händen klebte. Mit dem Stoff ihrer Bluse wischte sie über den Schmierfleck, der dadurch nur noch größer wurde. Sie hauchte gegen die Scheibe, rieb mit dem Stoff hektisch darüber und endlich verschwand der Abdruck. Damit die Scheibe nun sauber blieb, drückte sie am Rahmen gegen das Fenster, aber es bestätigte sich, was sie schon geahnt hatte: Es war verschlossen.

Erst leise, dann lauter klopfte sie mit den Fingerknöcheln gegen die Scheibe, darauf bedacht, nicht noch einmal mit der Vorderseite der Hände das Glas zu berühren. Doch innen blieb alles ruhig, das Haus war wie ausgestorben. Sie richtete sich auf und lauschte. Auch aus dem Geschäft kam kein Laut. Kein Hämmern, kein Sägen oder Schleifen war zu hören, nicht einmal die üblichen leisen, entfernten Stimmen.

Marianne begab sich wieder auf alle viere, um auf dem abschüssigen Dach zurück und weiter nach unten zu robben, ungeachtet der Hitze. Mit viel Glück würde sie irgendwo auf der Rückseite des Hauses ein offenes Fenster oder eine Tür finden. Ansonsten blieb ihr nur der Weg durch die Werkstatt.

Ihre Gedanken rasten. Jede Ausrede, die sie sich überlegte, verwarf sie direkt wieder. Wie könnte sie nur erklären, dass sie plötzlich von draußen kam und hineinwollte?

Gerade als sie ein Bein über die Brüstung gleiten ließ, wurde sie am Fuß gepackt. Es geschah alles so schnell, dass sie gar nicht begriff, was mit ihr passierte.

Der feste Griff um ihren Fuß, der Ruck, mit dem sie nach unten flog und zuerst dachte, sie würde mit dem Schädel aufschlagen, bis Hände den Fall aufhielten und nur knapp verhinderten, dass sie mit dem Kopf auf den Boden donnerte.

Doch die Erleichterung, dass sie nicht mit dem Kopf aufgeschlagen war, währte nur kurz.

»Habe ich dich!«, rief ihr Vater. Er spie die Worte aus. Verachtung lag in seiner Stimme. »Wusste ich es. Ich habe es immer gewusst. Du Flittchen.«

Er ließ ein Bein nach dem anderen los, sodass sie auf den Boden glitt. Nun thronte er über ihr, blickte sie an. Aus dieser Perspektive wirkte er noch größer. Seine braunen Haare glänzten in der Sonne. Breitbeinig stand er dort, die Beine wie Baumstämme.

»Warum tust du uns das an?«, fragte er. »Warum gelingt es dir nicht, einmal, ein einziges Mal zu gehorchen?«

Andere Väter rasteten in ähnlichen Situationen aus, sie schlugen zu, schrien und fluchten, zogen ihre Kinder an den Haaren oder packten sie an den Ohren, um sie ins Haus zu schleifen. Ihr Vater wurde immer leiser, von Frage zu Frage, die er stellte.

»Willst du mir vor Augen führen, dass ich ein Niemand bin? Dass du, Fräulein, dir alle Rechte herausnehmen kannst, die du nur willst?«

Sie wusste, dass es keinen Zweck hatte zu antworten, dass er auch gar keine Erklärungen erwartete, dass ihn im Gegenteil jeder Versuch einer Entschuldigung dazu brachte, sich nur eine härtere Strafe auszudenken.

»Womit habe ich solch eine Bürde verdient?«, fragte er. »Warum bin ich mit zwei solchen Töchtern gestraft?«

»Es tut mir leid«, sagte sie nun doch, obwohl es sinnlos war. »Bitte entschuldige.«

»Du warst wieder bei diesem … wobei ich es gar nicht wissen will. Es spielt keine Rolle. Du wusstest, was wir als Eltern befohlen hatten.«

Sie blickte zu Boden.

»Kürzen wir das hier ab. Jede Minute, die ich weiter an dich verschwende, ist eine zu viel. Du siehst den Weidenbaum.« Er nickte in Richtung der Weide.

»Nicht, bitte nicht«, flehte sie.

»Das hättest du dir eher überlegen sollen. Na, hat es sich gelohnt? Gibt es dir wenigstens ein Gefühl von Genugtuung, wenn du glaubst, schlauer zu sein als alle anderen und dir herausnehmen zu können, was immer du willst?«

»Bitte, Vati, bitte nicht«, flüsterte sie.

»Hol mein Schnitzmesser aus der Angeltasche. Einen Zweig will ich. Eine halbe Stunde hast du Zeit. Sauber geschält.«

Er ging, ließ sie weinend zurück. Sie wusste, dass ihr nichts anderes übrig blieb. Es war auch zwecklos, einen zu dünnen Ast für die Prügel auszusuchen und herzurichten, dann würde er seinen Spazierstock nehmen. Schlimmer als die Schläge war es fast, den Baum nur anzusehen. Wenn sie den Blick über die Äste schweifen ließ, spürte sie das Brennen auf ihrem Po und dem Rücken schon im Vorhinein, auch wenn sie daran dachte, die Blätter und kleinen Seitenäste zu entfernen.

Vornübergebeugt ging sie ins Haus, um in der Angeltasche das Schnitzmesser zu suchen.

KAPITEL 6

LENA

Seinen Eltern war sie in all den Jahren nur ein paar Mal auf Familienfeiern begegnet, zu denen auch viele andere Gäste eingeladen gewesen waren. Nun gab es keine anderen Menschen, die den Fokus auf sich zogen. Auf der einen Seite des Tisches, an der Wand, saßen Max' Eltern, auf der anderen Seite nahm Lena mit Max Platz, den Rücken der Gaststube zugewandt, nachdem sie den beiden zur Begrüßung die Hand gereicht hatte. Max' Eltern mit ihrem aufmerksam kritischen Blick kamen ihr vor wie ein Tribunal oder wie eine Prüfungskommission, der sie nun gegenübersaß. Beide Augenpaare waren auf sie gerichtet. Lena lächelte, versuchte, sich ihre Unsicherheit nicht anmerken zu lassen.

»Ich denke, es wird Zeit, dass wir zum Du übergehen«, sagte seine Mutter. »Ich bin Andrea.«

»Steffen«, sagte sein Vater.

Beide reichten ihr noch einmal die Hand. Lena war froh, dass die Speisekarten gebracht wurden, sodass sie sich auf die Essensauswahl konzentrieren konnte und die Blicke der anderen nicht mehr auf ihr ruhten.

»Für mich eine Apfelschorle«, sagte sie in Erinnerung an die Geburtstagsfeier mit ihrer Mutter und den Kater, der ihr den

ganzen Sonntag nachgegangen hatte, verbesserte sich nach Max'
Protest jedoch und wählte einen milden Weißwein, da auch alle
anderen Wein tranken – obwohl sie lieber Bier mochte.

»So, du hast es also geschafft, Max' Herz zu stehlen«, sagte
seine Mutter. Lena gelang es noch nicht, sich den Vornamen zu
vergegenwärtigen, wenn sie die ältere Dame mit dem akkuraten
Pagenkopf anschaute.

Lena blickte zur Seite. Eigentlich hatte sie nie Probleme,
mit Fremden ein Gespräch zu beginnen oder Small Talk zu halten, doch nun wusste sie nicht, was sie darauf antworten sollte.
»Max, ich muss dir ...«, begann sie leise, als sein Vater seiner
Mutter half, den Blazer auszuziehen, dann kurz aufstand, um
das Kleidungsstück zur Garderobe zu bringen.

»Wie schön, dass ihr alle gekommen seid – ihr, die ihr mir
am meisten auf der ganzen Welt bedeutet«, sagte Max laut.

Der Ober brachte die Getränke.

»Ich muss dir etwas sagen«, zischte Lena. Der Zeitpunkt
war so unpassend, dass er nicht schlechter hätte sein können,
aber sie brauchte dringend einen Aufschub. Noch gab es die
Möglichkeit, diesen Abend einfach in ein nettes, unverbind-
liches Treffen umzuwandeln.

Sie wusste nicht, warum sie sich so unwohl fühlte. War
es wirklich so, dass seine Mutter sie kritisch musterte, meinte,
dass sie, Lena, nicht gut genug für Max sei? Oder bildete sie
sich die Skepsis nur ein? Auch früher schon, wenn sie bei
Klassenkameraden zu Besuch gewesen war, hatte sie sich immer
fehl am Platz gefühlt, wenn die gesamte Familie zusammenge-
sessen hatte – Vati, Mutti und die Kinder. Schon die Begriffe
verursachten ihr eine Gänsehaut: Vati. Mutti. Schon immer
hatte sie sich in Gegenwart einer solch vollständigen Familie,
wie sie sie nie gehabt hatte, unwohl gefühlt.

Sie hatte nie »Mutti« gesagt, sondern bereits als Kind
»Susanne«. Und ein Mann, wie andere ihn als »Vati« kannten, den

hatte es in ihrem Leben nicht gegeben. Bei ihrem Opa Peter hatte sie deutlich mehr Freiheiten als andere Kinder gehabt, allein schon deswegen, weil er viel beschäftigt war, in seinem Job bei der Polizei unregelmäßige Arbeitszeiten gehabt hatte und in Gedanken oft bei seiner Arbeit gewesen war. Seit seinem Tod waren nun vier Jahre vergangen, doch noch immer erfüllte sie eine Traurigkeit, wenn sie an ihn dachte. Sie vermisste ihn so! Gerade jetzt, in diesem Moment, wünschte sie, er würde mit am Tisch sitzen. Mit ihm neben sich würde sie sich auch an diesem Abend sicherer fühlen.

Er war liebevoll gewesen, hatte ihr jeden Wunsch von den Augen abgelesen, ihr Fußball beigebracht, mit ihr getobt und viele Ausflüge unternommen. Ihm gegenüber hatte sie sich nicht beweisen müssen. Er liebte sie, auch wenn sie in der Schule schlechte Noten geschrieben, selbst wenn sie sich in der Grundschule manchmal mit Jungs geprügelt hatte. Seine Zuneigung war nicht an Bedingungen geknüpft. Er mochte sie, einfach, weil sie da war, weil sie seine Enkelin war.

»Prost«, sagte Max. Er reagierte nicht, als Lena ihn mit dem Ellbogen in die Seite stieß, und hob sein Glas an. Seine Eltern prosteten ihm zu und Lena hob auch ihr Glas, um einem nach dem anderen zuzuprosten. *Miteinander anstoßen – das ist ja okay, das bedeutet nichts*, sagte sie sich und versuchte, den Wein zu genießen, der eine angenehme Mischung aus Frucht und Säure besaß.

Max nahm das Messer und klopfte damit an sein Glas. »Eigentlich wollte ich warten, bis wir gegessen haben, aber wenn ich es jetzt nicht ausspreche, kriege ich keinen Bissen herunter«, sagte er. Neben ihm stand sein alter, abgetragener Lederrucksack. Die aufgesetzten Taschen aus Zeltplane hatte sie für ihn schon mehrfach gestopft. Der Rucksack wirkte an diesem Ort neben all den weißen Tischdecken, den edlen Papierservietten, neben ihrer eigenen Festtagskleidung seltsam deplatziert, als gehörte er gar nicht zu ihnen. Max wühlte im großen Hauptfach des Rucksacks.

Lena spürte ein dringendes Bedürfnis, auf die Toilette zu gehen. Doch sie presste die Beine zusammen und blieb sitzen. Hinter ihren Schläfen hämmerte es, das Atmen fiel ihr schwerer.

»Max«, sagte sie leise.

»Ich habe es gleich.«

Nervös rutschte Lena auf ihrem Stuhl hin und her. Der feste Stoff des Kleides drückte beim Sitzen am Bauch, was das Atmen neben der Aufregung zusätzlich erschwerte. Der untere Teil des Reißverschlusses fühlte sich hart am Rücken an, der Druck wurde intensiver, wenn sie sich anlehnte.

»So ein …«, sagte Max. Er presste die Lippen aufeinander. Dann öffnete er alle Taschen des Rucksacks und legte erst eine Dose mit Hustenbonbons auf den Nachbartisch, dann sein Handy, eine Packung Taschentücher, zerknitterte Zettel, einen schwarzen großen Terminplaner und Kaugummipapiere.

»Max!« Seine Mutter schüttelte den Kopf. »Das geht doch nicht! So viele Krümel. Jetzt muss der Tisch neu eingedeckt werden, da kann sich jetzt kein Gast mehr hinsetzen.«

Max ignorierte sie. Lena wechselte einen Blick mit seinem Vater. Bisher hatte Lena Steffen kaum wahrgenommen. Wie bei den Familienfeiern blieb er auch heute eher im Hintergrund, überließ seiner Frau das Reden und die Themenwahl. Seine Gesichtszüge waren weich, er lächelte ihr zu. Sie wusste von ihm nur, dass er Arzt war wie Max und eine eigene Praxis besaß, die er sich inzwischen mit einem Kollegen teilte.

»Ich habe die Schatulle vergessen«, sagte Max. Neben seinem Portemonnaie, den Notizbüchern und allerlei Krimskrams entdeckte Lena auch das kleine Stoffschaf, das sie an dem Tag, an dem sie sich kennengelernt hatten, auf dem Rummelplatz gewonnen und ihm geschenkt hatte.

»Ich hab einen Ring gekauft«, sagte Max. »Einen richtig schönen. Ich wollte dich heute fragen …« Er verstummte.

»Es ist okay.« Lena stand auf und umarmte ihn. Am liebsten hätte sie ihm vorgeschlagen, einfach nach draußen zu gehen, noch einen Spaziergang durch die Stadt zu machen, sich irgendwo ein paar Pommes oder ein Stück Pizza zum Mitnehmen zu besorgen, um dann den Tag auf einer Parkbank in Ruhe ausklingen zu lassen. »Das macht nichts. Verschieben wir es einfach auf später.«

Max sah auf die Uhr. »Noch haben wir nicht bestellt.« Er begann, den Inhalt seines Rucksacks wieder einzuräumen. »Ihr wartet eine Viertelstunde. Wenn ich mich ranhalte, brauche ich nicht lang, dann bin ich zurück, wenn das Essen serviert wird. Sucht einfach irgendetwas für mich mit aus.«

»Bleib hier.« Lena legte ihm eine Hand auf die Schulter. »Bitte.«

»Doch, ich fahre schnell nach Hause. Hol den Ring. Deswegen sind wir ja hier.«

»Lass es uns verschieben. Wir haben alle Zeit der Welt. Machen wir uns einfach zu viert einen schönen Abend.« Lena umfasste seine Hände, sodass ihm keine andere Wahl blieb, als innezuhalten und seine Aufmerksamkeit vom Einräumen des Rucksacks auf sie zu lenken.

»Willst du nicht …?«, sagte er und löste sich aus ihrer Berührung. Kraftlos stand er da. Alle Farbe war aus seinem Gesicht gewichen.

»Doch.« Lena griff nach den leeren Butterbrotbeuteln und Gummibärchenpackungen, den Hustenbonbonpapieren und anderen Verpackungsresten, um sie zusammenzusammeln und in den Mülleimer zu bringen. »Aber fahr nicht. Nicht jetzt. Bleib hier. Es ist nicht der richtige Zeitpunkt …«

»Es ist genau der richtige Zeitpunkt. Wir alle sind zusammengekommen und es gibt etwas, das ich euch sagen möchte. Bitte, Lena, setz dich wieder. Die Tischdecke ist jetzt egal.« Er drückte sie sanft zurück auf ihren Stuhl, stellte den Rucksack auf den Boden, während Lena weiterhin den Müll in der Hand hielt und nicht wusste, wohin damit. Dann nahm sie ihre Handtasche von der Stuhllehne und stopfte alles in ein bisher ungenutztes Seitenfach.

»Heute ist der Tag, an dem Lena und ich seit fünf Jahren zusammen sind«, sagte Max. »Vor genau fünf Jahren haben wir uns auf dem Rummelplatz kennengelernt und seitdem ist kaum ein Tag vergangen, an dem wir uns nicht zumindest gesprochen haben. Lena …« Er sah sie an, setzte sich wieder auf seinen Platz.

Lena verharrte reglos mitten in der Bewegung, als sie ihre Handtasche an die Stuhllehne zurückhängen wollte, und wünschte sich, es würde sich irgendeine Möglichkeit ergeben, um nicht aussprechen zu müssen, was sie dachte, wie sehr sie zweifelte. Sie konnte sich nicht mit Max verloben – noch nicht. Fünf Jahre hin oder her, ein Jahrestag war doch kein Grund, diese Entscheidung jetzt überstürzt zu treffen.

»Lena, du …« Max sah ihr lange in die Augen. Sie wandte den Blick nicht ab, schüttelte aber unmerklich den Kopf und sah die Enttäuschung in seinem Gesicht.

»Lass es uns verschieben. Genießen wir einfach den Abend so, wie er jetzt ist«, sagte Lena.

Max zuckte zurück, als hätte sie ihn geschlagen. Er öffnete kurz den Mund und schloss ihn wieder. Max' Eltern wechselten einen Blick. Seine Mutter hob die Augenbrauen und presste die Lippen aufeinander, als wollte sie sagen: *Na, habe ich es nicht gesagt? Das wird nichts mit Max und Lena. Es war von Anfang an ein Fehler. Sie passt einfach nicht in unsere Familie. Sie hat nicht nur nicht Medizin studiert, sondern überhaupt nie eine Universität von innen gesehen. Was will er denn mit so einer?*

Lena musste von ihr wegsehen, um das Gedankenkarussell zu stoppen. Sie umarmte Max und flüsterte ihm ins Ohr: »Lass uns warten. Nicht heute.«

Er nickte, wirkte nun gefasster, wich aber ihrem Blick aus.

Der Ober kam. »Haben Sie schon gewählt?«, fragte er.

»Sehen Sie nicht, dass wir noch nicht einmal die Karten aufgeschlagen haben?«, fragte Max' Mutter.

Der Ober entschuldigte sich knapp, drehte sich um und ging wieder.

»War das jetzt nötig?«, fragte Max. Er stieß geräuschvoll die Luft aus und blickte seine Mutter wütend an.

»Was denn?«, fragte sie.

»Mir ist der Appetit vergangen.« Max nahm seinen Rucksack und verließ das Restaurant.

Lena packte schnell ihre Handtasche und stürmte ihm nach, um ihn aufzuhalten. »Max! Warte!«

Zweimal knickte sie auf dem Weg zum Ausgang um. Sie ignorierte den Schmerz in ihrem Knöchel und hastete ihm nach. Als er die Eingangstür aufzog, gelang es ihr, einen Zipfel seines Jacketts zu packen und ihn festzuhalten. »Max, bitte«, sagte sie.

»Ich will allein sein.«

»Lass uns reden.«

»Was gibt es da zu reden? Ich Trottel habe noch einen Ring für dich gekauft, unsere Namen eingravieren lassen, weil ich dachte, du würdest … du wolltest …«

»Max!« Sie umfasste sein Gesicht mit beiden Händen, wischte ihm eine Träne aus dem Augenwinkel. »Du bist mein Halt. Du bist der wichtigste Mensch in meinem Leben.«

»Dann heirate mich.« Er umfasste ihre Hände mit seinen. »Willst du mich heiraten?«

Lena schluckte. Sie schloss kurz die Augen.

»Wusste ich es doch«, sagte Max, ließ ihre Hände los und schob sie von sich weg.

»Max!«

»Tu mir einen Gefallen. Lass mich einfach nur in Ruhe. Und ruf nicht an. Nicht heute und nicht morgen.«

»Max!«, rief sie ihm nach, ohne ihm jedoch zu folgen.

Kapitel 7

Günther 1956

Günther zog die Vorhänge vor. Draußen wurde es inzwischen wieder früher dunkel. Es war erst halb neun – viel zu früh, um ins Bett zu gehen. Eigentlich wollte er noch für die Schule lernen und anschließend in dem neuen Abenteuerroman lesen, doch er scheute sich, das Licht anzuschalten. Trotz zugezogener Vorhänge konnte jeder von der Straße aus sehen, was in seinem Zimmer vor sich ging. Er befand sich wie auf dem Präsentierteller, die Lampe kam ihm vor wie ein Bühnenscheinwerfer.

Dass sie auch heute wieder da draußen waren, daran bestand kein Zweifel, obwohl er beim Zuziehen der Vorhänge auf den ersten Blick nichts gesehen hatte. Doch seit drei Wochen hatte es keinen Tag gegeben, an dem sie das Haus nicht beobachtet hatten. Er trat vom Fenster beiseite zur Wand, drückte sich daran, damit er von außen unsichtbar war. Dann ließ er vorsichtig den Vorhang etwas nach vorn gleiten, sodass eine Lücke entstand, durch die er die Straße unbemerkt beobachten konnte.

Diesmal standen sie nicht direkt vor dem Haus, sondern parkten eine Straßenlaterne weiter. Sie saßen zu zweit in einem Trabbi und rauchten. Die Scheibe an der Fahrerseite war heruntergelassen, der Mann hinter dem Lenkrad achtete auf die Straße.

Sie machten sich im Gegensatz zum Beginn der Observation vor einem halben Jahr nicht einmal mehr die Mühe, sich zu verstecken, was dazu führte, dass inzwischen keiner der Nachbarn mehr zu Besuch kam. Niemand fragte, ob Ella mit ein paar Eiern, Milch oder Mehl aushelfen könnte. Allein die sichtbare Anwesenheit der Staatssicherheit reichte, um das Haus mit einer unsichtbaren Bannmeile zu versehen.

Was ihr Vergehen war? Richard hatte sich bei einem Elterngespräch in der Schule mit dem Deutschlehrer gegen die DDR ausgesprochen, hatte gesagt, dass es dem Staat nur darum ginge, Feindbilder aufzubauen und Misstrauen untereinander zu säen, während sie offiziell damit beschäftigt seien, Saboteure zu entfernen und gegen die »Banditen« in den eigenen Reihen zu kämpfen.

Günther schüttelte den Kopf. Dass sein Vater aber auch niemals mit seiner Meinung hinter dem Berg halten konnte! Selbst seine Verhaftung 1953 nach dem Aufstand hatte ihn nicht einschüchtern können – Richard stand weiter zu seinen Prinzipien, unabhängig von allen Repressalien. So war er nun einmal. »Geradlinig« nannte Richard das, was Günther schon als Sturheit betrachtete.

Am Tag darauf hatten sie ihn aus der Zeitungsredaktion abgeholt, nur zu einer »Befragung«, doch sie hatten ihn vor aller Augen abgeführt wie einen Straftäter. Ellas anschließender Protest und ihr Vorsprechen auf der Polizeistation hatten nichts geholfen, keiner ihrer Anrufe hatte weitergeführt. Erst am nächsten Tag war Richard wieder freigekommen. Seitdem hatte auch Ella mit ihrem Verlag zu kämpfen. Mittel für eine neue Druckmaschine, die längst bewilligt worden waren, wurden gekürzt, die Zusage anschließend vollständig zurückgezogen. Schon 1953 hatte Günther gedacht, es könnte für seinen Vater nicht schlimmer kommen. Doch da hatte er sich geirrt.

Günther ließ den Vorhang los, gab sich einen Ruck und setzte sich an den Schreibtisch. Dann schaltete er die Leselampe an. Sollten sie ruhig zusehen, wie er lernte, wenn sie nichts anderes zu tun hatten!

Trotz regte sich in ihm, auch wenn er lieber in ein Zimmer auf der anderen Seite des Hauses umgezogen wäre, mit dem Fenster weg von der Straße. Doch selbst ein Umzug innerhalb des Hauses bedeutete keinen wirklichen Schutz, denn jeder konnte, wenn er wollte, den Garten und auch die Gärten der Nachbargrundstücke betreten, sich hinter den Bäumen und Büschen verbergen und von dort ins Haus sehen.

Ein Klopfen ließ Günther aufmerken. »Ja?«, sagte er.

»Kommst du mal bitte mit?« Die Stimme seines Vaters war mehr ein Flüstern und klang so dringlich, dass Günther nicht nachfragte.

Er folgte seinem Vater die Treppe hinunter, am Wohnzimmer vorbei und weiter in den Keller.

Günther zögerte. »In den Keller?«, fragte er. Nie hatte er dem Keller etwas abgewinnen können. Als Kind war es für ihn eine unüberwindbare Hürde gewesen, die Schwelle zum Keller zu übertreten. Damals hatte er sich sogar geweigert, von unten neue Getränke zu holen. Seine Panik war inzwischen abgeklungen, trotzdem war der Keller für ihn noch immer ein Ort, der nicht wirklich zur Villa dazugehörte.

»Ja«, sagte Richard.

Günther folgte seinem Vater weiter nach unten, bis in den Weinkeller. In den Gewölben war es immer kühl und feucht. Nun standen drei Stühle dort, das Deckenlicht strahlte von oben und ließ den Staub auf den Flaschen schimmern wie eine dünne Schneeschicht.

Seine Mutter saß schon auf einem der Klappstühle. Günther setzte sich neben sie, dann schloss sein Vater die dicke Holztür. Günther kam sich vor wie im Kerker. Es war, als würde die Luft sich innerhalb von Sekunden verschlechtern, und er musste husten, obwohl er wusste, dass er sich den Sauerstoffmangel nur einbildete. Der Keller war groß genug, sodass der Sauerstoff lange reichen würde, auch wenn es keine Fenster und keinen Ausgang nach draußen gab.

Günther wollte fragen, was das zu bedeuten hatte, doch seine Kehle war so trocken, dass er keinen Ton hervorbrachte.

»So«, sagte Richard und setzte sich. »Das ist nun das Bekenntnis, dass wir am Ende sind. Ich hatte gehofft, dass es noch eine Einigung geben wird mit meinen Vorgesetzten und mit den Oberen der Partei, dass sich alles wieder beruhigt nach dem Eklat an der Oberschule wegen des Elterngesprächs. Ich wollte auch dich, Günther, von unseren Problemen verschonen, aber nun muss ich erkennen, dass ich gescheitert bin. Du bist alt genug, um die Zusammenhänge zu erfahren.«

Günther stand auf und lief in dem Raum auf und ab wie ein gefangenes Tier, und genauso kam er sich vor. Seine Eltern hatten mit ihm nicht darüber gesprochen, es nicht einmal angedeutet, aber Günther kannte seinen Vater gut genug, um zu wissen, was in ihm vorging. Er ertrug es nicht, in seiner Arbeit beschränkt zu werden, dass die guten Aufträge nur noch an andere Kollegen vergeben wurden, die längst nicht seine Erfahrung besaßen. Das Schreiben war für Richard mehr als eine Möglichkeit, Geld zu verdienen. Es war sein Leben. Trotzdem hatte Günther wenig Mitgefühl für seinen Vater. Was war so schwer daran, in manchen Situationen einfach den Mund zu halten?

»Ihr wollt weg«, sagte Günther. »In den Westen. Euch einfach klammheimlich aus dem Staub machen. Aber eins sage ich euch: Ohne mich.« Hier hatte er alles, was ihm wichtig war, hier kannte er sich aus. Insbesondere musste er dem einen Menschen beistehen, der ihm mehr bedeutete als alles andere auf der Welt. Ohne sie war ein Leben für ihn unvorstellbar. Es war abzusehen, dass ihre Eltern ihr nicht erlaubten, weiter die Schule zu besuchen, obwohl die Lehrer bereits auf die Eltern eingeredet hatten, dass sie durch ein Studium in der Zukunft eine Bereicherung für die gesamte Gesellschaft wäre. Aber ihr Vater wurde immer sturer, je mehr Gegenwind er bekam. Jeder, der versuchte, ihn vom Gegenteil zu überzeugen, verstärkte nur seine Abwehr und auch seinen Trotz.

Günther wusste, was seiner Geliebten bevorstand: eine Ausbildung im Eisenwarenbetrieb des Vaters, eine Zukunft als Sekretärin. »Eine Tippse«, hatte Marianne verächtlich gesagt in Anbetracht ihrer Zukunft.

Im Hinblick auf die Sturheit waren sich ihre beiden Väter sehr ähnlich.

Nein, er konnte sie nicht alleinlassen. Er würde versuchen, einen Ausgleich zu schaffen, sie aufzumuntern, ihr Hoffnung zu machen, dass sie nur warten müsse, bis sie einundzwanzig Jahre alt wäre und endlich volljährig, dann könnten sie heiraten und zusammenziehen, dann wäre sie frei. Es waren ja nur noch knapp fünf Jahre, die sie überstehen und stillhalten musste.

»Günther. Das gesamte Leben liegt vor dir«, sagte seine Mutter. »Im Westen hast auch du viel mehr Möglichkeiten. Du wärst frei.«

»Ich habe alles, was ich brauche und will. Hier ist mein Zuhause.« Günther setzte sich wieder. Er dachte an die Schule, seine Freunde, an Marianne und blickte dabei abwechselnd zu seinem Vater und zu seiner Mutter, suchte in deren Gesichtern ein Zeichen von Unsicherheit oder von Trauer bei dem Gedanken, das Haus, die Stadt und das gesamte Land hinter sich zu lassen. Doch deren Blicke war hart und leer.

»Ich habe mich genug abgestrampelt«, sagte Richard. »Habe Bewerbungen geschrieben. Glaube nicht, dass sie je wieder einen Artikel von mir veröffentlichen werden, der etwas anderes ist als die neutrale Berichterstattung über eine Vereinssitzung oder eine unbedeutende Kulturveranstaltung, was sowieso niemanden interessiert. Drei Jahre ist es jetzt her, dass sie mich beim Aufstand von 53 verhaftet haben. Seit einem Jahr haben sie mich über nichts Relevantes mehr schreiben lassen, meine offiziellen Honorare sind die eines Praktikanten. Ohne die paar Artikel, die ich im Westen habe unterbringen können, hätten wir schon längst ausziehen müssen. Dieses Haus kostet Geld, so viel, dass ich es bereits jetzt fast nicht mehr aufbringen kann. Wir leben von Monat zu Monat, bangen, ob sich die Miete und die Nebenkosten noch zahlen lassen. Du ahnst gar nicht, wie privilegiert du hier lebst – gelebt hast.«

»Warum hast du nicht einfach deinen Mund gehalten?« Günther ballte seine Hände zu Fäusten und steckte sie in die Hosentasche. »Warum musstest du mit diesen Idioten mitmarschieren, deren Forderungen von vornherein zum Scheitern verurteilt waren? Das ist doch alles überzogen gewesen, unrealistisch und destruktiv. Veränderung erfolgt nicht von heute auf morgen, du erwartest zu viel. Und als ob das noch nicht reicht, musst du in der Schule – in meiner Schule – auch noch im Elterngespräch deine Meinung groß herausposaunen. Weißt du überhaupt, was du mir und Mutti damit antust? Wir sollen auslöffeln, was du uns eingebrockt hast. Aber so funktioniert das nicht, schnelle Lösungen gibt es nicht. Im Westen ist es auch nicht unbedingt besser. Sie setzen dort auf kurzfristige Ziele, um die Leute ruhig zu halten. Die langfristige wirtschaftliche Planung, die es hier gibt, wird uns mehr Nutzen bringen.«

»So? Dann erzähl mir mal mit deiner übermäßigen Klugheit und deiner Weitsicht, wie sich deine Theorien von Wirtschaft, Staat und Entwicklung für mich umsetzen lassen. Welche Möglichkeiten existieren, um wieder ungehindert meinen Beruf als Journalist und Autor auszuüben? Selbst wenn ich mir beim Schreiben einen Maulkorb verpasse – sie werden es nicht einmal erwägen, meine vorgelegten Texte zu lesen, wenn sie wissen, von wem sie kommen.«

Günther schüttelte den Kopf. Sosehr er seinen Vater anfangs dafür bewundert hatte, dass er sein Leben lang getan hatte, was er für richtig hielt, dass er Gegenwind aushielt, sich äußerem Druck nicht beugte, dass er – soweit es ihm nur irgend möglich war – geradlinig seinen Weg ging, so wütend war Günther nun auf ihn. Denn es wirbelte nicht nur Richards Leben, sondern das der gesamten Familie durcheinander. »Meinst du, im Westen sind dann alle Probleme gelöst? Da eckst du genauso an, du bist doch gar nicht auf deren Linie«, sagte Günther. »Da ist es vorprogrammiert, dass du dir auch dort ganz schnell neuen Ärger einhandelst.«

»In dem Punkt muss ich dir recht geben. Ich bin auf gar niemandes Linie. Aber der Unterschied ist, dass ich drüben deswegen nicht die unbedeutendsten Lokalnachrichten verfassen und auch keine Angst haben muss, gefeuert zu werden. Sicher werde ich einmal einen Text nicht verkaufen, eine Recherchereise wird nicht finanziert werden, manche Themen werden als irrelevant oder tendenziös abgetan werden. Ich bin kein Traumtänzer – ich weiß, dass es überall schwer ist, seine Überzeugungen zu leben, sich selbst treu zu bleiben und der inneren Stimme zu folgen. Aber der Unterschied besteht darin, ob man überhaupt eine Chance dazu bekommt. Die Frage ist doch inzwischen, wann der Zeitpunkt kommt, an dem sie mich nach einer der üblichen Befragungen eben nicht mehr nach Hause zu euch zurücklassen und stattdessen irgendeine Anklage konstruieren, die mich jahrelang hinter Gittern verschwinden lässt.«

Günther sank auf seinem Stuhl in sich zusammen. »Warum tust du nicht einfach mal, was von dir verlangt wird? Dann geh eben zu den Vereinssitzungen und schreib darüber Artikel, die alle begeistern. Warte ein paar Monate oder Jahre und du wirst wieder mehr Möglichkeiten bekommen, wenn sie anfangen, dir zu vertrauen.« Günther schloss die Augen und massierte sich die Stirn. Er wusste selbst, dass es so einfach nicht funktionierte. Richard hatte es sich mit allen Oberen so sehr verdorben, war so starrsinnig gewesen, dass ihm niemand eine Wandlung abnehmen würde. Günther kam sich vor wie eine Marionette, bei der jemand die Fäden durchgeschnitten hatte. All seine Kraft war verschwunden. Er wollte sich nur noch ins Bett legen und schlafen.

Seine Mutter presste sich die Hände vor das Gesicht und ließ sie wieder sinken. »Es ist auch fraglich, wie lange der Verlag weiter existieren kann. Inzwischen zähle ich schon gar nicht mehr, wie viele Anträge ich gestellt habe wegen der neuen Druckermaschine, um überhaupt genügend Papier und Tinte geliefert zu bekommen. Dabei geht es längst nicht um einen realen Mangel, sondern darum, Abhängigkeiten zu demonstrieren. Ich habe mich nicht von meinem eigenen Mann distanziert. Das ist mein Vergehen.«

»Was, wenn ihr allein weggeht?«, fragte Günther. »Ich könnte zu …« Er überlegte, ging seine gesamte Verwandtschaft durch. Auf die Schnelle fiel ihm niemand ein, bei dem oder der er wohnen könnte. »Es gibt sicherlich eine Lösung für mich, dass ich hierbleiben kann. Was ist mit Tante Martha in Dresden – nur als Beispiel?«

»Wir drei sind eine Familie«, sagte seine Mutter. »Wir gehören zusammen.«

»Ihr könnt mich nicht zwingen.« Günther stellte sich vor, die Kellertür zu öffnen, nach oben zu gehen, anschließend weiter nach draußen. Er bräuchte nur den Männern im Auto erzählen, was Richard plante, dann würde er mit Gewissheit hierbleiben können. Doch genauso wusste er, dass er seinen Eltern das niemals antun könnte. Wieder blickte er von einem zum anderen.

»Du kommst mit«, sagte sein Vater. »Du wirfst mir Sturheit vor. All dein Sträuben ist nichts anderes. Du weißt, dass es keine andere Möglichkeit gibt. Es ist wichtig, dass du deinen Koffer packst – nicht zu viel, nur so viel, als wolltest du ein paar Tage verreisen –, dann in die Schule gehst und pünktlich hierher zurückkehrst. Eine Woche hast du Zeit, dir zu überlegen, was du mitnehmen willst. Anschließend geht es los. Nächsten Dienstag. Und wie gesagt: Einen Rucksack oder einen Koffer kannst du mitnehmen, nicht mehr. Du packst genau so, dass jeder, der den Koffer kontrolliert, überzeugt ist, dass es sich nur um eine kurze Reise handelt. Schallplatten kannst du dementsprechend nicht einpacken und keine ganzen Fotoalben, höchstens ein paar Fotografien, die du als Lesezeichen in ein Buch steckst oder in dein Portemonnaie.«

»Ihr habt also einen konkreten Plan. Den habt ihr schon lange. Ihr habt all das einfach ohne mich entschieden und stellt mich jetzt vor vollendete Tatsachen?« Günthers Gedanken rasten. Er hatte mit allem gerechnet, aber nicht damit, dass die Vorbereitungen seiner Eltern bereits so weit fortgeschritten waren, die Pläne so konkret. Nächsten Dienstag. Er versuchte zu begreifen, was das für ihn und seine Zukunft bedeutete.

»Ja, den haben wir«, sagte seine Mutter. »Wenn es nach mir gegangen wäre, hätten wir das auch jetzt noch nicht mit dir besprochen, sondern erst am folgenden Wochenende. Aber Richard war es wichtig, dass du Zeit hast, dich darauf einzustellen und ungeklärte Angelegenheiten zu regeln.«

»Was, wenn es schiefgeht?« Günther traute es sich kaum auszusprechen.

»Es wird nichts schiefgehen.« Richard stand auf und ging zur Tür. Für ihn war damit alles gesagt.

Kapitel 8

Lena

Es läutete Sturm. Langsam schlug Lena die Augen auf, tippte auf ihre Armbanduhr, um das Display zu aktivieren, und las die Uhrzeit ab. Kurz nach zwölf. Sie klopfte noch einmal auf das Display, dann ein drittes Mal. Sie blickte nach draußen. Es stimmte, die Sonne stand bereits hoch am Himmel. Sie hatte verschlafen, obwohl sie an diesem Morgen schon früh hatte mit der Arbeit beginnen wollen, um endlich die Zeichnung fertigzustellen, an der sie bereits mehrere Tage herumprobierte.

Sie schloss noch einmal die Augen. Dann, als das Klingeln nicht aufhörte, stand sie auf und drückte den Türsummer, ohne vorher an die Freisprechanlage zu gehen. Es gab nur einen Menschen auf der Welt, den sie kannte, der derart hartnäckig sein konnte.

Dann öffnete Lena die Wohnungstür und ging ins Bad. Die Zeit, bis Susanne oben wäre, reichte, um kurz auf die Toilette zu gehen, Wasser aus dem Zahnputzbecher zu trinken und sich die Haare zu kämmen.

»Wo bist du?«, fragte Susanne.

Lena kam aus dem Bad. »Hier.«

»Ich habe gehört, was gestern passiert ist.«

»Deswegen bist du gekommen? Musst du nicht in die Schule?«

»Es geht hier nicht um mich, sondern um dich. Aber wenn du es genau wissen willst: Ich habe zwei Freistunden und muss dann noch eine Arbeitsgemeinschaft betreuen.«

Lena ging in die Küche, um die Kaffeemaschine einzuschalten. Wie lang sie geschlafen hatte! Über zwölf Stunden. Doch sie fühlte sich nicht frisch, sondern müder als zuvor. Ihre Gedanken flossen langsam, der Kopf war wie benebelt, die Glieder wie eingerostet.

»Du auch einen?«, fragte Lena.

»Nein danke.«

Die Maschine gurgelte und zischte, dann floss das Reinigungswasser in die Tasse. Lena kippte es in den Abguss, stellte einen sauberen Becher hin und wählte einen doppelten Cappuccino. Das Mahlwerk arbeitete so laut, dass bei Lena für einen kurzen Moment Erleichterung eintrat, weil es in dieser Zeit unmöglich war, sich zu unterhalten. Das gab ihr die Möglichkeit, sich innerlich zu sammeln.

»Was hast du denn gehört? Von wem?«, fragte Lena. Sie lächelte bitter und drehte sich zur Kaffeemaschine, damit Susanne es nicht sah. Von außen betrachtet war diese Situation einfach nur grotesk. »Maximilians Mutter, habe ich recht?«

»Sie hat bei mir angerufen. Ich weiß, dass ihr nicht das beste Verhältnis zueinander habt, dass du von Anfang an auf Distanz gegangen bist. Ich habe mich auch so gut wie nie in deine privaten Belange eingemischt. Aber in diesem Fall muss ich Maximilians Mutter zustimmen: Es gibt Situationen, in denen es ein Fehler wäre, sich nicht einzumischen, dir wenigstens zu sagen ...«

»Hast du übrigens mitbekommen, dass ich inzwischen erwachsen bin, seit über zehn Jahren schon?«

»Erwachsene handeln verantwortungsbewusst. Auf die Zukunft bedacht. Erwachsene verdienen ihr eigenes Geld.«

»Ich habe mein eigenes Geld. Seit Langem. Dieses Jahr habe ich ein Stipendium. Wenn es mit den Illustrationen nicht klappen sollte, gehe ich danach in den Kindergarten zurück. Ich weiß gar nicht, was dir daran nicht passt.« Sie schwieg, weil sie merkte, dass sie sich wieder rechtfertigte, obwohl sie es eigentlich nicht wollte. Sie war wegen der abgesagten Verlobung niemandem eine Erklärung schuldig außer sich selbst und Maximilian. Es war eine Angelegenheit, die betraf nur sie beide.

»Ist es besser, wenn alle wie du schon mit einundzwanzig ein Kind kriegen, aber mit dem Vater des Kindes nichts zu tun haben wollen und ihn einfach aus ihrem Leben streichen? Findest du das nachahmenswert? Es gibt ja Großväter, die sind dazu da, sich um Säuglinge zu kümmern, denn damit haben sie Erfahrung.« Sie wusste, dass es gemein war, aber es war die einzige Möglichkeit, die sie kannte, um Susanne auszubremsen.

»Mach mir doch einen Kaffee«, sagte diese.

Lena betätigte noch einmal die Kaffeemaschine, holte zwei Kaffeelöffel aus der Schublade und Milch aus dem Kühlschrank. Anschließend stellte sie die zwei dampfenden Becher mit Kaffee auf den Tisch. Sie nickte Susanne zu, dann setzte sie sich. Susanne tat es ihr nach.

Schweigend saßen sie sich gegenüber, beide pusteten in ihren Kaffee, der kochend heiß war, obwohl sie bereits Milch hineingeschüttet hatten.

»Warum?«, fragte Susanne. »Erklär es mir wenigstens. Er ist nicht nur eine gute Partie, er ist auch einfühlsam und sieht gut aus. Er kann zuhören, das können nicht viele Männer. Das hat Max von seinem Vater. Er setzt sich richtig für seinen Beruf ein, weil ihm die Patienten wirklich wichtig sind. Er ist ein guter Mensch. Habe ich dir mal davon erzählt, wie ich Jule in die Notaufnahme bringen musste und Max Dienst hatte? Es war bei Jule nur ein verstauchter Fuß, aber du weißt ja, wie es in den Notaufnahmen zugeht. Alle Ärzte und Schwestern rennen hektisch herum, die Patienten sind gereizt, weil sie so lange warten müssen, sie wissen nicht, wann sie drankommen, niemand erklärt etwas. Max war wie der ruhende Pol. Sicher, auch er war gehetzt, aber er hat sich die Zeit genommen, etwas zu sagen wie ›Ich bin gleich bei Ihnen‹ und hat den Leuten im Vorbeigehen immer freundlich zugenickt. Dann, im Behandlungszimmer, war es, als hätte er alle Zeit der Welt. Allein, dass er einen ausreden lässt und nicht unterbricht, wie die anderen Ärzte das tun … Er sieht die Menschen hinter den Krankheiten.«

»Ich weiß.« Genau das machte es ja so schwer. Max war von außen betrachtet der perfekte Mann – wenn es so etwas überhaupt gab. Er könnte höchstens ein paar Zentimeter größer sein – so überragte sie ihn, wenn sie Schuhe mit Absätzen trug. Aber darum ging es ja nicht.

»Entschuldige dich bei seinen Eltern und ihm, dann wird es sich wieder einrenken. Erklär ihnen, dass es nicht persönlich gemeint war, sondern deiner Unsicherheit geschuldet, einer Überforderung aus der Situation heraus, einer momentanen … Verwirrung.« Susanne lehnte sich nach vorn und umfasste Lenas Hand. »Du warst durch den Wind wegen dieser Marlies-Sache. Das versteht jeder, wenn du es erklärst. Das hat dich völlig aus der Bahn geworfen. Es ist alles sehr, sehr unglücklich gelaufen. Sicher ist es nicht günstig, mit dieser Familienangelegenheit hausieren zu gehen, Details von Marlies' Klinikaufenthalten sollte man niemandem zumuten, aber du kannst es ja ganz sachlich schildern.«

Lena schüttelte den Kopf. Wenn es doch so einfach wäre! Abgesehen davon – wie stellte Susanne sich das vor?

»Sag du auch endlich mal was.« Susanne drückte ihr aufmunternd die Hand und nickte ihr zu. Dann ließ sie Lenas Hand los und trank einen Schluck Kaffee.

»Es ist nicht so einfach«, sagte Lena.

»Einfach ist es nie.«

»Mein Rückzieher, das war nicht nur eine Laune. Ich bin mir im Hinblick auf Max und meine Gefühle zu ihm unsicher. Klar, wir sind fünf Jahre zusammen, aber das kann doch nicht der Grund sein …«

»Es wird ja wohl einen Grund geben, dass ihr überhaupt fünf Jahre zusammengeblieben seid – im Gegensatz zu deinen vorherigen Beziehungen, die so kurz waren, dass es sich nicht einmal gelohnt hat, sich die Namen all der jungen Herren zu merken, mit denen du dich getroffen hast.«

»Susanne!«

»So war es doch. Worauf willst du warten?« Susanne nahm das Handy, das auf dem Tisch lag, und reichte es Lena. »Am besten bringst du es jetzt sofort in Ordnung. Du rufst erst bei Maximilian an. Wenn er im Krankenhaus ist, hinterlässt du ihm eine Nachricht. Dann klärst du die Angelegenheit mit seinen Eltern, die durch dein Verhalten wie vor den Kopf gestoßen sind. Entschuldigst dich, dass du ihnen den Abend verdorben hast. Aber so, dass es auch glaubwürdig ist. Diese Familie gehört zu den Guten. Etwas Besseres wirst du nie finden.«

Lena nahm ihrer Mutter das Handy ab und steckte es in die Hosentasche. »Geh bitte.« Lena stand auf, ging durch die Küchentür ins Wohnzimmer und wies mit dem Arm zur Wohnungstür.

Susanne blieb am Küchentisch sitzen. »Ich meine es gut mit dir. Ich will doch nur, dass du glücklich bist und keinen riesigen Fehler begehst. Du hast so viele Optionen, die dir offenstehen! Max ist eine davon.«

»Bitte, Susanne, geh. Ich muss das alles erst mal sacken lassen. Und anschließend überlegen, wie es weitergeht. Aber dabei kannst du mir nicht helfen, weil jeder seine eigenen

Entscheidungen treffen muss. Und jetzt geh. Bitte.« Lena ging weiter zur Haustür und öffnete sie.

Erst geschah nichts, dann kam Susanne aus der Küche. Sie schnaubte, sie protestierte und versuchte noch im Hinausgehen, Lena Maximilian und seinen Eltern gegenüber zu einer Entschuldigung zu bewegen, aber dann verließ sie die Wohnung.

Erleichtert schloss Lena die Tür. Sie fühlte sich wie gerädert. Langsam durchquerte sie das Wohnzimmer, um aus dem Fenster auf die Straße zu blicken. Sie wartete, bis Susanne abgefahren, das Auto nicht mehr sichtbar war, dann kamen ihr die Tränen.

2016 war Peter gestorben. Seitdem waren vier Jahre vergangen, trotzdem war es, als wäre der Tod erst vor ein paar Tagen gewesen, so präsent war er in ihren Gedanken, so frisch die Erinnerung an ihn. Alles hätte sie gegeben, um nun mit ihm sprechen zu können, um ihm zu erzählen, was sie bewegte. Er würde die Sache sicher anders betrachten als Susanne. Er würde ihr beistehen, welche Entscheidung sie auch immer traf.

Wenn sie die Augen schloss, hatte sie noch immer seinen Geruch in der Nase. Seine Kleidung hatte nach dem Waschpulver geduftet, von dem er zeitlebens eine viel zu große Menge in die Waschmaschine gefüllt hatte. Er hatte gemeint, Wäsche in der Maschine müsse richtig schäumen, sonst würde sie nicht sauber. In den letzten Jahren dann hatte er zusätzlich nach Alkohol gerochen, nach dieser Mischung aus Wein, Bier und Schnaps. Für so viele Menschen war die Wende mit Hoffnungen verbunden gewesen, doch Peter hatte sofort geahnt, dass es für ihn schwierig werden würde. Diese Prognose war untertrieben gewesen. Schnell hatte er seinen Beruf in der Polizeiverwaltung verloren, der ihm so viel bedeutet hatte. Anfangs hatte er noch nicht getrunken, sondern war darin aufgegangen, sich um seine Enkelin zu kümmern. Er war für Lena Opa, Vater und

Mutter zugleich gewesen. Doch als sie älter und unabhängiger geworden war, hatte er mit dem Trinken begonnen, erst heimlich, dann offen. So oft hatte sie versucht, all die versteckten Schnapsflaschen zu finden und auszukippen, aber es war ein Kampf wie gegen die Asseln in seinem Keller – überall tauchten wieder neue auf.

Dass er wegen seines Alkoholkonsums an Leber- und Nierenversagen verstorben war, gehörte zu den Tatsachen, die sie einfach nicht begreifen konnte, bis heute nicht. Dabei hätte doch alles gut werden können! Er hätte sich zu einem Entzug überreden lassen können. Nun war es für all diese Überlegungen zu spät, auch diese Einsicht schmerzte noch immer genauso wie sein plötzlicher Tod.

Lena setzte sich aufs Sofa, legte die Beine hoch und umklammerte ihre Knie. Jetzt, in genau diesem Moment, hätte sie ihn so gern gesprochen. Ihn gebeten, sie zu halten. Ganz fest. Er hatte immer Rat gewusst, hatte zugehört, ohne zu urteilen. Er fehlte ihr so sehr!

KAPITEL 9

MARIANNE 1956

»Dieses Fräulein ist also die Praktikantin. Wie ist denn dein Name?«

Marianne erschrak, als sich der Oberarzt an sie richtete. Gemeinsam mit drei Schwestern und zwei Ärzten gingen sie auf der Kinderstation von Bett zu Bett. Nun, auf dem Gang zwischen den Zimmern, war es mit einem Mal so ruhig, als würde nicht nur Marianne, sondern das gesamte Krankenhaus die Luft anhalten, als stünde die Zeit still. Hitze schoss ihr ins Gesicht, ihre Ohren brannten vor Aufregung. Sie wusste, dass ihre Wangen und Ohren nun rot waren wie eine Tomate.

»Sie wird uns heute unterstützen«, sagte die Schwester.

Der Oberarzt nickte, wandte sich dann wieder an Marianne.

»Ich … ich bin froh, dass … ich meine …« Marianne musste husten und schwieg.

»Etwas schüchtern, das Fräulein.« Der Oberarzt grinste.

Sie holte tief Luft, streckte den Oberkörper und versuchte es noch einmal. »Marianne.« Nun gelang es ihr, ihren Namen laut und deutlich anzusprechen.

»Na, das ist ja mal ein Anfang.« Der Oberarzt nickte. »Und Sie, Schwester Karin, nehmen Marianne unter die Fittiche?«

Die Schwester blickte zu Boden. »Jawohl, Dr. Hoess.« Dann wandte sie sich an Marianne. »Auf, auf, wie man die Bettpfannen ausleert, hast du ja gesehen.« Sie nickte zum Patientenzimmer, bei dem die Tür geöffnet war.

Marianne überlegte zu fragen, ob jemand mitkäme, um ihr bei der Arbeit zu helfen, oder ob ihr wenigstens eine Schwester über die Schulter schauen könnte, damit sie keinen Fehler beging. Gleichzeitig sehnte sie sich danach, weiter bei der Visite dabeizubleiben, denn es interessierte sie wirklich, was dort gesprochen wurde. Doch sie wandte sich ab und ging in den Schlafsaal nebenan, wie Schwester Karin ihr aufgetragen hatte, um nicht aufdringlich zu wirken.

Hier gab es so viel zu tun, dass problemlos doppelt so viele Schwestern auf der Kinderstation arbeiten könnten.

Doch zuerst stand die Reinigung der Bettpfannen an und nur daran galt es zu denken. Dass diese Aufgabe alles andere als beliebt war, ahnte Marianne, auch wenn niemand sich über irgendeine der anfallenden Tätigkeiten beklagte. Aber Marianne störte es nicht, sie atmete währenddessen einfach durch den Mund.

»Du hast eine schöne Puppe«, sagte sie zur Begrüßung zu einem ungefähr fünfjährigen Mädchen mit Beinbruch. Das Bein war vom Fuß bis zur Hüfte eingegipst und hing in einer Schlaufe, sodass das Kind sich nicht einmal auf die Seite drehen konnte.

»Ja, sie heißt Emma.«

Während sie über die Puppe redeten – das Mädchen erzählte, wie es die Puppe einmal beim Einkaufen verloren und erst zwei Tage später wiederbekommen hatte –, gelang es Marianne beiläufig, dem Mädchen dabei zu helfen, sich zu erleichtern und es anschließend zu säubern, wie sie es vorher bei den anderen Schwestern beobachtet hatte. Anfangs dachte sie, dass es peinlich würde, wusste nicht, wo sie hinschauen sollte, doch dann war es ähnlich wie das Wickeln des Nachbarbabys oder wie wenn sie Ruth half, den Sonnenbrand auf ihrem Rücken einzucremen.

Bei den nächsten Bettpfannen ging es schon schneller. Doch bald merkte Marianne, dass ihre Schuhe an den Zehen drückten und an der Ferse scheuerten. Anfangs war es nur ein leicht unangenehmes Gefühl, dann wurde es ein schmerzhaftes Pochen, das sich immer schwerer ignorieren ließ. Nur wenig später spürte sie an der rechten Ferse Feuchtigkeit und wie die Socke am Fuß und am Schuh festklebte. Sie traute sich nicht, nach einem Pflaster zu fragen, zerriss stattdessen ihr Stofftaschentuch, das zum Glück noch unbenutzt war, und stopfte es als Polster an die rechte und die linke Ferse.

Ihre nachfolgenden Aufgaben kannte sie schon: Fieber musste gemessen und in Tabellen eingetragen werden. Anschließend folgte die Essensausgabe, dann sollte sie helfen, die Kleinen zu füttern, ihnen dabei auf keinen Fall den Löffel selbst in die Hand geben, weil ansonsten die Betten bekleckert und neu bezogen werden müssten.

Danach galt es, die Tabletts abzuräumen, beim Verbandswechsel zu helfen, die Bettlägerigen aufzurichten, um ein paar Schritte zur Kreislaufaktivierung mit ihnen zu gehen.

Die Stunden flogen nur so dahin. Längst spürte Marianne die Schmerzen an ihren Füßen nicht mehr, zu groß war der Trubel, zu viel musste getan werden, zu wenig Zeit gab es, innezuhalten und hinzuspüren.

Es war kurz nach drei am Nachmittag, als Dr. Hoess sie zu sich ins Zimmer rief. Ausgemacht war eigentlich, dass sie bis um fünf half und anschließend ein Gespräch erfolgte. Sie fragte sich, ob sie etwas falsch gemacht hatte, weil das Treffen viel früher als geplant stattfand, ließ den gesamten Tag noch einmal vor ihrem inneren Auge Revue passieren.

Nein, die anderen Schwestern und vor allem die Kinder waren sehr zufrieden gewesen, sie hatten sogar gescherzt und gelacht. Oder lag vielleicht genau dort das Problem? Hatte sie zu viel geplaudert und hätte die Arbeit eher still verrichten sollen, wie Schwester Karin es tat?

Nervös klopfte Marianne an der Tür des Chefarztes an. Zur Begrüßung machte sie einen Knicks, wollte gerade die Tür schließen, als Dr. Hoess sagte: »Lass die Tür ruhig offen, wir brauchen nicht lang. Wie hat dir denn dieser Tag gefallen? Kannst du dir vorstellen, dass so dein neuer Alltag aussähe?«

»Ja.« Sie hatte keine Zweifel. »Ja!« Ein weiterer Schulbesuch stand nicht zur Diskussion, das würde ihr Vater nie erlauben. So war die Möglichkeit, anstatt zur Oberschule zu gehen, hier im Krankenhaus den Kindern dabei zu helfen, gesund zu werden, wie ein wunderbarer Traum. Vor allem, wenn sie sich die Alternative vor Augen hielt: Tag für Tag einsam im Nebenzimmer der Eisenwarenhandlung zu sitzen, für den Vater Tabellen und Listen auszufüllen, für ihn zu schreiben, im besten Fall einmal am Tag hinauszudürfen, um die Briefe zur Post zu bringen. Dagegen fühlte sich die Tätigkeit im Krankenhaus wie die absolute Freiheit an. Obwohl es viel zu tun gab, war die Atmosphäre entspannt. Und die Kinder waren dankbar, wenn sie sich ihnen zuwendete.

»Ja – und? Wie soll ich das verstehen?«, fragte der Oberarzt.

»Ich würde sehr, sehr gern hier auf der Station arbeiten. Ich würde mich auch noch mehr anstrengen und besser werden.«

Der Arzt lachte. »Noch mehr anstrengen?«

»Aber ja.«

»Dann können wir für dich das Pensum von vier Hilfsschwestern einplanen, du hast heute ja schon für zwei gearbeitet. Du hast wirklich Talent, Marianne. Du kannst gut mit Kindern umgehen. Anweisungen schnell umsetzen. Du bist freundlich und höflich.«

»Das heißt …« Sie musste vor Aufregung husten.

82

»Natürlich kannst du hier anfangen. Komm morgen um sieben noch einmal mit deinen Eltern vorbei, damit wir die Details klären können. Falls es für deine Eltern nicht ein zu großer Umstand ist, am Sonntag herzukommen. Ansonsten vereinbaren wir einen Termin am Montag.«

Marianne brauchte ein paar Sekunden, um zu begreifen, was das bedeutete. Dann sprang sie kurz in die Luft und zwang sich, ruhig stehen zu bleiben.

»Sonntag ist perfekt. Ganz vielen Dank«, sagte sie, verabschiedete sich und rannte nach Hause.

* * *

Wie meistens am Samstag arbeiteten beide Eltern noch im Geschäft. Die Mutter putzte die Räume, der Vater sortierte die Schubladen mit den Schrauben, Winkeln und Haken, die von den Kunden immer wieder durcheinandergebracht wurden, obwohl es keine Selbstbedienung gab. Aber die meisten wollten im Vorhinein genau betrachten, was sie kauften, nahmen dann aus verschiedenen Schubladen die Kleinteile in die Hand, besonders wenn es voll war im Geschäft und niemand sie darauf hinweisen konnte, dass dies nicht erlaubt war. Wenn man ihnen nicht Einhalt gebot, entschieden sie sich erst nach eingehender Prüfung, was sie kaufen wollten. Dann wussten sie nicht, wie sie die übrigen Teile wieder einräumen sollten.

»Wie die kleinen Kinder«, hörte Marianne ihren Vater bereits von der Straße aus fluchen. Nun war nicht die beste Zeit, um über das zu sprechen, was sie heute erlebt hatte und plante.

So ging sie erst ins Wohnhaus, zog die Schuhe aus, wusch sich die Hände, verarztete ihre blutigen Blasen mit Jodtinktur und klebte Pflaster darüber. Mit frisch gewaschenen Socken, die wunden Füße in den weichen Hausschuhen verborgen, begab sie sich in die Küche. Sie brauchte gar nicht nach ihrer

Schwester zu sehen – dem Gemurmel nach zu urteilen, das aus Ruths Zimmer kam, lernte sie etwas, das sich wie Physik oder Chemie anhörte. Ruth sagte Formeln auf.

Die blutigen und verschmutzten Socken hatten zusätzlich Löcher bekommen. Marianne überlegte, wohin sie sie legen sollte. Die Socken einfach auf den Wäschehaufen im Keller zu werfen, traute sie sich nicht, so versteckte sie die Socken vorerst unter den Schals und Mützen an der Garderobe. Darum würde sie sich später kümmern.

Zuerst ging sie zur Spüle und erledigte den Abwasch, dann begann sie, Kartoffeln für Kartoffelpuffer zu schälen und zu reiben. Zwiebeln waren auch noch da, aus dem Garten würde sie zusätzlich Möhren und Gurken holen, um dazu gedünstetes Gemüse zuzubereiten.

Erst als der intensive Duft von gebratenen Zwiebeln und Kartoffeln die Küche erfüllte, merkte sie, wie groß ihr Hunger war, und ihr Magen begann laut zu knurren. Sie naschte ein paar rohe Möhrenstücke, kostete von den Bruchstücken der Kartoffelpuffer, doch sie musste sich beeilen, wenn sie noch den Tisch decken wollte.

Gerade als sie die letzte Pfanne auf den Esstisch trug, hörte sie den Schlüssel in der Haustür.

»Essen«, rief sie, auch als Warnung, damit Ruth die Bücher verschwinden ließ.

»Meine Große«, sagte ihr Vater und strich ihr zur Begrüßung über den Kopf. Er ging vornübergebeugt von der langen Arbeitswoche und ließ sich auf einen Stuhl sinken, obwohl er noch seinen Kittel trug.

Marianne wartete, bis auch Ruth und ihre Mutter gekommen waren und sich alle gesetzt hatten, dann nahm sie ihren Mut zusammen. »Ich muss euch etwas Fantastisches erzählen«, sagte sie und ärgerte sich, dass sie klang, als müsste sie einen neuen Konflikt mit einem der Lehrer beichten.

Ihre Mutter schüttelte den Kopf. »Nicht schon wieder beim Essen. Das sollten wir genießen. Ich möchte einmal nichts hören von der Schule, den Lehrern, von dem, was euch nicht passt. Was ist so schwer daran?«

»Aber ...«

»Kein Aber. Immer am Mosern. Ihr beide wisst gar nicht, wie gut es euch geht. Wir leben wie die Könige, und ihr?« Sie ließ ihren Blick von Marianne zu Ruth gleiten. »Womit habe ich zwei Töchter verdient, die schon in den ersten Klassen in der Schule Widerworte geben? Ich habe einen anstrengenden Tag hinter mir. Ich will von alledem nichts hören, einfach meine Ruhe haben. Was ist denn daran so schwer zu verstehen? Ist das etwa zu viel verlangt?«

Ruth senkte sofort schuldbewusst den Kopf und zog die Schultern hoch.

Marianne überlegte, doch es gab keine Alternative: Sie musste warten, auch wenn sie gehofft hatte, die Eltern mit dem Essen und dem Aufräumen der Küche positiv zu stimmen. So wartete sie, bis ihr Vater, der sich am Tisch immer die meiste Zeit ließ, aufgegessen hatte. Das gemeinsame Abendessen war für ihn der wesentlichste Punkt des Tages.

»Warte bitte kurz«, sagte sie, als ihre Mutter aufstand, um das Geschirr zusammenzuräumen. »Ich muss euch noch etwas Wichtiges sagen.«

Nun waren alle Augen auf sie gerichtet. Wieder spürte sie die Hitze an den Wangen und an den Ohren. So viele Varianten, von der Ausbildung zur Kinderkrankenschwester zu erzählen, hatte sie sich auf dem Rückweg überlegt, nun war ihr Kopf vollständig leer.

»Was denn?«, fragte ihr Vater.

»Ich ... ich war ... Es ist ...«

»Mädchen, Mädchen«, sagte ihre Mutter. »Pack mit an und hilf mir beim Abwasch.«

»Ich war heute im Krankenhaus.« So, nun war der Anfang gemacht. Marianne atmete erleichtert aus. »Aber nicht, weil ich krank bin, sondern um einen Tag lang auf der Kinderstation zu helfen. Es war ganz unkompliziert, das zu vereinbaren. In der Verwaltung haben sie gesagt, ich kann an jedem Tag kommen, an dem ich will. Dr. Hoess hat mich gelobt und gemeint, dass ich Talent habe, dass ich gern auf die Schwesternschule gehen kann, wenn ich meinen Abschluss habe. Wir müssen nur noch einmal zusammen dort hingehen und den Vertrag für mich unterschreiben. Ich will Kinderkrankenschwester werden.« Die Worte kamen ihr so schnell, dass sie sich fast verhaspelte.

»Du willst was?« Ihr Vater rückte mit seinem Stuhl vom Tisch ab und verschränkte die Arme. »Du hast heute was getan?«

»Im Krankenhaus geholfen. Mich vorgestellt, das muss man, wenn man Krankenschwester werden will. Und sie waren begeistert. Dr. Hoess ... Dr. Hoess ist der ...«

Mit seiner erhobenen Hand brachte ihr Vater sie zum Schweigen. Dann stand er so ruckartig auf, dass der Stuhl hinter ihm auf den Boden krachte, die Lehne gegen die Vitrine schlug. Er beugte sich über den Tisch zu ihr, blickte von oben auf sie herab.

»Du hast was?«, schrie er so laut, dass sie seinen Atem auf ihren Wangen spürte.

Ruth saß wie erstarrt auf ihrem Stuhl. Mutter stellte leise das Geschirr zusammen und trug es mitsamt dem Besteck in die Küche.

»Nein«, sagte ihr Vater. »Nein, nein und nochmals nein. Schlag dir das aus dem Kopf.« Er setzte sich. »Ich lasse es nicht zu, dass du mir mit deinen Flausen wieder einmal den Abend verdirbst. Womit habe ich nur solche Töchter verdient? Früher hätten wir es nie gewagt, uns unseren Eltern gegenüber so etwas herauszunehmen. Diese Eigenmächtigkeiten! Diese Widerspenstigkeit. Das liegt alles an diesem Günther und seinem ach so berühmten Vater, der nun die Quittung für seine Hochnäsigkeit bekommt. Hochmut kommt vor dem Fall, merkt euch das. Beide. Marianne und du auch, Ruth. Und jetzt will ich davon nichts mehr hören.

Nichts von all dem Gerede von der Schwesternschule, erst recht nichts von irgendeinem Studium.«

Ruth sank noch weiter in sich zusammen. In ihre Augen traten Tränen, die sie wegblinzelte. Es tat Marianne so leid, dass Ruth in die Sache hineingezogen wurde, dass sich der Fokus des Vaters nun auf Ruth richtete, obwohl sie seit Monaten nicht mehr von Mathematik, Physik oder Chemie gesprochen hatte.

»Ich werde diesen Irrsinn heute und deine sonstigen Schnapsideen einfach vergessen«, sagte ihr Vater. »Obwohl es angemessener wäre, dich zu bestrafen, um dir Achtung vor den Eltern beizubringen.« Er klang versöhnlicher. »Johanna, bring mir ein Bier. Mein freier Abend ist zu wertvoll, um ihn mit so etwas zu verderben. Und jetzt auf in eure Zimmer, Mädchen. Auf, auf.«

Ruth ließ es sich nicht zweimal sagen. Zügig stand sie auf und eilte treppauf. Aus der Küche war Geschirrklappern zu hören.

»Wo bleibt mein Bier?«, rief der Vater.

Langsam stand auch Marianne auf, wandte sich um. Auf halber Treppe blieb sie stehen. »Bitte, Vati«, versuchte sie es noch ein letztes Mal. »Dr. Hoess wartet nur darauf, dass du kommst, um ...«

»Du wirst nicht in die Schwesternschule gehen. Das ist mein letztes Wort. Du bleibst hier. Es gibt im Geschäft mehr als genug Arbeit. Willst du uns ruinieren?« Er stand auf, ging auf Marianne zu, die nun zurückwich. »Willst du, dass all die Gewinne für Angestellte draufgehen, weil unser Fräulein hier zu fein ist, um mit anzupacken? Kinderkrankenschwester will sie werden. Soso. Meinst du, im Krankenhaus musst du weniger arbeiten? Glaubst du, das würde dir ein angenehmeres Leben bescheren? Oder geht es dir darum, mir eins auszuwischen? Ich sage dir eins.« Er war nun so nah bei ihr, dass sie den Luftzug seiner Bewegungen spürte. Er hob die Hand, als wollte er sie schlagen, ließ sie dann aber wieder sinken. Sie zuckte zusammen. »Noch ein Wort davon und du kannst etwas erleben«, sagte er. »Jetzt geh in dein Zimmer. Sofort, ehe ich mich vergesse.«

KAPITEL 10

LENA

Tag und Nacht verschwammen zu einer diffusen Einheit. Inzwischen war der gesamte Fußboden von Lenas Wohnung, ausgenommen der des Bades, von Notizzetteln und Skizzen bedeckt. Wenn sie vom Schlafzimmer über das Wohnzimmer zur Küche gelangen wollte, musste sie erst mit dem nackten Fuß die Papiere beiseiteschieben. Seit sie sich eine Klimaanlage mit Abluftschlauch bestellt hatte, war es in der Wohnung so angenehm kühl, dass sie gar keine Lust mehr hatte, sich nach draußen in die flirrende Hitze zu begeben. An die folgende Stromrechnung wollte sie lieber nicht denken, doch noch fataler wäre es, wenn sie es nicht schaffte, bis zum Jahresende das Kinderbuch fertigzustellen, und dann das Geld des Stipendiums zurückzahlen müsste. Die letzten Tage hatte sie nichts getan außer arbeiten, essen und schlafen und war trotz der inneren Anspannung besser vorangekommen als die Monate davor. Opa Peter hatte oft getrunken, wenn er von der Welt nichts mehr wissen wollte, wenn ihm alles zu viel geworden war. Susanne telefonierte, wenn sie gestresst war, stundenlang mit ihrer Freundin Jule, die im Haus gegenüber lebte, lief dabei durch die Zimmer wie ein Tiger im zu engen Käfig. Doch ihr selbst half nichts besser, als zu zeichnen und zu skizzieren. Dann waren die Gedanken an den Streit mit Max und Susanne ganz weit weg. Während all der Tage hatte sie hin und wieder mit Marlies telefoniert, aber sonst mit keiner Menschenseele gesprochen. Dass sich Max und Susanne nicht meldeten, störte sie nicht, im Gegenteil. Alles, was gesagt werden konnte, war bereits gesagt, nun würde es nur noch emotional werden und weiteren Streit geben.

Mit dem Kopfhörer, über den sie laute Rockmusik hörte, um sich länger wach zu halten, lief Lena von Zimmer zu Zimmer, um die besten Skizzen für das Buch auszuwählen und daraus endgültige Zeichnungen zu erstellen.

Ein Lichtstrahl, der plötzlich von hinten kam, irritierte sie. Langsam und noch in Gedanken drehte sie sich um, dann schrie sie auf: Menschen befanden sich im Flur und waren im Begriff, ihre Wohnung zu betreten. Die Wohnungstür stand bereits offen.

Im Gegenlicht sah sie nur dunkle Silhouetten, erkannte, dass es zwei Erwachsene und ein Kind waren. Die Situation war so grotesk, dass sie sich kurz fragte, ob sie so müde war, dass sie bereits halluzinierte. Dann erkannte sie ihre Vermieterin und Max. Lena nahm den Kopfhörer ab.

»Geht's noch?«, fragte sie. »Ihr habt mich zu Tode erschreckt. Wieso kommt ihr hier einfach rein?«

Die Musik war so laut, dass sie, obwohl der Kopfhörer nun auf ihren Schultern ruhte, die Antwort von Max nicht verstand.

»Einen Moment«, sagte Lena, ging zu ihrem Handy und schaltete den Ton aus. »Wieso kommt ihr hier einfach rein?«, fragte sie noch einmal.

»Ich habe dich angerufen. Vorgestern. Gestern. Und heute. Immer wieder. Jedes Mal vor und nach dem Dienst bin ich vorbeigekommen und habe geklingelt. Die Rollläden waren unverändert heruntergelassen, im Wohnzimmer das Fenster durchgehend geöffnet, der Schlauch einer Klimaanlage hing die ganze Zeit raus, die Klimaanlage lief Tag und Nacht. Deine Post quillt über. Ich habe mir Sorgen gemacht«, sagte Max. Wütend starrte er sie an. »Frau Junker war so nett, mir aufzuschließen, um nachzusehen.«

Lenas Blick glitt abwechselnd von Max zu dem kleinen Mädchen, das sie erst jetzt erkannte. Es war Max' Tochter. Sechs Jahre alt musste Martha inzwischen sein, rechnete Lena. Martha sah ihrem Vater immer ähnlicher. Das letzte Mal hatte sie das Mädchen vor über einem Jahr gesehen. Wie sie in der Zeit gewachsen war! Aus dem kleinen Wildfang, den sie im Kindergarten manchmal beim Spielen beobachtet hatte, war ein ernsthaftes Schulkind geworden, dazu waren die vorher langen Haare zu einem Pagenkopf gekürzt, der an Max' Mutter erinnerte.

»Wie ihr seht, ist alles gut«, sagte Lena. Sie hatte die Musik so laut gehört, dass es nun in ihrem Ohr piepte. »Es freut mich, dass du dir mal wieder Zeit für einen Vater-Tochter-Tag nimmst«, sagte sie zu Max. Die Stichelei konnte sie nicht unterdrücken, hatte sie Max doch so oft gesagt, er solle sich mehr um Martha kümmern. Immer war sie damit in der Vergangenheit auf taube Ohren gestoßen. Und nun tauchte er unvermittelt mit Martha auf. Es kam Lena vor wie der Versuch einer Erpressung. Wie sollte sie denn in Marthas Gegenwart reagieren? »Ich will euch dann auch nicht weiter aufhalten, genießt die Zeit miteinander.«

Sie ging auf die drei zu, um sich zu verabschieden, reichte zuerst der Vermieterin die Hand, die sich mit einem Schmunzeln umdrehte und die Treppe hinab zu ihrer Wohnung stieg.

»Dann viel Spaß«, sagte Lena und nickte Max zu.

»Wir wollten zu dir.« Martha riss sich von Max' Hand los und stürmte auf die herumliegenden Skizzen zu, die sie begeistert kommentierte: »Hast du das gemalt? Du kannst so toll malen. Darf ich das Bild haben?«

»Stopp! Nichts durcheinanderbringen.« So schnell Lena konnte, raffte sie die Papiere in Flur und Wohnzimmer zusammen, legte sie als Haufen auf den Wohnzimmertisch. »Es ist gerade wirklich ungünstig. Ich habe nicht einmal geduscht, seit Tagen nicht.« Sie sah an sich herunter. Das Top zierten Marmeladenflecken, die kurzen Frotteeshorts hatten längst ihre Passform verloren und waren inzwischen so weit wie ein Rock.

»Lena, bitte«, sagte Max. Er nahm ihre Hand. »Komm mit zum Röddelinsee. Wir wollen dort im Zelt übernachten. In das Viermannzelt passen wir locker zu dritt rein. Ich habe auch für dich eine Luftmatratze eingepackt.«

»Ne, lass mal. Du siehst ja, ich arbeite.« Sie schüttelte den Kopf. Monatelang hatte Max seine Tochter nicht gesehen – wenn sich Lena richtig erinnerte, war das letzte Treffen im vergangenen Jahr am zweiten Weihnachtsfeiertag gewesen. »Macht ihr euch eine schöne Zeit. Ich wünsche euch ganz viel Spaß.«

»Dann lass uns reden. Eine Viertelstunde.«

»Max! Martha freut sich sicher schon darauf, dass es losgeht. Für sie ist es blöd, hier herumzustehen und zu warten.« Ihr tat das Mädchen leid, das nun schüchtern neben ihrem Vater stand wie bestellt und nicht abgeholt.

»Lass uns reden. Nur kurz.«

Lena blickte sich um. Sie wusste, dass Max nicht eher Ruhe geben würde, bis sie sich für ihn Zeit genommen hatte. Vor Martha wollte sie keinen Streit beginnen, auch wenn sie sich ärgerte und es typisch fand: Endlich nahm er sich einmal Zeit für Martha, holte sie von ihrer Mutter ab, weckte riesige Erwartungen, und nun musste sich das Mädchen schon wieder wie ein Störfaktor fühlen. Dann wäre es besser gewesen, er hätte erst gar nicht mit großen Worten einen gemeinsamen Ausflug zum See versprochen.

91

»Okay«, sagte Lena und bückte sich zu Martha. »Letzte Woche habe ich eine Dokumentation über Erdhörnchen aufgenommen. Du glaubst nicht, wie lustig die sind. Ich musste bei dem Film laut lachen, sie sind wirklich zu komisch. Willst du den Anfang des Films sehen? Wenn er dir gefällt, kann ich dir die DVD mitgeben, dann kannst du ihn dir später bis zum Schluss ansehen.«

»Ich weiß nicht.« Martha sah zur Tür.

»Der Film ist bestimmt ganz toll«, sagte Max.

Lena ging zum Fernseher, legte die DVD ein, verband über Bluetooth den Kopfhörer mit dem Fernseher, schaltete die Sendung an und nickte Martha zu. Es war immer wieder ein Wunder, dass ein paar bewegte Bilder reichten, um die Aufmerksamkeit von jedem Kind zu bekommen. Lena setzte Martha den Kopfhörer auf. Obwohl sich das Mädchen zufrieden auf der Couch niederließ und begann, sich auf die Sendung zu konzentrieren, kam sich Lena schäbig vor. Sie nickte in Richtung Küche.

Max folgte ihr, griff nach der Klinke, um die Tür von innen zu schließen.

»Lass offen«, sagte Lena und drückte die Tür wieder auf, damit sich Martha wenigstens nicht komplett ausgeschlossen vorkam. Sie musste sich zusammennehmen, um nicht laut zu werden.

Kapitel 11

Marianne 1956

Mariannes Gedanken kreisten frustriert um die Möglichkeiten, die sich ihr zwischen Auflehnung und Fügung boten. Wie betäubt lag sie in ihrem Bett, konnte nicht einschlafen und wartete darauf, dass im Haus Stille einkehrte. Vorsehung, Schicksal, Bestimmung – viele Menschen akzeptierten die Gegebenheiten, schoben sie auf eine höhere Macht oder erklärten, warum es für die Gesellschaft schlecht sei, wenn jeder nach seiner eigenen Lust und Laune lebte. Marianne konnte es nicht hinnehmen. Ein Leben als Schreibkraft im Geschäft des Vaters würde bedeuten, dass sie das Denken beim Übertreten der Türschwelle abgeben müsste – mehr als das: Sie könnte sich glücklich schätzen, wenn sie überhaupt die Möglichkeit bekäme, die Welt außerhalb des Hauses und des Geschäfts zu entdecken. Vorbestimmt, ja, so sahen ihre Eltern ihr eigenes Leben und das ihrer Töchter, selbst bei der Heirat wollten sie mitreden. Noch war sie jung, noch musste sie nicht darauf antworten, wenn ihr Vater oder ihre Mutter von irgendwelchen Buben erzählten, die eine gute Partie seien oder die später einmal das Geschäft übernehmen könnten. Denn das war eine der Hauptsorgen ihres Vaters: Was würde aus der Eisenwarenhandlung werden, wo ihm seine Frau nur zwei Töchter geboren hatte? Ja, sie war »nur« eine Tochter, sie war nicht das, was er sich gewünscht hatte – einen Stammhalter, einen Nachfolger. Denn seiner Ansicht nach brauchte es die Stärke eines Mannes, um ein Geschäft zu führen.

Noch immer erklangen von unten die aufgeregten Stimmen ihrer Eltern. Zwar gedämpft, weil die Töchter nichts mitbekommen sollten, doch Marianne wusste längst, worüber die beiden seit Jahren so erbittert stritten: Es drehte sich um Irma. Immer wieder, wenn Vater behauptete, er gehe mit seinem Akkordeon zur Orchesterprobe oder mit ehemaligen Klassenkameraden wandern, traf er sich heimlich mit Irma, einer alleinstehenden, jungen, kinderlosen Kriegswitwe, die ihm schöne Augen machte. Mutter trug zwischenzeitlich ihre Haare blond wie Irma, hatte auch die kurzen, bunten Röcke bei ihr abgeguckt. Doch sie hatte es irgendwann aufgegeben, morgens lange Zeit im Bad zu verbringen und sich ausgiebig herzurichten, denn auch das hatte Vater nicht von Irma weggebracht. Ihre Orgelstunde hatte sie gestrichen, weil das ein vorher absehbarer Zeitraum war, den Vater genutzt hatte, um zu Irma zu gehen. Doch für Vater gab es mehr als genug Gelegenheiten, diese »unsägliche Frau«, wie Mutter sie nannte, zu treffen. Und sei es in der Mittagspause in der Wellblechhütte im Garten.

Marianne starrte an die Decke, lauschte den wütenden Stimmen der Eltern, die nun immer lauter wurden. Normalerweise las sie noch auf dem Rücken liegend in einem Buch, bevor ihr die Augen und die Hände schwerer wurden, das Buch auf ihren Bauch sackte und sie einschlief. Doch die Striemen von den Prügeln mit der Weidenrute schmerzten zu sehr, als dass sie ihre übliche Lese- und Einschlafposition hätte einnehmen können. Noch hatte sie sich nicht von hinten im Badezimmerspiegel betrachtet, ahnte nur, wie das Muster auf ihrem Rücken und ihrem Po aussah. Vater dachte, er könnte sie damit brechen, sie dazu zwingen, seinen Willen auszuführen und seine Meinungen zu übernehmen, sich endlich fügen. Als Kind war sie nach einer Bestrafung auch zwei oder drei Wochen lang »lieb« gewesen, hatte sich davor gefürchtet, dass ihre Mutter abends beim Essen dem Vater von den Verfehlungen erzählte und ihr damit eine weitere Strafe drohte. Mutter hatte sie nie selbst geschlagen, ihr nicht einmal eine Backpfeife verpasst, das überließ sie Vater. Doch inzwischen spürte Marianne weder Furcht vor einer wiederholten Strafe noch das Verlangen, sich zu »bessern« – im Gegenteil. In ihr regte sich mehr Widerspruch als zuvor, Trotz und der Wunsch, ihm zu zeigen, dass er keine Macht über sie hatte. Sie wusste, dass sie seine Selbstbeherrschung am Wochenende durch den Praktikumstag im Krankenhaus längst ausgereizt hatte, trotzdem hatte sie sich am Montagmorgen in der Schule nicht beherrschen können und im Geografieunterricht Widerworte gegeben, sodass sie anschließend Vater einen Tadel zur Unterschrift hatte präsentieren müssen.

Das Streiten der Eltern wurde leiser, ging in ein Gemurmel über. Dann war nur noch das Schluchzen von Mutter zu hören. Für ein paar Minuten war alles still, bis sie das gleichmäßige, tiefe Atmen ihrer Mutter hörte, das von einem leisen Schnorcheln begleitet war. Schließlich kam Vaters Schnarchen hinzu, in genau dem gleichen Rhythmus wie die Atemzüge von Mutter, nur kurz verzögert. Sekundenbruchteile versetzt erklangen Schnorcheln und Schnarchen.

Marianne nahm ihre Uhr vom Nachttisch und schaute darauf. Halb vier, viel später als sonst waren ihre Eltern eingeschlafen. Trotzdem wollte sie vorsichtshalber noch eine halbe Stunde ausharren, damit die beiden wirklich tief schliefen, auch wenn es dann knapp würde, um pünktlich vor dem Weckerläuten um sieben Uhr zurück zu sein.

Warten erschien ihr meistens quälend lang. Sie hasste Ruhe und Nichtstun, doch nun genoss Marianne es, in die

Dunkelheit zu lauschen. Draußen war alles still, es gab kein Rufen, kein Reden, kein Geschrei. Auch aus dem Schlafzimmer war nun gar nichts mehr zu hören. Die Stille war so allumfassend, dass sie für Marianne der Inbegriff des Friedens war. Diese Stimmung hatte eine solche Kraft, dass es war, als würde sie auch die Zeit in Besitz nehmen, die Uhrzeiger erst ausbremsen und dann anhalten. Unendlichkeit – so stellte Marianne sie sich vor, wie diese Nacht.

Als die halbe Stunde des Wartens vergangen war, stand sie vorsichtig aus ihrem Bett auf, ganz langsam, damit die kaputten Metallfedern nicht quietschten. Sie hatte sich am Abend erst gar nicht das Nachthemd angezogen, so musste sie nun nur noch ihre Schuhe in die Hand nehmen, barfuß am Schlafzimmer rechts und an Ruths Zimmer links vorbeischleichen und dann weiter die Treppe hinuntergelangen. Ihr Atem kam ihr überlaut vor, kurz hielt sie die Luft an. Doch alles blieb ruhig, sodass sie langsam weitergehen konnte. Die sechste und die vierzehnte Stufe überstieg sie, denn dort knarrte die Treppe, das wusste sie von den vielen Nächten, in denen sie in die Küche gegangen war und vergeblich nach etwas Essbarem gesucht hatte. Nun waren die Hungerjahre Vergangenheit. In der Küche befanden sich noch Reste vom Abendessen, die Vorratskammer war voll, wenn auch überwiegend mit Dingen, die sie nicht sonderlich gern mochte. Besonders die unzähligen Gläser mit eingelegter roter Bete aus dem Vorjahr, die Mutter noch immer gegen alles Mögliche eintauschte, waren ihr ein Graus. Hin und wieder öffnete sie eins der Gläser, um mit dem fad gewordenen Inhalt eine schnelle Mahlzeit zuzubereiten.

Marianne ging zur Haustür, drehte den Schlüssel im Schloss um, öffnete die Tür und arretierte sie mit einem dünnen Stofffetzen so, dass sie zwar geschlossen blieb, aber der Riegel nicht einrastete und sich von außen wieder aufdrücken ließ. Noch einmal blickte sie auf die Uhr. Sie hatte zu lange gebraucht, um sich aus dem Haus zu schleichen! Nun war es schon Viertel nach vier.

Angenehm wehte der nächtliche Wind zwischen den Häusern hindurch, die Luft roch nach Feuchtigkeit und so frisch, als stünde sie auf einer Anhöhe in der freien Natur. Anfangs ging sie langsam, glaubte immer wieder, Schritte hinter sich zu hören oder einen nahenden Wagen, sodass sie sich in Hauseingänge drückte, doch nie tauchte ein Mensch auf. Nur Katzen kreuzten ihre Wege, an Mülltonnen entdeckte sie eine fette Ratte, schüttelte sich und ging weiter.

Endlich erreichte sie die Villa von Günther und seinen Eltern. Oft arbeitete Richard noch tief in der Nacht, denn dann hatte er genug Ruhe, um sich auf sein Schreiben zu konzentrieren, und die Möglichkeit, seine innere Stimme zu hören, die »am Tag von allen Seiten totgebrüllt wurde«, wie er immer sagte. Im Vorgarten nahm sie einen Schatten wahr. Marianne duckte sich hinter der Mauer, kauerte sich so dicht wie möglich an die kalten Steine. Dort war jemand, und diesmal hatte sie es sich nicht nur aus lauter Furcht eingebildet. Der Schein eines Feuerzeugs glimmte auf. Aus ihrem Versteck heraus erkannte Marianne, dass der Mann einen Anzug trug und so sauber geputzte Schuhe, dass das Glimmen seines Feuerzeugs das Leder glänzen ließ. Dass das Haus regelmäßig am Tag beobachtet wurde, das wusste sie, aber dass sie jetzt auch nachts da waren, damit hatte Marianne nicht gerechnet.

Der Mann verschwand auf der Rückseite des Hauses, kam dann aber auf der anderen Seite wieder hervor. Anschließend lief er die Auffahrt hinunter und ging so nah an Marianne vorbei, dass sie ihn riechen konnte – seinen Geruch nach Tabak und Schweiß und noch etwas Herbem, das sie an Wald erinnerte. Sie glaubte schon, er hätte sie entdeckt, doch er lief weiter zu einem Auto, das auf der gegenüberliegenden Seite parkte. Erst jetzt bemerkte Marianne, dass sich in dem Wagen ein zweiter

Mann befand, der schlief und nun von dem ankommenden Mann geweckt wurde. Marianne flüchtete zügig auf die andere Seite der Mauer. Sie hörte zuschlagende Autotüren und leise Stimmen.

Ihr Herz schlug so schnell und ihr Atem ging so flach, dass es ihr schwindelig wurde. Doch als nun alles ruhig blieb, richtete sich Marianne auf, lief weiter auf das Haus zu und umrundete es. Eigentlich hatte sie vorgehabt, vom Vorgarten aus Steine gegen Günthers Fenster zu werfen, doch nun schien es ihr sicherer, ungefragt den Hintereingang zu nehmen. Bestimmt würde es ihr niemand übel nehmen.

Wo sich der Schlüssel befand, wusste sie: unter der Keramikeule neben dem Treppenaufgang. Mit dem Schlüssel in der Hand ging sie langsam die Stufen der Hintertreppe hinauf. Sie zögerte kurz, dann schloss sie auf, schlüpfte ins Innere und drückte die Tür hinter sich zu. Sie traute sich nicht, Licht anzuschalten, doch als sie sich dem Treppenhaus näherte, merkte sie, dass das auch gar nicht notwendig war. Von oben aus dem Wohnbereich drang ein Lichtschein herunter, so konnte sie jede einzelne Stufe gut erkennen.

Kurz bevor sie den oberen Flur betrat, von dem aus die Schlafzimmer der Eltern und von Günther abgingen, stutzte sie. Es war so still! Nur ihr eigener Atem war zu hören und ihre Schritte, wenn sie sich weiterbewegte.

»Günther?«, rief sie leise. »Günther?«

Nun erkannte sie, woher der Lichtschein kam: In der Küche brannte die Deckenlampe. Nicht nur die Küche stand offen, auch alle anderen Türen, sogar die von Günthers Zimmer und die vom Elternschlafzimmer, waren weit geöffnet.

»Günther?«, rief sie nun lauter, obwohl sie bereits ahnte, was sich bald bestätigte: Niemand war zu Hause. In Günthers Zimmer war der Schreibtisch so aufgeräumt, wie sie ihn nie vorher gesehen hatte: Keine Papiere lagen herum. Sein Bett war gemacht, es war in dieser Nacht anscheinend gar nicht benutzt worden. Langsam setzte sie sich auf die Matratze und schaute sich im Dämmerlicht um, das von der Küche über den Flur noch bis in dieses Zimmer reichte. Was ging hier vor sich? Sie hob sein Kopfkissen an, wo üblicherweise das Buch oder das Heftchen lag, das Günther gerade las. Nun befand sich nichts auf dem Laken. Doch Moment, da war etwas, das so dünn war, dass es durch das Anheben des Kopfkissens zwischen Matratze und Bettrahmen gerutscht war. Marianne schob die Matratze ein Stück beiseite, drückte die Hand in die Ritze, dann fühlte sie mit den Fingern Papier. Als sie es herauszog, erkannte sie, dass es ein zusammengefalteter Brief war. Ihr Name stand darauf. Sie zog ihn heraus und schaltete nun doch das kleine Licht an, um ihn lesen zu können.

> *Liebe Marianne!*
> *Ich weiß nicht, ob Du diese Zeilen je lesen wirst. Wahrscheinlich ist meine Hoffnung vergeblich, trotzdem möchte ich versuchen, Dir wenigstens diese Nachricht zu überbringen. Wenn meine Eltern wüssten, dass ich Dir noch schreibe, würden sie an meinem Verstand zweifeln, denn schon dadurch bringe ich uns alle in Gefahr, wenn diese Worte von den falschen Menschen zu früh entdeckt werden.*
> *So gern wäre ich persönlich bei Dir vorbeigekommen. Ich wünschte, wir hätten uns noch zusammensetzen können, vielleicht in der Siedlung, in der wir früher unsere geheime Hütte hatten, irgendwo dort in der Nähe unter einem Baum oder in der freien Natur. Ich hätte Dir gern erklärt, dass es nicht meine Entscheidung war, wegzugehen, dass mir keine Wahl bleibt,*

dass ich mit Ella und Richard mitgehen muss. Ansonsten würde ich riskieren, in ein Heim zu kommen. Und die beiden sind eben meine Eltern, sooft wir auch aneinandergeraten. Ich brauche sie und sie brauchen mich. Die Familie muss zusammenbleiben, zumindest vorerst. Das zu akzeptieren ist mir nicht leichtgefallen. Gestern beim Packen habe ich den Schlüsselbund vom Schlüsselbrett genommen und eingepackt. Anders konnte ich gar nicht handeln. Mein Vater schüttelte den Kopf über mich, für ihn haben die Schlüssel keine Bedeutung mehr, aber für mich schon. Dieser Schlüsselbund ist keine Reliquie. Ich werde ihn immer bei mir tragen, denn er steht für das Versprechen, das ich mir selbst und Dir gegeben habe: Ich gehe nicht für immer.

Meine Eltern werden niemals zurückkehren können, aber ich wünsche mir nichts mehr, als dass wir den Kontakt nicht verlieren. Ich werde Dir schreiben, das verspreche ich Dir.

Nie habe ich es Dir gesagt, weil ich mich nicht getraut habe. Ich liebe Dich, Marianne. Du bist eine Kämpferin und hast mir gezeigt, dass auch ich kämpfen kann. Du gibst nie auf. Ich habe es schon immer bewundert, wie Du Deinen Weg gehst, wie Du Deinen Dickkopf durchsetzt.

Wir beide wären ohne den anderen nicht die, die wir jetzt sind. Ein Leben ohne Dich kann ich mir nicht vorstellen.

Deswegen kehre ich zurück, das verspreche ich. Mehr noch, das schwöre ich Dir bei meinem Leben. Ich möchte für Dich da sein, ein Leben

mit einer anderen an meiner Seite kann ich
mir nicht vorstellen. Das mag jetzt sentimental
klingen, kitschig und überzogen, aber so ist es:
Du bedeutest mir unendlich viel.

    Vertrau mir. Alles wird gut. Ich komme
zurück zu Dir und melde mich bald.

    Dein
    Günther

Marianne las die Zeilen wieder und wieder. Es war klar, was das bedeutete, auch wenn Günther es nicht in der Form geschrieben hatte: Sie wollten in den Westen.

Nie hatten sie offen darüber gesprochen. Sie hatte zwar viele beiläufig geführte Gespräche seiner Eltern mitbekommen, die etwas Derartiges ahnen ließen. Und sie wusste, es war für Richard eine zu große Kränkung, dass er seinen Beruf nicht wie früher ausüben konnte. Entweder, er schrieb über Banalitäten, oder eben gar nicht.

Sie ging zum Fenster und blickte hinaus. Der Wagen stand noch immer am Straßenrand, mitten in der Nacht. Kurz überlegte sie, was passieren würde, wenn sie den Brief nähme und damit zu den Männern ginge. Würde die Familie dann noch aufgehalten werden? Kämen sie zurück? Könnte sie auf diese Weise verhindern, Günther zu verlieren?

Schnell schob sie den Gedanken beiseite, auch wenn sie Günther so dringend brauchte, gerade jetzt, nachdem ihr alle Hoffnung genommen war, nach der Schule eine Ausbildung zur Kinderkrankenschwester zu beginnen. Dabei wusste sie genau, dass sie die Arbeit mit Kindern im Krankenhaus lieben würde, dass sie unter Menschen kommen und nicht in einem der Hinterräume des Geschäfts versauern wollte. Sie wünschte sich nichts mehr, als dass Günther sie in den Arm nahm, ihr irgendetwas sagte, dass es nicht so schlimm sei, dass es doch noch Hoffnung gab, auch wenn sie keine hatte.

Sie schob die Gedanken beiseite, drückte den Brief fest an sich. Sanft glitten ihre Fingerkuppen über das Papier. Für einen Moment glaubte sie, Günthers Geruch daran wahrzunehmen. Sie dachte daran, wie er den Schlüsselbund des Hauses jetzt bei sich trug. Am liebsten hätte sie dasselbe mit diesem Brief getan, aber sie wollte die Familie nicht in Gefahr bringen. So ging sie mit dem Brief ins Badezimmer, zerbröselte das Papier in unendlich viele kleine Schnipsel und spülte sie die Toilette hinunter. Sie musste öfter spülen, bis endlich auch der letzte Schnipsel verschwunden war. Die Tinte würde sich schnell auflösen und es wäre gleichgültig, wenn einzelne Schnipsel im Fluss des Abwassers am Straßengraben sichtbar würden.

Hinter ihren Augen drückte es, als müsste sie weinen, doch es löste sich keine einzige Träne. Noch einmal ging sie durch alle Räume, prägte sich die Möbel ein, sog den Geruch auf, um sich später gut daran zu erinnern. Dieses Haus war ihr oft mehr ein Zuhause gewesen als ihr eigentliches. Hier hatte sie einfach sitzen dürfen und lesen, sich in einen Sessel setzen, die Beine über die Lehne hängen und die Füße baumeln lassen, dabei ein Glas Saft in der Hand. Niemand hatte sie aufgefordert, etwas zu tun, zu arbeiten oder sich nützlich zu machen. Hier war sie genau so, wie sie war, gut genug gewesen.

Nachdem sie noch einmal alle Räume gesehen hatte, schlich sie sich durch die Hintertür hinaus, obwohl sie wusste, dass sie nun eigentlich nicht mehr leise sein musste, weil niemand da war, den sie wecken konnte. Trotzdem setzte sie vorsichtig einen Fuß vor den anderen, schloss von außen wieder ab und versteckte den Schlüssel unter der Keramikeule neben dem Treppenaufgang. Dann kletterte sie in den Nachbargarten und erreichte eine Seitenstraße, um von dort in ihr Zimmer zurückzukehren. Es war kurz vor halb sechs, sie würde es pünktlich schaffen.

Kapitel 12

Lena

»Was hast du dir dabei gedacht, hier einfach mit Martha aufzukreuzen?«, fragte Lena.

»Ich muss mit dir sprechen. Wenn du auf meine Mailbox-Nachrichten nicht reagierst, wenn ich dich zehnmal am Tag versuche zu erreichen und du nicht abnimmst, dann noch unzählige unbeantwortete WhatsApp-Mitteilungen dazukommen – was soll ich denn sonst tun, als vorbeizukommen?«

»Ich hatte den Flugmodus eingeschaltet, die letzten Tage durchgearbeitet. Aber warum bringst du Martha mit?«

»Heute war ein Vater-Tochter-Tag geplant.«

»Nachdem du sie die letzten Monate überhaupt nicht gesehen hast, dann ausgerechnet heute?«

»Okay.« Er nahm ein Glas aus dem Schrank, goss sich etwas aus der herumstehenden Colaflasche ein, setzte sich und trank ein paar Schlucke. »Du magst doch Kinder. Sonst wärst du nicht Erzieherin geworden.«

»Und?« Sie ahnte bereits, worauf das hinauslief, aber sie wollte es von ihm selbst hören, damit er beim Erklären merkte, wie verrückt dieser Gedanke war.

»Du kennst ja Martha und Martha kennt dich«, sagte er. »Sie mag dich auch, sehr sogar.«

»Sie hat in der Kita die Gruppe neben meiner besucht, da kennt man gegenseitig die Namen. Insgesamt gibt es in der Einrichtung hundertzwanzig Kinder, deren Namen sich die Erzieherinnen mit der Zeit automatisch merken. Unter ›Kennen‹ verstehe ich etwas anderes.«

»Sie mag dich. Alle Kinder im Kindergarten mögen dich. So ist es nun einmal. Du hättest sie mal sehen sollen, wie sie reagiert hat, als ich gesagt habe, wir fahren zusammen zu dir. Wie sie sich gefreut hat!«

»Das ist schön zu hören.«

»Jetzt tu doch nicht so, als berührte dich das alles nicht. Als wäre es dir egal, wenn ihre Welt zusammenbricht. Jedes Kind wünscht sich eine vollständige Familie, das ist in uns Menschen angelegt, da kann man noch so viele moderne Konzepte dagegensetzen.«

Lena schüttelte den Kopf. Das war völlig verrückt. »Martha war in der Vergangenheit gut bei ihrer Mutter versorgt und betreut und so wird es auch in Zukunft sein. Was hat das mit mir zu tun?«

»Das habe ich dir doch gerade versucht zu erklären. Du weißt, wie Kinder sind. Sie wünschen sich eine heile Familie. Auf dem Spielplatz und auf der Straße spielen sie Vater-Mutter-Kind. Nicht Vater-Kind, nicht Mutter-Kind, sie stellen sich keine Regenbogenfamilie vor und keine Kinder, die bei Großeltern aufwachsen. Stell dir vor, wie es für Martha wäre, wenn wir uns verloben, dann auch heiraten, wenn wir sie öfter zu uns nehmen könnten, wenn sie erfährt, was eine richtige Familie ist. Sie könnte noch ein Geschwisterchen bekommen, dann wäre sie nicht mehr so allein.«

Lena klappte der Mund auf. Schnell schloss sie ihn wieder. Seine Tochter hatte bisher in Max' Leben kaum eine Rolle gespielt, sie war für ihn eine finanzielle Verpflichtung gewesen, wie andere die Leasingraten für einen Neuwagen zahlen. Mit dem Unterschied, dass die Neuwagenkäufer das Auto auch nutzen, während Max alle möglichen Gründe fand, sich nicht mit seiner Tochter zu treffen. Das Thema Martha hatte zwischen ihnen nie eine Rolle gespielt, erst ein Jahr nach ihrem Kennenlernen hatte sie überhaupt von Marthas Existenz erfahren. Vorher hatte sie gedacht, er wäre seit jeher Single gewesen.

»Was sagt Anni zu den Plänen, Martha langfristig zu dir zu nehmen? Hast du das mal mit ihr besprochen?«, fragte Lena.

»Nicht zu mir soll sie ziehen. Zu uns. Und das ist auch erst in weiterer Zukunft von mir angedacht.«

»Was sagt denn Anni als Mutter dazu?«

»Ich habe mit ihr noch nicht darüber gesprochen.«

»Du bist ein völliger Traumtänzer. Und nicht nur das. Es ist unfair Martha gegenüber, wenn du sie nutzen willst, um Druck auf mich auszuüben. Du willst ihr irgendwelche Flausen in den Kopf setzen, die unerfüllbar sind.«

»So ist es nicht und du weißt das. Martha selbst hat sich das vorgestellt. Meinst du, sie hat es in der Kita nicht mitbekommen, dass ich dich hin und wieder nach der Arbeit abgeholt habe? Sie würde sich so sehr freuen, wenn wir heiraten. Wenn wir ihr in unserem Haus ein Kinderzimmer einrichten. Das hat sie mir immer wieder gesagt.«

»Das nehme ich dir nicht ab. Ein paar Mal im Jahr triffst du sie und dann willst du mir weismachen, dass sie davon redet, zu dir zu ziehen? Eine Fünf- oder Sechsjährige, die denkt so nicht. Sie will keine Experimente, und wahrscheinlich will sie gar keine Frau an deiner Seite haben, die ihr von der wenigen Zeit, die sie mit dem Vater hat, auch noch ein großes Stück wegnimmt – wie jetzt gerade. Ihr könntet etwas unternehmen, an den See fahren, zelten gehen, Eis essen oder schwimmen – stattdessen führst du mit mir müßige Beziehungsdiskussionen.«

»Du siehst das völlig falsch.«

»Ich lasse mich nicht erpressen.« Lena stand auf, ging ins Wohnzimmer zum Fernseher und setzte sich neben Martha. Sie nahm dem Mädchen den Kopfhörer ab und stellte den Ton auf laut.

»Erdhörnchen leben trotz ihres Namens nicht alle am Boden, sondern teilweise auch auf Bäumen«, klang es nun durch den Raum.

»Gefällt dir der Film?«, fragte Lena.

»Die sind putzig. Wie sie auf den Beinen stehen. Wie Menschen. Und wie schnell sie rennen können. Kann man die als Haustiere halten?«

»Weißt du was? Ich schenke dir die DVD. Eigentlich wollte ich sie aufheben, für nächstes Jahr, wenn ich wieder in der Kita arbeite, um sie zusammen mit den Kindern in meiner Gruppe anzusehen. Aber bis dahin ist es ja noch lange hin, ich nehme einfach einen anderen Film auf.«

Martha umarmte Lena. Lena spürte den warmen, kleinen Körper und merkte, wie sich ihr Hals zuschnürte.

»Ich mag dich«, sagte Martha und lächelte.

Sanft strich Lena über den Kopf des Mädchens. Es war ein seltsam naher Moment, der so plötzlich auftauchte und auch genauso schnell wieder verschwand, als Max aus der Küche kam und Martha auf ihn zustürmte, um ihm zu erzählen, dass sie gerade einen tollen Film geschenkt bekommen hat.

»Ich hole nur einen Briefumschlag, damit die DVD nicht zerkratzt.« Lena ging zum Schrank und war froh über die paar Sekunden, die sie sich abwenden und in denen sie ihre Gedanken sortieren konnte. Das Gespräch mit Max hatte sie stärker aufgewühlt, als sie es sich eingestehen wollte. Ja, es stimmte, Martha war ihr nicht egal, dieses Mädchen hatte etwas an sich, das sie tief im Innern berührte. Und das hing nicht nur damit zusammen, dass sie die Tochter von Max war und ihrem

Vater immer ähnlicher wurde. Martha hatte etwas Verträumtes an sich, etwas Sanftes, das sie an ihre eigene Kindheit erinnerte.

Sie schob die Gedanken zügig beiseite. *Jetzt nur nicht sentimental werden.* Sie packte die DVD in den Umschlag. Dann überreichte sie Martha das braune Päckchen.

»Mach's gut«, sagte sie zu Max.

Max antwortete nicht, stattdessen nahm er Marthas Hand und wandte sich mit aufeinandergepressten Lippen ab.

Martha riss sich los und zeigte auf den Stapel mit Zeichnungen und Skizzen. »Das habe ich extra nicht angefasst. Darf ich die denn das nächste Mal angucken? Wenn wir wiederkommen?«, fragte sie.

KAPITEL 13

GÜNTHER 1956

So oft hatte sich Günther in den letzten Tagen den Ablauf dieses Dienstagvormittags ausgemalt. Bilder der Hoffnung mischten sich mit Schreckensvisionen. Nun war es so weit! Die gesamte Nacht hatte er wach gelegen. Das Haus verließen sie um kurz vor vier Uhr bei vollständiger Dunkelheit durch den Hinterausgang, nachdem sie sich versichert hatten, dass ihre »Schatten«, wie Richard die wechselnden Männer bezeichnete, vorn an der Straße in ihrem Wagen saßen.

Ein paar Straßen weiter hatte ein ehemaliger Kollege seines Vaters einen Wagen für sie geparkt. Der Schlüssel lag auf dem Boden hinter dem rechten Vorderreifen, wie es abgesprochen war. Richard zog ihn mit einem gezielten Handgriff hervor.

Günther blickte sich um. Die Straße war zu dieser Uhrzeit menschenleer.

»Du nach hinten«, sagte Richard, öffnete die Fahrertür, klappte den Sitz vor und nickte Günther zu.

Günther war zu perplex, um Fragen zu stellen. Wie genau der Ablauf wäre, wusste er noch immer nicht. Er stieg ein. Kurz darauf fuhren sie auch schon los. Seine Gedanken rasten. Es gab so viel, was er noch vor der Abreise hätte tun wollen, es gab so viele Menschen, die ihm ans Herz gewachsen waren, die er nun wahrscheinlich nie mehr wiedersehen würde. Die eine Woche, die er Zeit gehabt hatte, sich innerlich von allen zu verabschieden, war viel zu kurz gewesen! So gern hätte er bei den letzten Treffen Andeutungen gemacht, wie wichtig ihm diese Menschen waren. Doch er hatte geschwiegen und sich so weit wie möglich in sich zurückgezogen mit seiner Trauer, um das Vorhaben der Eltern nicht zu gefährden. Nur der Brief an seine Liebste war ein Regelverstoß, auf den er nicht verzichten konnte.

Er versuchte, sich die Stadt, aus der sie gerade herausfuhren, genau einzuprägen, die Gebäude, die Straßen bei Nacht. Selbst der einsame Fahrradfahrer, der ihnen entgegenkam, erschien ihm bedeutsam.

»Warum habt ihr mir nicht viel eher von euren Plänen erzählt? Ihr habt das alles doch monatelang geplant, oder? Warum weiß ich jetzt noch immer nicht, wie genau unsere Flucht ablaufen soll?«, fragte Günther. »Ich bin kein Kind mehr. Traut ihr mir etwa nicht? Glaubt ihr, ich würde euch verraten? Wenn ich das gewollt hätte, hätte ich es in der letzten Woche längst getan.«

»Es hätte für dich alles nur quälender gemacht.« Seine Mutter drehte sich zu ihm um, sie hatte Tränen in den Augen. Nun sah er, wie schwer es auch ihr fiel, diesen Schritt zu wagen. Das Rücklicht eines Lasters, der von hinten kam, ließ ihre Augen glänzen.

Richard setzte den Blinker, lenkte kurz an den Rand, schaltete das Licht aus, bis erst der Laster, dann ein Motorrad mit Beiwagen vorbeigefahren waren. Als er sich vergewissert hatte, dass weit und breit kein anderes Fahrzeug auftauchte, lenkte er den Wagen zurück auf die Straße.

»Ich weiß nicht, ob du es geschafft hättest, dir über einen längeren Zeitraum hinweg in der Schule nichts anmerken zu lassen. Es war schon so schwierig genug – und wird auch in den nächsten Stunden und Tagen nicht einfacher werden«, sagte seine Mutter.

»Wie soll das denn funktionieren? Sie lassen uns doch nie über die Grenze.« Günther massierte sich die Schläfen. Sein Vater fuhr in südwestlicher Richtung.

»In Berlin willst du rüberkommen?«, fragte Günther und schüttelte den Kopf. Auch er hatte sich schon mit Möglichkeiten, in den Westen zu kommen, beschäftigt. Im vergangenen Jahr war ein Mitschüler mit seinen Eltern rübergegangen.

»Wir haben ein Visum, um zur Hochzeit einer meiner Freundinnen zu fahren. Clothilde heißt sie, erinnerst du dich noch? Sie war die erste Autorin, die in unserem Verlag veröffentlicht hat.«

»Zur Hochzeit von Clothilde.« Er konnte sich nicht mehr an die ehemalige Freundin der Mutter erinnern, zu lang war die letzte Begegnung her. Das dürfte er natürlich nicht sagen, wenn er während einer Kontrolle gefragt würde – falls ihn überhaupt jemand ansprach. »Aber wie ist das möglich, dass sie für uns alle drei ein Visum ausgestellt haben? Gerade Vati haben sie doch im Blick und müssen damit rechnen, dass wir nicht wiederkommen. Vor allem, wenn wir zu dritt unterwegs sind. Also, wenn ihr meine Meinung hören wollt: Das ist keine gute Idee.«

»Das Visum gilt nur für deine Mutter und dich«, sagte Richard. Seine Stimme war leise und brüchig.

»Und du?«, fragte Günther. Ihm wurde immer mulmiger.

Der Wagen bog auf die Landstraße ab, die sich kurvenreich durch die Ortschaften schlängelte. In den Waldgebieten war es, als würden die Laubbäume mit ihren dicken, dunklen Ästen vom Straßenrand nach ihnen greifen, so dicht waren die Bäume an der Fahrbahn gewachsen. Sie bildeten ein undurchdringliches Blätterdach, das nun bei Nacht wie eine große schwarze Mauer erschien.

»Es ist alles geplant bis ins kleinste Detail«, sagte Richard. »Clothilde wohnt in Kiel, bis dorthin gelten auch eure Fahrkarten. Mit dem Interzonenzug fahrt ihr bis Hannover, dann nach Hamburg. Der Nachtzug nach Hamburg kommt aus München, er wird sehr komfortabel sein. Statt von dort aus weiter nach Kiel zu reisen, nehmt ihr den nächsten Zug nach Stade. Dort werdet ihr im örtlichen Lager aufgenommen.«

»In ein Lager«, wiederholte Günther und dachte an die Villa, die sie verlassen hatten. »Bekommen wir denn ein eigenes Zimmer für uns drei?«

»Ich will dir nichts vormachen und nichts versprechen, was ich nicht halten kann«, sagte Richard. »Meistens leben vier bis sieben Familien in einem Raum, ich habe es recherchiert. Wir müssen uns damit abfinden, eine andere Wahl haben wir nicht. Zwischen den Doppelstockbetten werden wir uns kaum bewegen können. Aber das Wetter ist ja noch gut. Wir können viel draußen sein. Außerdem ist es ja nur eine Übergangslösung. Es ist ein Durchgangslager, von dem aus wir so schnell wie möglich weiterverteilt werden.«

»Hm.« Günther schwieg. Die nächsten Jahre hatte er sich anders vorgestellt, als darum zu kämpfen, in einer neuen Heimat sesshaft zu werden. Doch er war dankbar, dass sein Vater nichts beschönigte, ihn endlich wie einen Erwachsenen behandelte und ihm nichts mehr verheimlichte. Der Plan hörte sich sicher an, wenn er genau darüber nachdachte. Sie fuhren zu einer Hochzeit. Daran war nichts Verwerfliches. Dann stutzte er.

»Wie kommst du rüber?«, fragte Günther. Er berührte seinen Vater an der Schulter, der daraufhin so stark zusammenzuckte, dass das Auto fast von der Fahrbahn geriet.

»Für mich wird es deutlich schwerer.« Richard sprach so leise, dass Günther ihn kaum verstehen konnte. »Ich muss zuerst von Ostberlin nach Westberlin kommen. Der Plan ist, dass ich in einen der Wagen am S-Bahnhof Friedrichstraße einsteige. Dort wird es möglicherweise schon schwierig, auf den Bahnsteig zu gelangen. Die Lage vor Ort wechselt immer wieder – mal lassen sie die Menschen passieren, mal riegeln sie den Bahnhof ab. Einfacher wäre es, wir hätten unsere Reise an einem Feiertag planen können, doch Ostern und Pfingsten sind vorbei, bis Weihnachten wollen wir nicht warten. An solchen Tagen wäre ich garantiert problemlos bis zum Gleis gekommen, hätte mich zwischen all diejenigen mischen können, die Verwandte im Westen besuchen. Nun wird es etwas schwieriger, aber die neuesten Informationen sagen, dass man das Gleis erreichen kann. Ich bin auf jeden Fall optimistisch. Dann muss ich die Kontrollen abwarten, bis das Abfahrtszeichen gegeben wird. Kurz bevor die Türen schließen, springe ich noch auf – im allerletzten Moment. Wenn die Türen erst zu sind, sich die Bahn in Bewegung gesetzt hat, bin ich in Sicherheit. Die nächste Station ist dann im Westen der S-Bahnhof Hackescher Markt. Zuerst schaue ich, dass ich in das Notaufnahmelager in Marienfelde gelange und von dort so schnell wie möglich einen Flug von Tempelhof nach Hamburg bekomme. Anschließend geht es für mich weiter nach Stade, wo wir uns wiedertreffen.«

Günther spürte die kalte Nachtluft, die durch die Lüftungsanlage des Autos einströmte. Es schüttelte ihn. Er presste seine Arme eng um den Körper. Es klang, als hätte sein Vater lange an diesem Plan gefeilt, als sei er bis ins kleinste Detail durchdacht, aber Günther wusste, dass es immer Unwägbarkeiten gab. Das schlimmste Szenario wäre, dass seine Mutter und er allein im Lager im Westen ausharrten und vergeblich auf Richard warteten. Das durfte nicht geschehen! Doch auch, wenn sein Vater es bis nach Westberlin schaffte, wäre er noch nicht außer Gefahr. »Was ist mit den Amerikanern? Was, wenn sie dich festnehmen? Bis 53 hast du Artikel veröffentlicht, die dich klar als Sozialisten ausweisen. Du kannst nicht leugnen, was du geschrieben hast. Jeder weiß, wie die USA zu Kommunisten steht. Was man über McCarthy hört, das ist keine Propaganda. Sie hatten sogar jemanden wie Thomas Mann im Visier. Sie können dich wegen Spionage hinrichten.«

»Ich habe keine Angst vor den Verhören.« Zum ersten Mal klang Richard zuversichtlich und ruhig. »Es gibt genügend Belege für meine Kritik am System und für die Repressalien, die sie uns auferlegt haben.«

»Versprichst du …«, begann Günther und schwieg. Er wünschte, sein Vater könnte versprechen, es zu schaffen, dass sie sich wirklich alle drei wiedersehen würden, doch das war ein Ding der Unmöglichkeit. »Versprich, dass du vorsichtig bist.«

KAPITEL 14

LENA

Tagelang hatte Lena die Wohnung nicht verlassen, sich an die gleichmäßige Kühle und das Surren der Klimaanlage so sehr gewöhnt, dass sie das Geräusch nach dem Abschalten zunächst noch weiterhörte. Der Himmel hatte sich inzwischen zugezogen, die Hitze draußen nachgelassen. Sie zog die Rollläden hoch, nahm den Schlauch der Klimaanlage nach innen, schloss das Fenster und blickte über die Häuser. Die Straßen waren wie ausgestorben, irgendwo in der Ferne waren tobende Kinder zu hören.

Um sich nach einer langen Arbeitsphase abzulenken und auf andere Gedanken zu kommen, telefonierte Lena erst mit einer ehemaligen Kollegin, dann mit Marlies. Das Wundervolle an ihrer Oma war, dass sie anscheinend endlos Zeit hatte. Die Worte gingen hin und her wie Pingpongbälle, im Gespräch entwickelten sich plötzlich ganz neue Gedanken. So etwas hatte sie bisher nur bei ihrem Opa erfahren, dort hatte sie jederzeit und ohne Anmeldung stundenlang plaudern können. Er hatte sich auch immer, wirklich immer, gefreut, wenn sie vorbeigekommen war. Auch gegenüber Marlies war kein vorsichtiges »Hast du Zeit?« notwendig, wie sie es von ihren Kolleginnen und

Bekannten gewöhnt war, bei denen all die Handynachrichten, die hin- und hergingen, um Ort und Zeit für ein Treffen zu verabreden, mehr Zeit in Anspruch nahmen als die persönlichen Begegnungen selbst. Durch all die Telefonate, die Treffen in der Eisdiele und das gemeinsame Schlendern durch die Stadt waren sie sich so nah gekommen, dass Lena nun erst spürte, wie sehr sie jemanden wie Marlies in den vergangenen Jahren vermisst hatte – eine Vertraute, eine Begleiterin, auch eine Ratgeberin. Nach dem Telefonat mit Marlies zog Lena einen neuen Skizzenblock aus dem Regal, dazu einen Bleistift. Doch anstelle von Illustrationen für das Kinderbuch zeichnete sie nun ineinander verschachtelte Spiralen. Ihre Gedanken waren wie eine Horde Wildpferde, die sich im ersten Moment nicht einfangen ließen und schon gar nicht in eine bestimmte Richtung lenken. Meistens reichte es, wenn sie die bisherigen Zeichnungen um sich ausbreitete, um in die Geschichte einzutauchen, die Handlung wie einen Film vor sich zu sehen. Sie zeichnete dann, als wäre sie nur Betrachterin, keine aktiv Gestaltende, als müsste sie nur das, was sowieso da war, festhalten.

Doch an diesem Abend wollte ihr einfach nichts einfallen. Je mehr sie sich bemühte, umso leerer fühlte sich ihr Kopf an.

Lena zog sich um, nahm Schlüssel und Handtasche. Sie musste unbedingt etwas anderes sehen als die eigenen vier Wände. So trat sie in den Flur und schloss die Wohnungstür von außen ab. Nichts war entspannender, als spontan den Bus zu nehmen und dann ohne Ziel in der Stadt herumzuschlendern.

Auf der Treppe stolperte sie fast über Martha, die mit angezogenen Beinen und an die Wand gelehntem Oberkörper auf den Stufen saß.

»Was machst du denn hier?«, fragte Lena.

»Ich warte. Auf dich.«

»Wolltest du nicht mit deinem Papa an den See fahren? Zelten?« Sie versuchte, sich zu erinnern, was Max konkret gesagt hatte. Durch den anschließenden Streit war alles, was er vorher erwähnt hatte, in die Ferne gerückt.

»Da kam ein Anruf. Ein Notfall. Ein großer Unfall auf der Landstraße, da werden alle gebraucht, alle Krankenwagen, alle Ärzte. Alle. Auch Papa.«

»Max bekommt einen Anruf, bringt dich hierher und lässt dich im Treppenhaus sitzen?« Lena schüttelte den Kopf. Es fiel ihr schwer, das zu glauben. Dass Max seine Arbeit über alles ging, das wusste und akzeptierte sie auch. Ohne seinen Enthusiasmus hätte er wahrscheinlich längst aufgegeben in diesem Job, bei dem so oft die Dienstpläne über den Haufen geworfen wurden und an einen geregelten Rhythmus sowieso nicht zu denken war. Niemand ohne wirkliche Begeisterung würde all die Nachtschichten und Überstunden ertragen. Doch dass er seine kleine Tochter einfach zurückließ, das hätte Lena niemals von ihm erwartet. Noch dazu im Treppenhaus!

»Er hat mit Mama telefoniert. Sie haben sich angeschrien. Dann hat er mich zu Mama gefahren«, sagte Martha. »Ich wollte nicht, dass er mit hochkommt. Dann streiten sie doch nur wieder. Mama und Papa, meine ich. Ich bin reingelaufen in den Flur und habe gewartet, bis Papa wieder wegfährt. Aber ich bin nicht hochgegangen zu Mama, sondern wieder nach draußen.«

Lena überlegte. »Du bist einfach abgehauen? Wie bist du überhaupt hier ins Haus gekommen?« Sie ermahnte sich, ruhig zu bleiben und eine Frage nach der anderen zu stellen.

Martha sank in sich zusammen, als wäre sie bei etwas Verbotenem ertappt worden. »Ich habe dagegengedrückt. Gegen die Tür. Dann ist sie aufgegangen. Von selbst. Ich wollte zu dir. Die Bilder auf dem Wohnzimmertisch. Die wolltest du mir doch zeigen. Oder wir gucken den Film. Ich habe ihn sogar dabei.« Martha zog die DVD unter sich hervor und hielt sie Lena entgegen.

»Du bist den ganzen weiten Weg hierhergekommen …«
Nun begriff sie, wie lebensfern es doch war, dass sie mit Max
eine reine Zweierbeziehung geführt, seine Tochter ausgeblendet
hatte, als gäbe es Martha nicht. Sie wusste nicht einmal, wo
genau Anni und Martha wohnten.

»Ist nicht weit. Ich wohne da oben an der Straße. An der
Bäckerei, da kauft mir Mama jeden Morgen ein Hörnchen. Als
Schulbrot. Dann habe ich einen Apfel, Tee und das Hörnchen.«

Lena nickte. Die Bäckerei war wirklich nicht weit entfernt,
vielleicht dreihundert Meter.

»Du hast die ganze Zeit im Flur gesessen, ohne bei mir zu
klingeln?«, fragte Lena.

»Du hast geredet. Ich dachte, da wäre noch jemand. Da
wollte ich nicht …« Ihre Stimme wurde immer leiser.

»Ich habe nur telefoniert. Es ist niemand mehr oben.«

Martha lächelte. Das zu hören freute sie sichtlich. »Gucken
wir jetzt den Film?«, fragte sie.

»Deine Mama macht sich doch bestimmt Sorgen, wenn du
so lange wegbleibst.«

»Nein. Ich will nicht nach Hause. Ich will den Film mit dir
sehen.« Martha schürzte die Lippen und legte den Kopf schief.
»Ich hab Durst. Hast du was zu trinken?«

»Heute passt es schlecht, auch müssten wir wirklich deiner Mama Bescheid geben, wenn du länger bei mir bleibst.
Abgesehen davon ist es ja schon spät und für dich ist es langsam
Zeit, ins Bett zu gehen.« Lena überlegte, wie sie eine Lösung
finden könnte, die Martha zufriedenstellte. »Aber ich kann dich
jetzt nach Hause bringen, dann fragen wir deine Mama, ob du
morgen nach der Schule zu mir kommen darfst. Oder morgen
Nachmittag?«

»Morgen?« Marthas Enttäuschung war so offensichtlich,
dass es Lena schmerzte. Tränen traten in Marthas Augen.

»Hey, Martha! Es ist doch alles in Ordnung. Wir sprechen das mit deiner Mama ab und dann machen wir uns morgen einen schönen Nachmittag. Wir schauen den Film gemeinsam weiter und du darfst dir sogar eine Zeichnung vom Wohnzimmertisch aussuchen.« Sie biss sich auf die Zunge. Wäre Martha irgendein Mädchen aus der Nachbarschaft gewesen, hätte sie kein Problem mit dem Vorschlag gehabt, doch die Beziehung zu Max verkomplizierte alles. Sie wollte unbedingt vermeiden, dass Martha und auch Max sich falsche Hoffnungen machten. Doch da sie das Angebot bereits ausgesprochen hatte, wollte sie es nicht zurücknehmen, besonders wenn sie an die Absage von Max wegen des Unfalls dachte. Martha war an diesem Tag mehr als genug enttäuscht worden.

»Komm, gehen wir zusammen zu deiner Mama«, sagte Lena und streckte Martha die Hand entgegen. »Für mich liegt es sowieso auf dem Weg, ich gehe gerade zur Bushaltestelle.«

Martha schüttelte den Kopf. »Ich gehe allein.« Sie stand auf, verschränkte die Arme. »Du bist genau wie alle anderen. Ich will gar keinen Film mehr mit dir gucken. Und deine Bilder will ich auch nicht.«

»Okay.« Lena zuckte mit den Schultern. Was in Martha vorging, verstand sie nicht. Doch es war sinnlos, gegen Trotz anzudiskutieren. »Also, willst du jetzt nach Hause?«

Martha antwortete nicht, sondern eilte die Treppen hinab.

»Warte!«, rief Lena ihr noch nach, dann hörte sie, wie unten die Tür mit einem lauten Krachen ins Schloss fiel. Mit einem Schulterzucken ging Lena weiter treppab. Vor dem Haus angekommen, war von Martha nichts mehr zu sehen. Kurz überlegte sie, bei Max anzurufen, doch dann verwarf sie den Gedanken wieder. Auf dem Weg zur Bushaltestelle würde sie Martha aller Wahrscheinlichkeit nach sowieso wieder begegnen, wenn sie sich beeilte. Dann würde Martha sich nach ein paar versöhnlichen Worten bestimmt schnell wieder beruhigen.

Kapitel 15

Marianne 1959

»Blumen, ganz frisch, darauf habe ich die Verkäuferin extra hingewiesen. Für dich nur vom Feinsten.« Peter legte den Strauß bunter Sommerblumen neben die Schreibmaschine auf ihren Bürotisch, dann ging er in den Laden, sprach kurz mit dem Vater und kehrte mit einer mit Wasser gefüllten Vase zurück. Dort hinein stellte er den Strauß und strahlte sie an. Er sah fesch aus in seiner Uniform mit dem Tschako, den polierten Stiefeln und dem Gürtel um die Uniformjacke, die seinen schlanken Körper mit der kräftigen Brustpartie betonte. Dazu die blonden, kurzen Haare, mit Pomade in Form gebracht, und mit Tolle, was an Elvis erinnerte, obwohl Peter es wohl als Beleidigung sehen würde, mit einem Popstar aus Amerika verglichen zu werden. Niemals würde er solche Musik hören!

Seit einem Jahr machte er ihr schon den Hof, brachte immer wieder Geschenke vorbei, auch nahm sie inzwischen öfter seine Einladungen an, mit ihm spazieren zu gehen, gemeinsam zu essen oder eine heimliche Spritztour im Polizeiwagen zu unternehmen. Er war nett, zuvorkommend, höflich, er sah gut aus. Trotzdem musste sie noch immer an Günther denken und wie wunderbar es wäre, Ähnliches mit ihm erleben zu können.

»Gefallen sie dir?«, fragte Peter, kam um den Tisch herum und küsste sie auf die Wange.

»Sie sind wunderschön.« Günther hatte nie die Gelegenheit gehabt, ihr Blumen zu schenken, damals waren sie beide noch zu jung gewesen für solche Dinge. Obwohl sie schon zu Schulzeiten davon geträumt hatte, ihr Leben mit Günther zu verbringen, fühlte sie sich jetzt, mit neunzehn, nicht bereit für eine Beziehung.

Für Peter stellte sich die Angelegenheit anders dar: Er war fünf Jahre älter als sie, also längst volljährig, und plante mit seinen vierundzwanzig Jahren bereits eine gemeinsame Zukunft, betonte immer wieder, dass eine Heirat mit Zustimmung der Eltern – die sie garantiert bekäme – auch früher möglich sei. Er verdiente genug, um eine Familie zu ernähren, zu zweit würde ihnen nach einer Heirat sogar eine eigene Wohnung zugeteilt werden.

»Mein Gehalt ist eingegangen. Lass uns gemeinsam irgendwo einkehren, wo es schön ist. Das haben wir uns beide verdient«, sagte er. »Allerdings muss ich gleich noch mal auf die Wache, nur für ein bis zwei Stunden.«

»Morgen ist die Steno-Prüfung. Sie ist für den Abschluss wichtig, da wollte ich noch mit zwei Freundinnen lernen.«

»Zerbrich dir deswegen nicht dein schönes Köpfchen. Was spielen Zeugnisse und Benotungen für eine Rolle? Für deine Arbeit hier brauchst du das doch alles nicht. Und wenn du erst meine Frau bist, sieht die Welt noch einmal anders aus. Ich sorge für uns. Ich halte nicht viel von all den neumodischen Ideen. Die Frau sollte nicht arbeiten, sondern ganz Frau sein können. Und der Mann ganz Mann sein. Beide haben dann ihren Bereich, in dem sie frei walten können, ohne sich in die Quere zu kommen. Wir würden uns perfekt ergänzen.«

Sie presste die Lippen aufeinander. So etwas hätte Günther nie gesagt. Sie betrachtete die Blumen in ihren Rottönen, um nicht an Günther zu denken. Seit über zwei Jahren hatte er sich nicht mehr gemeldet, alle ihre Briefe von einem Tag auf den anderen unbeantwortet gelassen – obwohl er vorher selbst aus dem Übergangslager regelmäßig geschrieben hatte, wo es mindestens so schwer war, Papier und Umschläge aufzutreiben, wie Ruhe zum Schreiben zu finden. Inzwischen fragte sie sich, ob er die Briefe von ihr überhaupt bekam, ob es nur eine Reihe von Zustellfehlern gegeben hatte oder ob ihm möglicherweise etwas passiert war, ihm ein Unglück widerfahren war, das es ihm unmöglich machte, ihr zu antworten. Doch es gab keine Möglichkeit, das herauszufinden. Im Westen war er für sie unerreichbar.

Der Strauß war wirklich wunderschön und in seiner Mischung außergewöhnlich. Nelken reckten neben aufgeblühten roten Rosen ihre Köpfe in die Höhe, dazu Skabiosen und Levkojen – Gartenblumen, die sie schon lange nirgends mehr gesehen hatte.

»Mir ist es wichtig, dass ich auch eine andere Anstellung bekommen könnte, nicht nur hier im Familiengeschäft arbeiten muss. Was, wenn meinen Eltern etwas passiert?«, fragte sie.

»Du machst dir zu viele Gedanken. Musst immer einen Plan B und sogar einen Plan C parat haben.« Er zwinkerte ihr zu, strich ihr über den Kopf. »Ich mag es, dass du ehrgeizig bist, nur das Beste willst. Das ist eine Herausforderung. Auch für mich. Wir sollten uns nicht mit halben Dingen zufriedengeben. Wer nach nichts strebt, erreicht auch nichts. Aber übertreiben sollte man es auch nicht.«

»Was hältst du davon, wenn wir nicht heute, sondern morgen in deiner Mittagspause gemeinsam essen gehen mit deinen Kollegen?«

Sein Gesicht hellte sich auf. »Gern!«

»Und die Blumen sind wirklich wunderschön, danke dafür!«

»Auch das gern! Bis morgen dann, meine Liebe.«

Diesmal hielt er sich nicht länger im Geschäft auf, plauderte nicht wie sonst mit ihrem Vater und ihrer Mutter, sondern verabschiedete sich nur kurz von ihr, trat wieder auf die Straße, stieg in den Polizeiwagen zu seinem Kollegen und fuhr los.

Marianne sah dem Wagen nach, wie er die Straße hinunterfuhr und bald aus ihrem Sichtbereich geriet.

Dann nahm sie die Blumen, kürzte die Stängel noch einmal, damit die Köpfe symmetrisch und gleich hoch standen, und brachte sie zu ihrer Mutter, um den Strauß neben die Kasse zu stellen. »Dass wir alle Freude daran haben«, sagte sie.

»Er liebt dich, er liebt dich wirklich. Ein richtiger Mann. So stattlich. Einer, auf den du stolz sein kannst.« Hochstimmung schwang in der Stimme ihrer Mutter mit.

»Ja.«

»Was heißt hier ›ja‹? Etwas mehr Begeisterung bitte, junge Dame. Du solltest auch anfangen, dich mehr zurechtzumachen. So kannst du morgen auf keinen Fall mit ihm ausgehen. Schau mal deine Schuhe an. Es ist Sommer und du trägst die alten Schnürstiefel. Die sind höchstens etwas für einen Herbstspaziergang. Etwas Elegantes bräuchte es.« Sie nahm den Strauß Blumen hoch, roch daran und stellte ihn wieder neben die Kasse. Sanft strich sie mit den Fingern über die einzelnen Blütenblätter. »Ein schickes, neues Kleid zum Beispiel. Oder einen dieser neuen Kleid-Mäntel, das wäre ausgefallener. Unbedingt Schuhe, die nicht zu grob sind. Mit etwas Absatz, damit aus dir eine richtige Dame wird.«

»Ich muss noch los, lernen mit Petra und Ulrike für die Prüfung morgen. Stenografie.«

»O ja, darüber habe ich mit deinem Vater letztens gesprochen: Da kannst du wirklich noch etwas Übung gebrauchen. Na, wenn das mal nicht zu spät ist, jetzt mit dem Lernen zu beginnen.«

»Mutti! Ich habe schon die gesamten letzten drei Wochen gelernt, jeden Tag eine Stunde. Wir wollen uns nur gegenseitig prüfen, noch schauen, ob es etwas zu verbessern gibt.«

»Aber du bist pünktlich zurück. Spätestens um neun.«

Marianne versprach es, kehrte in den Nebenraum zurück, um den Schreibtisch aufzuräumen, dann verließ sie das Geschäft. Dass ihr Vater im Lager beschäftigt war, erleichterte die Angelegenheit. Er hätte auf den Rückstand bei der Bearbeitung der Post hingewiesen und ihr wahrscheinlich verboten, an diesem Tag noch wegzugehen. Lernen hin oder her – auch die anstehende Prüfung war für ihn nicht unbedingt ein Argument, wenn die Post im Gegenzug liegen blieb.

* * *

Kurz darauf klingelte sie bei Ulrike.

»Komm rein«, rief es von oben.

Unsicher drückte Marianne gegen die Haustür, die sofort aufging. Marianne blickte sich um, trat ein, schloss hinter sich die Tür und folgte den Stimmen, die sie aus dem ersten Stock hörte. Gemeinsam mit Petra saß Ulrike bereits im Wohnzimmer, die Bücher und Hefte waren auf dem Tisch ausgebreitet.

»Hast du keine Sorge, dass bei euch jemand einbricht, wenn die Tür nicht richtig geschlossen ist?«, fragte Marianne.

Ulrike lachte, als hätte Marianne einen Witz gemacht. »Willst du auch Tee?«

»Tee? Ich weiß nicht.« Marianne setzte sich neben Petra.

Ulrike schenkte ihr aus der Kanne ein, die auf dem Stövchen stand. Noch immer war Marianne stolz, dass die beiden sie zum ersten Mal zu sich nach Hause eingeladen hatten, denn Ulrike und Petra waren die Beliebtesten in der gesamten Ausbildungsklasse. Die beiden hätten jede andere zur Freundin haben können. Im Gegensatz zu ihnen galt Marianne hinter vorgehaltener Hand als »Trauerkloß«, obwohl sie sich oft zwang zu lachen, auch wenn ihr nicht danach zumute war.

»Doch kein einfacher Tee.« Ulrike grinste, holte eine Flasche mit einer klaren Flüssigkeit aus dem Schrank und goss damit die Tasse auf.

»Alkohol?«, fragte Marianne. Sie war es nicht einmal gewohnt, Wein oder Bier zu trinken.

Ulrike reichte ihr die Tasse und begann, mit Petra ausgelassen zu scherzen. Erst jetzt fiel Marianne der etwas beißend alkoholische Geruch im Raum auf. Die beiden waren betrunken!

Vorsichtig nippte sie an dem Getränk. Es brannte auf der Zunge und im Hals. »Ich freue mich wirklich, dass ihr mich eingeladen habt. Damit habe ich nicht gerechnet. Warum mich?« Marianne musste husten, doch dann trank sie zügig die Tasse leer.

»Man munkelt, du hast Westkontakte.« Ulrike wechselte einen Blick mit Petra.

Marianne schüttelte den Kopf. »So kann man das nicht sagen.«

»Wie kann man es dann sagen?«

Marianne suchte nach den richtigen Worten und fand sie nicht. Die Wärme in ihr, die sich schnell bis in die Zehenspitzen ausbreitete, fühlte sich angenehm an. Auch das leichte Prickeln in ihrem Kopf genoss sie, das alle Sorgen mit einem Schlag unwichtiger erscheinen ließ. Selbst der Gedanke, dass ihre Eltern etwas von dem Alkohol an ihr riechen könnten, ängstigte sie nicht. Stattdessen bekam sie einen Lachkrampf. »Mehr«, prustete sie und hielt ihre Tasse hoch.

»Lieber nicht.« Petra nahm ihr die Tasse ab und stellte sie auf den Tisch. »Warte erst mal eine Weile. Nicht, dass du uns hier noch alles vollkotzt.«

»Davon bin ich weit entfernt«, sagte Marianne, doch sie bekam beim zweiten Mal nur Tee ohne Alkohol eingeschüttet.

Petra stand auf, nahm das Jackett, das an der Garderobe hing, setzte sich den Hut von der Hutablage auf und lief in ihrer Verkleidung im Raum auf und ab. »So, meine Damen«, begann sie mit dunkel verstellter Stimme. »Zum Diktat, wenn ich bitten darf, aber husch, husch, hier wird nicht herumgetrödelt.«

Kichernd nahmen Ulrike und Marianne ihre Blöcke und notierten, was Petra sagte. Hinter Mariannes Stirn hämmerte es, das Denken fiel ihr schwerer als sonst. Sie hatte das Gefühl, bei der Stenografieübung vollkommen zu versagen. Sie konnte nicht nachdenken, nicht überlegen, sondern schrieb unreflektiert mit. Die Hand bewegte sich wie automatisch. Als sie anschließend ihre Aufzeichnungen verglichen, waren Ulrike nur drei Fehler unterlaufen, Marianne hatte das Diktat sogar fehlerfrei aufgenommen.

Nun zog Ulrike das Jackett und den Hut an und begann mit dem Diktat. Auch diesmal gelang es Marianne, ohne einen einzigen Fehler zu arbeiten. Petra hatte einen Fehler, über den sie sich ärgerte.

»Auf die Königin der Stenografie.« Ulrike schenkte nun in alle drei Tassen noch einmal Tee gemischt mit Alkohol ein.

Marianne wusste nicht, was genau die klare Flüssigkeit für ein Getränk war, aber sie wollte nicht fragen, um sich vor den beiden anderen keine Blöße zu geben.

Genauso schnell wie bei der ersten Tasse trat auch jetzt die verstärkende Wirkung des Alkohols ein. Doch während Marianne anfangs eine angenehme Gleichgültigkeit und Furchtlosigkeit gefühlt hatte, war es nun eine Traurigkeit, die sie mit sich riss wie ein schwarzer Strudel. Nie war sie sich hilfloser vorgekommen. Sie konnte nicht anders, sie musste weinen.

»Jetzt mache ich meinem Spitznamen alle Ehre«, flüsterte sie. »Trauerkloß.«

Die beiden anderen Mädchen spotteten nicht, stattdessen nahmen sie Marianne in den Arm, was alles nur noch schlimmer werden ließ. Nun brach all die Verzweiflung, die sie versucht hatte, sich nicht anmerken zu lassen, aus ihr heraus. Sie weinte, ihr Körper zuckte, sie bemühte sich nicht einmal mehr, die Kontrolle zu behalten. Sie erzählte von Günther, auch wenn es schon drei Jahre her war, dass sie ihn zuletzt gesehen hatte. Wie sehr sie es gemocht hatte, im Haus seiner Eltern zu sein, in der Villa, wo sie genau richtig gewesen war, wie sie war, wo niemand an ihr herumgezerrt hatte. »Und jetzt schreibt er nicht einmal mehr. Einfach so. Er hat keinen Grund genannt«, beendete sie ihre Erklärung.

Petra hörte ihr mit geöffnetem Mund zu. »Du redest von dem berühmten Autor und Journalisten Steinhäusler und seiner Frau, die hier den Verlag hatte? Von deren Sohn Günther? Günther Steinhäusler?«

Marianne nickte.

»Ich war mal bei einer Lesung von ihm, also von dem Vater. Frauen haben geschrien vor Begeisterung, als er auf die Bühne kam. Das erwartet man eigentlich nicht bei einem Autor. Es war, als hätten sie hier ein Bill-Haley-Konzert veranstaltet.«

»Richard war gar nicht so …«, sagte Marianne und überlegte, wie sie Günthers Vater beschreiben konnte. »Ihm ging es nur um seine Texte, nicht um Berühmtheit oder Geld. Umso ungerechter finde ich, dass sie im Grunde keine andere Möglichkeit hatten, als zu gehen. Bloß weil er für die Freiheit auf die Straße gegangen ist, können sie ihm doch nicht dauerhaft das Leben schwer machen. Sie wollten ihn zu irgendwelchen Vereinssitzungen schicken, über die er berichten sollte. Schnell habe ich auch begriffen: Ein Einzelner hat gegen das System keine Chance. Um weiterarbeiten zu können wie früher, musste er gehen. Und Günther haben sie mitgenommen. Das darf doch nicht passieren, dass Menschen keinen anderen Ausweg sehen, als heimlich zu fliehen und alles zurückzulassen.« Sie hielt sich die Hand vor den Mund. »Ihr dürft das jetzt nicht missverstehen. Es ist nur wegen Günther. Ich kriege ihn einfach nicht aus meinem Kopf.«

Die beiden schwiegen. Schnell wünschte sich Marianne, die Worte zurücknehmen oder relativieren zu können.

»Das war dumm von mir, was ich da gesagt habe, eigentlich will ich nicht über Günther reden. Lieber sollte ich ihn vergessen«, flüsterte sie. »Es gibt da auch jemanden, der mir den Hof macht. Er hat mir heute noch Blumen gebracht. Er heißt Peter. Ist Polizist. Darauf sollte ich mich konzentrieren.« Was, wenn Petra oder Ulrike etwas davon weitertrugen?

»Das ist die Verschärfung des Klassenkampfes.« Spott lag in Ulrikes Stimme.

Petra nickte. »Die macht eben auch mal ein offensiveres Vorgehen notwendig. Wo kämen wir denn sonst hin, wenn jeder rausschrie, was er denkt, und zusätzlich noch auf die Straße ginge?«

Marianne brauchte eine Weile, bis sie begriff, dass die letzten Sätze nichts als reine Ironie gewesen waren.

»Alles reaktionäre Personengruppen, die Journalisten, die Kirchen – weg mit ihnen«, sagte Marianne.

»Ein Hoch auf die FDJ, da braucht es auch so etwas wie die Junge Gemeinde nicht mehr.« Petra schüttelte den Kopf. »Ja, die Oberen haben schon zurückgerudert, gerade aus den Kirchenkreisen viele Häftlinge wieder entlassen. Das ist ein Schritt in die richtige Richtung. Aber reicht uns das? Mir nicht. Deshalb tue ich auch was dagegen. Dieses Gerede von politischer Entspannung und dem moderaten Kurs gab es sowieso nur, damit wir unseren Mund halten. Der Kirchentag in Leipzig zum Beispiel. Was war der anderes als eine demonstrative Aktion, damit wir endlich Ruhe geben? Der Kirchentag hat Bilder fürs Fernsehen und für die Zeitungen geliefert. Und was hat sich geändert? Haltet doch nur eure Augen offen. Schon jetzt werden wieder alle zur Jugendweihe gedrängt. Die Konfirmation soll am besten ausgerottet werden.«

Marianne war zu betrunken, um den folgenden Ausführungen zum Thema »dialektischer Materialismus«, zum Begriff »Obrigkeit« und zur Philosophie Hegels zu folgen.

»Da bringt es auch nichts, wenn wir hier sitzen und klug daherreden«, sagte Marianne und unterbrach damit Petra, die immer lauter wurde und sich mehr und mehr ereiferte. »Das ist doch nur leeres Geschwätz, mit dem man niemandem hilft. Dann können wir es uns auch sparen.«

Sie schaute auf die Uhr. Es war bereits kurz nach neun. Mit einem Mal fühlte sie sich nüchterner. Wie war die Zeit nur so schnell vergangen? Sie hätte längst aufbrechen müssen. Trotzdem blieb sie sitzen.

»Von all dem Gerede kommt Günther nicht zurück«, sagte Marianne. »Und Gerechtigkeit für Richard gibt es ebenso wenig. Da können wir hier im Wohnzimmer tolle Theorien aufstellen. Wem ist damit geholfen? Im Gegenteil, das bringt uns hinterher noch in Teufels Küche.«

»Wenn wir so etwas zu laut ausposaunen, landen wir im Gulag.« Petras Augen weiteten sich.

»Quatsch«, sagte Ulrike. »Die schicken niemanden mehr in die Sowjetunion. Ich habe Informationen aus erster Hand. Aber schlimm genug ist es trotzdem noch.«

Marianne verstand nicht, was damit gemeint war. *Informationen aus erster Hand.* Sie blickte von einer zur anderen, wartete auf eine Erklärung, die jedoch nicht folgte.

»Ihr engagiert euch politisch in der Opposition?«, fragte Marianne. »Seid ihr in einer dieser Parteien, die …«

Beide lachten laut auf.

»Durch politischen Widerstand erreicht man gar nichts«, sagte Petra. »In welche Partei willst du auch gehen? Wo wird denn deine Stimme gehört? Nein, du musst das geschickter angehen, wenn du wirklich etwas ändern und nicht wie alle anderen Muffensausen kriegen willst.«

»Und wie?« Marianne begriff gar nichts mehr.

»Sie haben sich gedacht, sie könnten die Kirche mal einfach so ausrotten. Aber das schaffen sie nie. Wir treffen uns immer mittwochs um halb sieben in der ehemaligen Kapelle des Guts Alt Placht. Das Fachwerkkirchlein. Wenn du willst, komm nächsten Mittwoch auch mit. Falls es dir wirklich um Günther und um Gerechtigkeit geht.«

»Und dort …« Der Gedanke war ungehörig und faszinierend zugleich. Zum ersten Mal seit Günthers Verschwinden hatte Marianne wieder das Gefühl, dass ihr Leben ihr selbst gehörte, ihr nicht mehr entglitt. Dass sie keine Gefangene der Umstände mehr war, sondern aktiv handeln konnte und den Lauf der Dinge mitbestimmen. »Ihr meint die Kapelle, die von den alten Linden eingewachsen ist? Die ist doch richtig klein.« Dann hatten sich anscheinend nicht viele andere dieser kirchlichen Bewegung angeschlossen, von der die beiden berichteten.

»Von außen sieht sie klein aus, das stimmt, aber wenn du drin bist … wir sind viele. Also, jetzt mal Butter bei die Fische. Was denkst du? Bist du dabei?«

»Mittwoch. Halb sieben. Auf jeden Fall.« Marianne brauchte nicht lang zu überlegen. Sie umarmte erst Petra, dann Ulrike. »Aber ich muss jetzt wirklich los, sonst bricht bei mir zu Hause die Hölle auf Erden los.« Was für ein Geschenk! Sie konnten richtige Freundinnen werden – und mehr als das.

Kapitel 16

Lena

Der Weg zur Bushaltestelle führte Lena an der Bäckerei vorbei. Als sie auf die Hauptstraße einbog, sah sie links in der Ferne bereits den Bus herannahen. Nun musste sie sich beeilen. Sie setzte zum Sprint an, doch dann bemerkte sie den Menschenauflauf, der sich zwischen ihr und der Haltestelle gebildet hatte. Ein Ausweichen auf die andere Straßenseite hätte zu lange gedauert, damit wäre der Bus weg gewesen. Also versuchte sie, sich hindurchzudrängen.

»Bitte lassen Sie mich durch. Mein Bus kommt gerade.« Lena blickte auf die Straße. Der Bus war bereits neben ihr, kam ein paar Meter weiter die Straße abwärts mit quietschenden Bremsen zum Stehen. Sie war so nah dran, dass sie das Zischen hören konnte, mit dem sich die Türen öffneten, doch der Einstieg war durch die Menschenmenge, die sich zwischen ihr und der Tür befand, unerreichbar.

»Ich muss zum Bus«, sagte sie noch einmal und versuchte, die Menschen mit den Händen beiseitezuschieben. Dann hielt sie inne. In der Mitte der Menschentraube befand sich eine aufgelöste, weinende Frau, die Lena bekannt vorkam. Nun gab sie auf, den Bus erreichen zu wollen.

»Ich verstehe nicht, wo die Polizei bleibt«, sagte eine ältere Frau. »Was in der Zeit alles passieren kann. Was, wenn Martha entführt wurde?«

Nun begriff Lena, wer dort auf der Straße stand: Die Frau mit dem braunhaarigen Igelschnitt war Anni. Lena hatte sie nur ein paar Mal aus der Ferne gesehen, als sie in die Kita gekommen war, um Martha abzuholen, es aber immer vermieden, ihr zu nah zu kommen oder in ein Gespräch verwickelt zu werden. Es war ihr peinlich gewesen, sie hatte sich in Annis Gegenwart geschämt, obwohl Max und Anni längst getrennt gewesen waren, als Max mit Lena eine neue Beziehung begonnen hatte. Außerdem hatte Lena anfangs gar nichts von Anni und Martha gewusst. Trotzdem war ein schlechtes Gewissen Anni gegenüber geblieben.

Seit einem Jahr waren Lena und Anni sich gar nicht mehr begegnet. In Lenas Erinnerung hatte Anni auch noch längere Haare.

»Anni?«, fragte Lena und näherte sich vorsichtig. »Ich bin Lena.«

Anni sah auf. »Ich weiß, wer du bist.« Feindseligkeit lag in ihrer Stimme. »Und ich weiß auch, dass Max mit Martha zusammen bei dir zu Besuch gewesen ist, obwohl ich ihm gesagt habe, dass ich das nicht will.«

»Martha ist verschwunden?«

»So sieht es wohl aus.«

Lena zeigte in Richtung der Seitenstraße, wo es zu ihrer Wohnung ging. »Sie ist gerade eben noch bei mir gewesen. Ohne Max.«

»Das kann ich mir nicht vorstellen. Warum sollte sie zu dir gehen?«

Ein Streifenwagen hielt am Rand. Zwei Beamte stiegen aus, drängten die Zuschauer beiseite, die auf die erste Aufforderung nur einen kleinen Schritt nach hinten wichen, auf eine weitere

Ermahnung noch einen Schritt und dann noch ein Stück, bis sie einen weitläufigen Ring aus Beobachtern gebildet hatten.

Lena erklärte im Beisein der Polizisten, dass kein Grund zur Aufregung bestehe, gerade eben sei Martha noch bei ihr zu Besuch gewesen, dem Mädchen gehe es gut. Ihre Erzählung wurde immer wieder von Anni unterbrochen, die sich mit vorwurfsvollen Fragen einmischte – warum Lena denn nicht Bescheid gegeben und Martha nicht persönlich zurückgebracht habe, was Martha überhaupt bei Lena gewollt habe?

Während der eine Polizist mitschrieb, was Anni und Lena sagten, gelang es seinem Kollegen, die anderen Menschen dazu zu bewegen, ihres Weges oder wieder zurück in die Häuser zu gehen.

»Hier entlang.« Lena ging voraus in Richtung ihrer Wohnung, um Anni und den Polizisten den Weg zu weisen. Sie war sich sicher, dass Martha sich auf dem anliegenden Spielplatz befand, auf dem jemand ein großes Planschbecken aufgestellt hatte, von dem aus schon den gesamten Tag lang Kinderstimmen zu ihr herübergedrungen waren.

Doch weder auf dem Spielplatz noch in der Nähe von Lenas Wohnung war eine Spur von Martha zu entdecken. Lena und Anni teilten sich auf, jede der Frauen klingelte an den Häusern einer Straßenseite, während die Polizisten Passanten ansprachen und nach deren Beobachtungen fragten. Immer wieder sprachen die Polizisten in ihre Funkgeräte. Langsam sammelten sich auch in diesem Wohngebiet Zuschauer, die die Straße blockierten und weitergeschickt wurden. Jeder diskutierte, überlegte, stellte Thesen auf, doch gesehen hatte niemand das kleine Mädchen.

Als nach einer halben Stunde des Suchens um Lenas Wohnung herum noch immer kein Hinweis auftauchte, wo Martha sein könnte, ließ sich einer der Polizisten für die weitere Suche ein Handyfoto von Martha zuschicken. Martha galt nun offiziell als vermisst. Nur mit Mühe konnten die Beamten Anni davon abhalten, mit den Fäusten auf Lena loszugehen.

»Wie konntest du sie nur wieder gehen lassen?«, rief Anni. All der Frust, die Angst und Unsicherheit entluden sich auf Lena. »Bei dir muss irgendetwas passiert sein, was Martha verstört hat. Was ist vorgefallen? Warum ist Max überhaupt mit ihr zu dir gefahren? Was habt ihr beide getan? Ein Kind läuft doch nicht ohne Grund weg. Sie bleibt immer nah am Haus. Sie gibt immer Bescheid, wohin sie geht. Warum heute nicht?«

»Beruhigen Sie sich«, sagte der kleinere der Polizisten, redete weiter mit ruhiger Stimme auf Anni ein. »Es ist bestimmt nichts passiert, wir werden alles tun, um Ihre Tochter zu finden. Die meisten Kinder tauchen sehr schnell wieder auf. Vielleicht ist sie nur zu einer Eisdiele gelaufen oder hat eine Freundin getroffen. Jetzt brauchen wir zuerst einmal die Kontaktdaten aller Personen, bei denen sich Martha möglicherweise aufhalten könnte.«

Doch Anni hörte gar nicht mehr zu, sie schrie immer lauter, schlug um sich. Die Polizisten versuchten, sie festzuhalten, und Anni sank auf den Boden. Wie ein verwundetes Tier hockte sie schreiend auf dem heißen Asphalt und nahm gar nicht wahr, was die Polizisten zu ihr sagten.

Ein weiterer Streifenwagen hielt am Straßenrand, dann ein Krankenwagen, aus dem zwei Sanitäter ausstiegen. Lena hatte gar nicht mitbekommen, wer die Verstärkung zu welchem Zeitpunkt alarmiert hatte. Vergeblich versuchten die Sanitäter, Anni zum Mitkommen zu bewegen. Erst die Notärztin, die Anni etwas injizierte, schaffte es, dass Anni nicht mehr schrie, sie zu beruhigen. Nun war ihr Blick glasig. Mechanisch beantwortete sie noch einige Fragen der Polizisten, dann wurde sie in den Krankenwagen gebracht. Die Türen des Rettungswagens schlossen sich und er fuhr ab.

»Kann ich Ihnen noch irgendwie behilflich sein?«, fragte Lena den Polizisten, der ihre Aussage aufgenommen hatte. »Kann ich irgendetwas tun, damit Martha schneller gefunden wird? Vielleicht Suchzettel erstellen und in den umliegenden Straßen an Bäumen anheften?«

Er schüttelte den Kopf. »Es ist besser, wenn Sie zu Hause erreichbar bleiben, falls das Mädchen noch einmal bei Ihnen auftaucht.«

Lena zuckte mit den Schultern. Lieber hätte sie mehr getan. Stattdessen sah sie zu, wie sich ein Polizeiwagen nach dem anderen entfernte. Nie hatte sie sich hilfloser gefühlt. Annis Stimme mit all den Schuldzuweisungen klang in ihr nach. Sicher, es wäre so einfach gewesen, Martha an der Hand zu nehmen und nach Hause zu begleiten. Hätte sie es ahnen müssen, dass irgendetwas nicht stimmte? War es zu blauäugig, zu denken, dass eine Sechsjährige keinerlei Probleme haben dürfte, allein nach Hause zu gehen, wenn dieses Zuhause nicht einmal fünfhundert Meter entfernt war?

Sie redete sich ein, dass sie keine Schuld traf, dass sie die Situation nicht hatte abschätzen können, nicht in die Zukunft schauen konnte. Und doch war ihr übel. Sie fror und konnte die Selbstanklagen nicht abschalten. Auf jeden Fall war ihr nicht mehr danach, die Wohnung an diesem Tag überhaupt noch zu verlassen. Lena kramte ihren Schlüssel hervor und ging langsam zurück zu ihrer Wohnung.

»Wenn du etwas von Martha hörst, sag bitte sofort Bescheid«, schrieb Lena an Max. »Wenn ich Neuigkeiten habe, melde ich mich natürlich auch gleich.«

Das erste Häkchen erschien, dann das zweite. Aber die Häkchen färbten sich nicht blau. Wahrscheinlich befand sich Max nach dem Autounfall im OP und konnte nicht an sein Handy gehen.

KAPITEL 17

MARIANNE 1962

»Nennen Sie uns Namen. Wer waren diejenigen, die sich mit Ihnen in der Kapelle des Guts Alt Placht getroffen haben?«

Marianne musste all ihre Kraft aufbringen, den Blick nicht abzuwenden, den Kopf nicht wegzudrehen und den Mann weiter anzusehen, der sich seitlich zu ihr beugte – so nah, dass sie seinen Atem an ihrer Stirn spürte. Er roch nach Pfeifenrauch und Halsentzündung. Sie versuchte, so zu tun, als wäre er gar nicht da, als könnte sie durch ihn hindurchsehen. Kurz sah sie unter seinem Hemd eine Armbanduhr aufblitzen. Doch er schien ihre Gedanken zu erraten und zog den Arm so schnell weg, dass sie nicht erkennen konnte, wie viel Uhr es war.

»Sie wollen wissen, wie spät es ist?«, fragte er.

Ja!, schrie alles in ihr. War es Tag? War es Nacht? Wie lange war sie schon hier in diesem Gefängnis in den Kellerräumen, die ohne Unterbrechung von gleißendem Neonlicht erhellt wurden? Drei Tage? Eine Woche oder noch mehr? Sie ließen das Licht in der fensterlosen Zelle Tag und Nacht brennen. Das grauenhafte Alleinsein in der Zelle wurde nur von Verhören unterbrochen, die unregelmäßig stattfanden und auch keinen Hinweis darauf zuließen, wie viel Zeit vergangen war. Mal hatte sie kaum Zeit, sich auf die Pritsche zu setzen, bevor sie schon wieder rausmusste, mal ließen sie sie Ewigkeiten allein. Mal kam kein Essen, obwohl ihr Magen längst knurrte und seit der letzten Mahlzeit viele Stunden vergangen sein mussten, mal brachten sie ihr neue Essenstabletts, obwohl sich noch längst kein Hunger regte und sie den Geschmack des Brotes von der letzten Mahlzeit noch im Mund hatte. Auch die Art des Essens ließ keine Hinweise auf die Tageszeit zu. Es gab immer Brot und etwas in einer Schüssel, das zu dick für eine Suppe und zu flüssig für einen Eintopf war und nach nichts schmeckte.

Sie schaute auf den Kaffee, der auf dem Tisch des Offiziers stand.

Auch diesen sehnsüchtigen Blick musste er bemerkt haben, denn nun drehte er sich um, umrundete den Schreibtisch, nahm die Tasse und trank demonstrativ langsam und genüsslich einen Schluck. »Bitte, wenn Sie möchten, trinken Sie. Ich bin nicht Ihr Feind. Ich will Ihnen und Ihrer Familie nur helfen«, sagte er.

Sie zögerte. Sie hatte nichts mehr getrunken, seit der Tee, den sie ihr mit dem Essen brachten, so seltsam schmeckte. Ob sie ihr etwas beimischten? Ein Schlafmittel, um sie dann an einen anderen Ort zu transportieren? Psychopharmaka, um sie gefügig zu machen? Gab es so etwas wie ein Wahrheitsserum wirklich?

Sein Angebot ließ die Trockenheit in ihrem Mund nur noch stärker werden. Meistens hatte sie nur Brot gegessen in den letzten Tagen, weil sie sich nicht hatte überwinden können, die dünnflüssige, undefinierbare Suppe herunterzuschlucken.

Langsam beugte sie sich vor, wartete jeden Moment darauf, dass er die Tasse wegzog, doch er beobachtete sie nur, ließ zu, dass sie trank. Der Kaffee war schwarz mit viel Zucker und sehr stark. Sie trank ihn in einem Zug aus, obwohl er so heiß war, dass sie sich den Mund und den Hals verbrannte, weil sie ihm zutraute, ihr die Tasse wegzunehmen oder von unten dagegenzuschlagen, damit sie sich verbrühte. Inzwischen rechnete sie mit allem Negativen, was man sich nur vorstellen konnte.

Doch er tat nichts dergleichen, im Gegenteil. Er saß einfach nur da und schaute zu. »Möchten Sie noch mehr Kaffee?«, fragte er.

Sie antwortete nicht.

Er goss ihr nach, tat drei Zuckerstücke in den Kaffee, rührte um, probierte und reichte ihr anschließend die Tasse.

Diesmal nahm sie sich mehr Zeit beim Trinken.

Er beugte sich zum Aufnahmegerät, das auf einem Tischchen neben dem Schreibtisch stand, und stoppte die Aufnahme. »Mal unter uns. Ich verstehe gar nicht, was Sie mit diesem Pack zu tun haben. Wie Sie da hineingeraten sind. Das passt doch gar nicht zu Ihnen«, sagte er.

Sie stellte die Tasse ab.

Er goss ihr nach, tat wieder drei Stücke Zucker hinein.

Sie trank die Tasse diesmal nur zur Hälfte aus, dann krampfte sich ihr Magen zusammen, der so leer war, dass er so viel Kaffee nicht vertrug.

»Danke«, sagte sie. »Danke für den Kaffee.«

»Nichts zu danken. Wie gesagt, Sie begreifen das vielleicht nicht, aber es ist so: Ich bin nicht Ihr Feind, mein Fräulein. Ich mache nur meinen Beruf, wie alle anderen Menschen auch. Wenn es nach mir ginge, wären Sie schon längst wieder frei. Ich halte nichts davon, unbescholtene Bürger einzusperren und unter Druck zu setzen. Was ändert es denn? Ich will einfach nur nach Hause gehen zu meinen Kindern, mich ins Bett legen und schlafen. Aber das kann ich erst tun, wenn ich das Protokoll geschrieben habe. Dafür brauche ich Ihre Hilfe. Ich finde, die habe ich auch verdient, denn immerhin haben Sie es zu verantworten, dass wir beide hier festsitzen. Sie sind diejenige, die zu diesen konspirativen Treffen in der Kapelle gegangen ist. Also sorgen Sie dafür, dass wir beide nach Hause gehen können.« Er nahm ein Blatt und einen Stift. »Was soll ich schreiben? Nennen Sie mir Namen, zumindest drei. Das ändert doch nichts, wir wissen sowieso, wer sich in der Kapelle aufgehalten hat. Damit schaden Sie niemandem.«

Das klang logisch. Und trotzdem glaubte sie ihm nicht. Kurz vor der Stürmung der Kapelle war Petra zum Beispiel hinausgegangen, um eine zu rauchen, nur Sekunden später wurde das Gebäude gestürmt. Wussten sie von Petra oder nicht?

Die Diskussion war so hitzig und laut gewesen, dass sie gar nicht mitbekommen hatten, wie sich Fahrzeuge näherten. Es war darum gegangen, ob man auch Gewalt anwenden dürfe, um seine Ziele zu erreichen. Bisher hatten sie davor zurückgeschreckt. Sollten sie in Zukunft deutlich offensiver vorgehen, eine Wiederholung des 17. Juni 1953 anstreben? Mussten nicht klarere Zeichen für die Freiheit gesetzt werden als Protest gegen den Bau der Berliner Mauer im letzten Jahr?

Marianne war dagegen gewesen, sie wollte keine Wiederholung von 53, denn an Günthers Familie sah man ja, welche Konsequenzen so etwas haben konnte.

Sie massierte sich die Stirn, begann zu schwitzen. Nun merkte sie, wie der Kaffee ihre Aufregung verstärkte und es ihr schwerfiel, klar zu denken.

Ob sie Petra geschnappt hatten? Gleich als Erste, weil sie vor der Tür gewesen war? Petra hatte einjährige Zwillinge, die ihre Mutter brauchten. Sie konnte sie nicht verraten, wenn auch nur das geringste Risiko bestand, ihr zu schaden.

Und Ulrike? Wo hatte Ulrike gesessen bei der Stürmung? Es war ein solches Chaos ausgebrochen, dass sie den Überblick verloren hatte. Hinzu kam, dass später, als sie selbst sich schon im Polizeiwagen befunden hatte, eine Schlägerei stattgefunden hatte, infolge derer einige der Teilnehmer in den Wald flüchten konnten.

Nein, sie würde gar keinen Namen preisgeben! Das Risiko war zu hoch.

»Wobei unbescholten bei Ihnen ja relativ ist. Sie hatten früher Kontakt zur Familie Steinhäusler, waren eng mit Günther befreundet. Es liegt nahe, dass jeder, der Ihre Akte liest, annimmt, dass dort schon der Grundstein gelegt wurde und dass diese Verhaftung nur der Endpunkt einer langen Entwicklung ist, in der Sie sich mehr und mehr gegen unseren Staat gewandt haben.«

»Günther ist weg. Ich weiß ja nicht einmal, ob er noch lebt.«

»Na, sieh mal an, wir können nicht nur sprechen, sondern auch in zusammenhängenden Sätzen reden.« Er machte eine Pause, musterte sie. »Verzeihen Sie mir den Spott, aber Sie haben uns schon einige Nerven gekostet. Und nicht nur uns. Wie können Sie es verantworten, dass zum Beispiel Ihre Schwester Ruth in der Schule in eine Schlägerei gerät, weil sie Ihr Protestverhalten rechtfertigt und sogar unterstützt? Ruth hätte eine ausgezeichnete Mathematikerin oder Physikerin werden können, wenn Sie Ihre jüngere Schwester nicht zu solcher Aufsässigkeit angestachelt hätten. Ruth wollte einmal studieren. Und jetzt? Reicht es Ihnen nicht, dass Sie Ihr eigenes Leben ruinieren?«

»Lassen Sie Ruth aus dem Spiel.«

»So, Sie wollen Ihre Familie aus dem Spiel lassen? Welch bahnbrechende Erkenntnis, nur kommt sie sehr spät. Ich persönlich würde das ja liebend gern tun, das können Sie mir glauben oder auch nicht. Ihr Problem ist, dass Sie nicht mehr fähig sind, die Dinge objektiv zu betrachten. Sie sehen anscheinend überall nur Feinde um sich herum, begreifen nicht, wer Ihnen wohlgesonnen ist und wer Ihrer Familie Schaden zufügt. Sie, nur Sie allein sind diejenige, die Ihre Familie zerstört. Begonnen hat es mit Ihrem engen Kontakt zur Familie Steinhäusler. Es ging weiter mit Ihren Westkontakten, dem Briefverkehr. Sie konnten sich nicht von Günther lösen. Dann haben Sie in Ihrer Weiterbildung zur Sekretärin erneut Kontakte geknüpft, die genau in diese Richtung weiterführten.

Sie wollen noch etwas retten, obwohl es dafür schon fast zu spät ist? An mir soll es nicht scheitern, wie gesagt: Ich will einfach nur nach Hause gehen und mit der ganzen Sache nichts mehr am Hut haben.

Tun Sie uns beide einen Gefallen. Lassen Sie uns das Protokoll schreiben. Das dauert eine halbe Stunde, wenn wir es zügig erledigen. Dann sorge ich dafür, dass Sie in einem Wagen nach Hause gebracht werden.«

Marianne zögerte. Dass dieser Offizier anders war als seine Kollegen, dass er ihr wohlgesonnen war, das glaubte sie nicht. Doch eins musste sie wohl akzeptieren: Wenn sie weiter schwieg, würde sie niemals freikommen. »Schalten Sie das Aufnahmegerät ein, ich möchte eine Aussage machen«, sagte Marianne.

Diese Geschichte hatte sie sich in all den langen Stunden in ihrer Zelle zurechtgelegt, doch sie würde schnell als Lüge enttarnt werden, wenn einer der anderen Teilnehmer der Kapellentreffen redete. Zwar hatten sie sich geschworen, dass bei einer Verhaftung jeder nur für sich und von sich reden würde. Keine Namen. Keine Details. Sie hatte sich bislang daran gehalten. Würden die anderen aus der Widerstandsgruppe es auch tun?

Das Klacken des Aufnahmegeräts ertönte. Marianne schluckte. Nun kam es auf jedes Wort an.

»Ich habe nichts getan, ich habe mir nichts zuschulden kommen lassen«, begann sie und wartete auf den Widerspruch ihres Gegenübers, der ausblieb. »Ich war nur zufällig an diesem Ort. Es war eine spontane Idee, weil ich auf der Straße gehört habe, wie sich zwei Frauen über diese alte Kapelle unterhalten haben, dass sie einen Sonntagsausflug wert sei, man dort gut wandern könne. Besonders die Linden um die alte Gutskapelle sollen Hunderte von Jahren alt sein, das Fachwerkgebäude der Kapelle eine ganz altertümliche und romantische Atmosphäre haben. Ein wunderschöner Ort, fernab vom Trubel der Stadt, wie aus der Zeit gefallen, irgendwo im Nirgendwo, von Wald umgeben. So sagten die Frauen. Es klang wie in einem Märchen, fand ich und dachte mir, dass es ein wundervoller Ort für eine Hochzeit wäre. Mein langjähriger Freund …« Sie stockte. War das zu dick aufgetragen? Konnte sie Peters Namen nennen? Wenn sie nun fortfuhr, legte sie ihr Leben in seine Hand. Sie müsste dieser Geschichte Konsequenzen folgen lassen. Dann wäre anschließend nichts mehr so, wie es einmal gewesen war.

Doch trotz aller Zweifel redete sie weiter, weil sie keine andere Chance sah. Besonders die Freundschaft zu Günther, ihre offene Sehnsucht nach ihm, die Briefe, die sie nach wie vor schrieb, verrieten sie. Da spielte es keine Rolle, dass Günther nicht antwortete und nichts mehr von ihr wissen wollte. Sie schickte immer noch Briefe an ihn, wenn auch unregelmäßig. Bestimmt wussten sie es bereits. *Vielleicht waren die Briefe gar nicht durchgegangen, sondern abgefangen worden*, kam ihr nun in den Sinn. Eventuell war das der Grund, warum von Günther keine Antwort kam?

Ihre Gedanken rasten. Peter war der Einzige, der sie möglicherweise aus dieser Situation herausretten konnte.

»Weiter«, sagte der Offizier. »Ich höre.«

»Es sollte eine Überraschung werden für Peter. Wir sind schon so viele Jahre befreundet. Bisher habe ich gezögert beim Gedanken an eine Heirat. Aber er hat immer zu mir gestanden. Ich wollte ihn sprachlos machen, einen besonderen Ort für unsere Hochzeit suchen, etwas Privates, damit die Trauung auch allen Gästen in Erinnerung bleibt. Deswegen habe ich mein Rad genommen und bin zu der Kapelle gefahren. Dort saßen Menschen zusammen, die haben so hitzig diskutiert, dass sie gar nicht gemerkt haben, dass ich dazugekommen bin. Ich habe auch gar nicht begriffen, um was es genau geht, dafür war ich nicht lang genug da. Nur dass es etwas Politisches war, das wurde mir schon klar. Aber es ist ja nicht verboten, über Politik zu diskutieren. Von daher habe ich mir gar nicht viel dabei gedacht. Bevor ich auf mich aufmerksam machen konnte, wurde die Kirche gestürmt. Ich stand ja noch direkt am Eingang, war gar nicht bei den anderen.« Das stimmte, sie hatte sich nahe der Tür befunden, weil sie sich wunderte, warum Petra nicht längst zurückgekommen war, und draußen nachsehen wollte.

Der Offizier räusperte sich. Er schüttelte den Kopf. »Nehmen wir mal an, es wäre so gewesen. Pfff.« Lang gezogen stieß er ein zweites Mal die Luft aus. »Dann hätten Sie keinen Grund gehabt, uns dies nicht von Anfang an zu sagen, vor Tagen schon. Warum das Schweigen? Das ist nicht sonderlich plausibel.«

»Ich war unter Schock. Die Verhaftung. Der Lärm. Die Zelle. Ich habe gar nicht begriffen, was vor sich geht. Die ganze Zeit dachte ich, dass sich der Irrtum doch aufklären muss. Ich wollte reden. Aber es ging nicht, ich konnte nicht sprechen, war wie gelähmt. Ihre Kollegen haben mich unter Druck gesetzt, mich bedroht, mir noch mehr Angst gemacht. Ich wusste einfach nicht …«

»Soso.« Er schaltete das Aufnahmegerät aus, drückte einen Knopf am Telefon und sagte »abführen« in den Hörer.

Sie schrie. Sie wehrte sich. Dann ließ sie sich kraftlos sinken, sich von den beiden Männern mitschleifen, die sie fest unter den Achseln gepackt hielten und wieder zurück in ihre Zelle brachten, unabhängig davon, ob sie die Beine bewegte oder nicht.

Sie war zu erschöpft, um sich auf die Pritsche zu setzen, blieb kraftlos auf dem Boden hocken. Das Licht brannte so hell von der Decke, dass es in ihren Augen schmerzte.

Nichts, aber auch gar nichts hatte sie bewirken können.

Ob sie nun doch Namen nennen sollte, um ihre Situation zu verbessern?

Der Gedanke war zu verlockend, aber sie schwor sich: Sie würde niemanden verraten, was auch noch auf sie zukommen mochte.

Nun erst bemerkte sie, dass sie irgendwo auf dem Weg vom Verhörzimmer zur Zelle einen Schuh verloren haben musste, als ihre Beine beim Abtransport über den Boden geschleift waren. Bereits bei der Verhaftung hatten sie ihr vieles abgenommen, darunter ihre Uhr, ihre Kette, den Gürtel, auch die Schnürsenkel. Der Boden unter ihr war kalt, sie wünschte sich, besser auf den Schuh aufgepasst zu haben. Doch es hatte keinen Sinn, an die Tür zu klopfen und um den Schuh zu bitten.

Stundenlang hatte sie in den ersten Stunden in dieser Zelle gegen die Tür gehämmert, war dagegengerannt, hatte geschrien. Nichts war passiert, außer dass sie heiser geworden war und ihr Hals geschmerzt hatte.

* * *

Es wurde ihr erst bewusst, dass sie vor Erschöpfung auf der Pritsche eingeschlafen war, als die Tür mit einem Knallen aufging.

»Sie können gehen«, sagte eine Frau in Uniform. Sie legte die Schachtel mit der Uhr, der Kette, dem Schuh, den Schnürsenkeln und dem Gürtel neben sie auf den Boden.

War das eine neue Taktik, um sie mürbe zu machen? Marianne zögerte, die Kiste zu berühren, irgendetwas daraus an sich zu nehmen.

»Los, los, ich habe nicht ewig Zeit«, sagte die Frau. »Draußen wartet auch Ihr Verlobter.«

Vorsichtig zog sie sich die Dinge, die ihr von den Polizisten abgenommen worden waren, wieder an. Dann folgte sie der Uniformierten durch den Gang. Mehrere Gittertüren mussten aufgeschlossen und hinter ihr verriegelt werden. Marianne lauschte, doch es war so still, als wären sie die beiden einzigen Personen im gesamten Gebäude, obwohl rechts und links weitere Zellen abgingen, die alle geschlossen waren. Die Schritte hallten über den Flur, wurden von den Wänden zurückgeworfen. Es war, als bewegten sie sich wie im Traum durch ein Geisterhaus.

Dann sah sie ihn: Peter. Nie war sie glücklicher gewesen, dass er da war.

»Ich werde mich beschweren«, polterte er. »Meine Verlobte fast eine Woche lang festzuhalten! Solche Unterstellungen!« Er zog sie ins Freie, weiter in den Wagen. Dort ließ er erst sie einsteigen, öffnete ihr sogar die Beifahrertür, schloss sie wieder, dann sank er auf den Fahrersitz. Er wirkte erschöpft. »Ich habe Himmel und Hölle in Bewegung gesetzt, um dich rauszubekommen! Ich habe ausgesagt, dass wir alle Abende in der Woche zusammen verbracht haben, die ganzen letzten Wochen über, dass du gar nicht bei den Treffen gewesen sein kannst. Ich habe Kollegen bestochen, um überhaupt herauszufinden, wo du bist und was man dir vorwirft. Deine Geschichte klingt ja irre, aber nachdem deine Eltern und ich in die Bresche gesprungen sind, konnten sie nicht anders, als dich gehen zu lassen. Ist dir klar, dass du ohne uns da nicht rausgekommen wärst? Du bist mir was schuldig.«

»Wie kann ich dir danken, Peter?«

»Heirate mich.«

Kapitel 18

Lena

Vergeblich suchte Lena ihren Haustürschlüssel. In der Handtasche war er nicht, auch nicht in ihrer Hosentasche. Manchmal hängte sie ihn mithilfe eines Karabiners an Schlaufen ihrer Kleidung, doch sie hatte sich wegen der Wärme so wenig übergezogen, dass überhaupt keine Schlaufen existierten. Sie fluchte laut, kehrte zurück zur Straße, ließ dabei den Blick über den Asphalt gleiten. Sie war mehrfach hin- und hergegangen im Trubel, als der Krankenwagen gekommen war. Sie konnte sich gar nicht mehr erinnern, wo genau sie gestanden hatte, also durchsuchte sie die Vorgärten der Nachbarn. Doch kein Schlüssel lag im Gras oder zwischen den Beeten.

Die Strecke zur Bäckerei hatte sie schnell zurückgelegt, doch auch dort befand sich der Schlüssel nirgends. Lena fluchte. Auf dem Rückweg schaute sie noch einmal neben dem Bürgersteig, auch um die Gullys herum, doch der Schlüssel blieb verschwunden. Nun blieb ihr kaum eine andere Wahl, als ihren Vermietern den Verlust zu beichten.

Als sie an der Klingel ihrer Vermieter im Erdgeschoss läutete, öffnete niemand. Sie wollte sich gerade abwenden, zu ihrer Mutter aufbrechen, um die Nacht nicht im Freien verbringen zu müssen, als sie sich an Marthas Worte erinnerte: Diese hatte einfach gegen die Tür gedrückt, dann war sie aufgegangen.

Lena probierte, es Martha nachzutun. Sie hatte es kaum zu hoffen gewagt, doch die Eingangstür schwang schon bei leichtem Gegendruck auf. Lena kontrollierte das Schloss, dann die Metallbeschläge und entdeckte den Hebel, der dafür sorgte, dass die Tür nur einschnappte, aber nicht richtig einrastete. Sie legte den Hebel um, so konnte zumindest auf diesem Weg niemand mehr hereinkommen, außer, er fand den Schlüssel …

In Gedanken ging Lena treppauf, wollte sich gerade auf den Stufen niederlassen, wo auch Martha gesessen hatte, dann entdeckte sie, dass der Schlüssel außen im Schloss ihrer Wohnungstür steckte.

Erleichtert schloss sie auf und stutzte. Sie war sich sicher, dass sie abgeschlossen, den Schlüssel wie sonst auch zweimal umgedreht hatte.

Langsamer als gewöhnlich ließ sie die Tür aufgleiten. »Hallo?«, rief sie und schüttelte über sich selbst den Kopf, dass sie genau das tat, was sie an Filmfiguren immer belächelte. Wie konnte man nur so dumm sein, auch noch auf sich aufmerksam zu machen? Dachte sie, es antwortete jemand »Ja, hier bin ich«?

Die Zeichnungen und Skizzen vom Wohnzimmertisch waren auf dem Boden ausgebreitet. Dazwischen stand ein halb ausgetrunkenes Glas Cola.

Eilig ging sie zu ihrem Computer. Dort war alles unverändert. Auch der Laptop, die Kamera, die anderen elektrischen Geräte und der Briefumschlag mit dem für diesen Monat abgehobenen Geld waren unangetastet.

»Hallo?«, fragte sie noch einmal und ging langsam durch die Räume, sah sich im Bad, Flur, Schlafzimmer, Wohnzimmer und in der Küche um. In der Küche stand das Fenster offen, auch wenn sie dachte, es geschlossen zu haben. Möglicherweise war dies die Erklärung: Ein Windzug hatte die Papiere auf dem

Boden verteilt. Nur das Colaglas irritierte sie weiterhin. Oder hatte der Streit mit Max sie so aus der Bahn geworfen, dass sie selbst das Glas dort abgestellt und es vergessen hatte? Wie sie auch nicht daran gedacht hatte, den Schlüssel der Wohnungstür abzuziehen?

Lena setzte sich hin, um sich zu sammeln und zur Ruhe zu kommen. Dann sortierte sie die Zeichnungen wieder auf einen Stapel und nahm all ihren Mut zusammen. Mehrmals hatte sie Anfragen vom Verlag nach dem Verlauf ihrer Arbeit unbeantwortet gelassen, wollte das Buch erst fertigstellen, zu dem sie bisher nur Skizzen und eine Projektbeschreibung eingereicht hatte. Schlechter konnte der Tag nicht mehr werden, sogar die Angst vor Kritik oder Ablehnung, die sie nächtelang wach gehalten hatte, war nun von all dem Trubel um Max und Martha in den Hintergrund gerückt.

So scannte sie die bestehenden Zeichnungen der Reihe nach ein, bündelte sie in einer Datei und schickte sie ab. Ihr Herz raste. Ihre Finger waren schweißnass, obwohl inzwischen kühler Abendwind von draußen hereinwehte. So hatte sogar all das äußere Chaos etwas Positives: Es hatte die Sorgen und Ängste betäubt, mit denen sie sich im Alltag herumschlug.

* * *

An diesem Abend war Lena alles zu viel, sodass sie auch darauf verzichtete, das grelle elektrische Licht einzuschalten. Stattdessen stellte sie eine Kerze auf den Wohnzimmertisch, streifte die Schuhe von den Füßen und machte es sich auf der Couch bequem. Sie hoffte so sehr, dass Martha noch einmal zu ihr käme und klingelte, aber es blieb alles ruhig. Nach und nach legte sich Dämmerung über die Stadt, von Minute zu Minute wurde es in der Wohnung dunkler. Der Kerzenschein schien gleichzeitig immer größer zu werden, er warf ein zuckendes

Licht an die Decke. Das kleine Licht war kraftvoll genug, um das gesamte Wohnzimmer zu erhellen. Fasziniert registrierte Lena, wie sehr sich ihre Augen an das ungewohnt schwache Licht gewöhnten, sodass ihr gar nichts fehlte. Im Gegenteil – mit Blick auf die Kerze wurde sie ruhiger, spürte, wie die Müdigkeit ihre Glieder schwerer werden ließ. Die Augen fielen ihr immer wieder zu und sie wehrte sich nicht gegen das Einschlafen.

Kapitel 19

Günther 1962

Liebste Marianne,

über sechs Jahre sind inzwischen vergangen, seit wir uns das letzte Mal gesehen haben. Dass Du mir nicht zurückschreibst, seit wir aus dem Lager ausziehen konnten, habe ich akzeptiert. Anfangs habe ich gedacht, es läge daran, dass einige Briefe abgefangen würden. Aber dass mich gar keine Briefe von Dir mehr erreichen? Für Dich war unser Umzug aus der Übergangswohnung in ein eigenes Haus bestimmt das Zeichen, dass die Flucht unumkehrbar ist, dass wir uns einrichten, wahrscheinlich nicht zurückkehren werden. Auch dass ich angefangen habe zu studieren, mir ein eigenes Zimmer gesucht habe, wird für Dich der Beweis gewesen sein, dass ich nicht mehr vorhabe zurückzukehren. Manchmal habe ich mir eingeredet, Du hättest nach den Umzügen meine neuen Adressen nicht bekommen, Du wüsstest nur nicht, wohin Du Deine Briefe senden sollst. Dann habe ich mir ausgemalt, dass Du *möglicherweise einfach nur Zeit bräuchtest, um die neue Situation anzuerkennen, dass Du schon schreiben würdest, wenn die Zeit dafür reif ist.*

Selbst wenn die Entfernung zwischen uns Dir räumlich gesehen zu groß erscheint und Du keine Zukunft siehst – warum können wir nicht Freunde sein oder Wegbegleiter? Was hält uns davon ab, uns unsere Gedanken mitzuteilen und am Leben des anderen Anteil zu nehmen?

Dass Du nicht endlos warten und hoffen willst, das kann ich nachvollziehen, trotzdem ist es grausam, vollständig und still aus Deinem Leben gestrichen zu werden. Es bleibt immer etwas Unabgeschlossenes im Raum stehen.

In all der Aufbruchsstimmung hier, dem Streben nach Neubeginn und Aufbruch an den Universitäten bleibe ich bisher in Gedanken an Dich außen vor.

Ja, ich war in der Schule kein Mädchenschwarm, eher ein Sonderling und Eigenbrötler, doch Du hast mich genommen, wie ich war. Du bist klug, mit Dir konnte ich diskutieren und überlegen, mich an Dir messen. Wenn wir miteinander redeten, gab es keine Grenzen oder Barrieren. Diese Nähe, dieses Vertrauen, dieses Aufeinander-Verlassen habe ich nie mehr in der Form gefunden. Ich habe mir immer vorgestellt, mein Leben mit Dir zu verbringen, wie wir einmal miteinander alt werden, wie wir uns an den Händen halten, dabei am Meer nebeneinander herlaufen, bis zum Horizont blicken und sagen können, dass es gut war, wie wir das Leben zusammen verbracht haben.

Ich weiß, dass das kitschig ist, ein Klischee, mein gesamter Brief ist sentimental. Aber Wünsche und Sehnsüchte scheren sich nicht darum, ob sie kitschig sind oder nicht.

Ich habe eine Frau kennengelernt – Jasmin, eine Mitstudentin, die für mehrere große Wochenzeitungen schreibt. Wir sind ein paar Mal miteinander ausgegangen, haben für die Seminarprüfungen zusammen gelernt. Doch solange ich innerlich noch immer an Dir hänge, wäre es Jasmin gegenüber nicht gerecht, wenn ich ihr etwas vorspiele, was ich am Ende nicht einhalten kann.

Doch zeigt mir diese Liebesbeziehung, die keine war, aber eine hätte werden können, dass es Zeit ist, der Realität ins Auge zu sehen.

Dies wird der letzte Brief sein, den Du von mir erhältst. Ich werde erst wieder den Kontakt suchen, wenn Du mich dazu einlädst. Es ist Zeit für uns beide weiterzugehen, in die Zukunft und nicht in die Vergangenheit zu blicken. Ich lasse Dich los. Du bist frei, Marianne. Von ganzem Herzen wünsche ich Dir, dass Du glücklich werden kannst, dass Du Deine Träume verwirklichst. Dass Du jemanden an Deiner Seite hast, der Dich liebt und unterstützt.

Leben wir auf die Zukunft bezogen, nehmen wir die Chancen an, die sich uns bieten, ohne zurückzublicken.

Mach es gut, Marianne.

Dein

Günther

Wieder und wieder las er den Brief. So fern Marianne auch war, es reichte, ein Stück Papier vor sich zu legen, den Füller in die Hand zu nehmen, und schon schien sie so nah, als hätten sie sich erst gestern gesehen. Sie war wie ein Geist, der ihn Tag und Nacht verfolgte, aber damit wollte und musste er abschließen, wenn er sein Leben nicht wegwerfen wollte. Bei jedem Lesen fielen ihm Unvollkommenheiten in dem Brief auf, Gedankensprünge, fehlende Zusammenhänge. Doch bewusst schrieb er nicht wie bei den vergangenen Briefen von Mal zu Mal immer weitere Fassungen, feilte nicht an Formulierungen, sondern gab sich einen Ruck, faltete das Papier zweimal, steckte es in einen Umschlag und adressierte es an die Adresse von Mariannes Elternhaus, auch wenn er nicht wusste, ob sie dort überhaupt noch lebte oder längst ausgezogen war.

Er blickte sich in seinem Zimmer um, das er bereits während der gesamten Studienzeit bewohnt hatte. Anstelle eines Tisches hatte er ein Brett über einen leeren Bierkasten gelegt, weitere Bierkästen umgedreht und mit Kissen versehen, um sie als Sitzmöglichkeiten zu nutzen. Sein Regal war überfüllt, sodass sich Bücher auf dem Boden stapelten und nur eine kleine Gasse auf dem Parkett frei blieb, damit er vom Bett zur Sitzecke und zur Tür gehen konnte. Wobei das Bett auch nur ein Provisorium war. Anstelle eines richtigen Bettes besaß er nur eine Matratze auf dem Boden. All die Jahre hatte ihn der Anblick dieses Zimmers nicht gestört, stattdessen hatte er sich die günstige Miete vergegenwärtigt. Nun kam es ihm schäbig vor. Es war an der Zeit, das Studentenleben hinter sich zu lassen, sich um gute Aufträge zu kümmern, irgendwann eine Familie zu gründen.

KAPITEL 20

LENA

Ein durchdringendes Läuten ließ sie hochschrecken. Die Kerze brannte noch immer. Es war kurz nach eins, mitten in der Nacht. Das Türläuten hörte nicht auf, versetzte Lena in Alarmstimmung. Sie stützte sich mit den Händen auf dem Wohnzimmertisch ab, wuchtete sich vom Sofa hoch und taumelte zur Tür, auch wenn ihr schwindelig war und sie sich an den Wänden festhalten musste, um das Gleichgewicht zu halten. Sie vergaß in der Hektik, an der Sprechanlage zu fragen, wer dort war, und drückte sofort den Türöffner.

Anhand der Schritte, die den Flur heraufpolterten, immer zwei Stufen auf einmal nehmend, wusste sie, wer zu ihr kam, noch ohne ihn gesehen zu haben: Max.

Das Flurlicht blendete sie, sodass sie erst nach und nach seinen blutverschmierten Kittel erkannte. Seine Haare standen in alle Richtungen ab. Er war aschfahl, die Augen rot umrändert in tiefen Höhlen. Die Nachricht von Marthas Verschwinden hatte ihn anscheinend so schockiert, dass er sich nicht einmal die Zeit genommen hatte, sich wie sonst im Krankenhaus umzuziehen.

»Was ist passiert?«, fragte er. »Wo ist Martha? Wo Anni?«

»Hat dir die Polizei nichts gesagt?«

»Sie haben immer wieder angerufen, aber ich kann ja nicht drangehen, wenn ich im OP bin. Auf die Mailbox gesprochen haben sie nur, dass Martha verschwunden ist. Jetzt ist auf der Polizeistation dauerbesetzt oder es geht keiner dran. Auch Anni nimmt nicht ab, sie macht nicht mal die Tür auf!«

»Komm erst mal rein und setz dich. Und der Kittel …« Sie zeigte auf das Blut, trat einen Schritt von der Tür weg, damit er eintreten konnte. »Du siehst ja aus wie ein Schlachter.«

Max riss den Kittel von sich und warf ihn ins Bad auf den Haufen mit ihrer Schmutzwäsche.

So hatte sie es sich nicht vorgestellt, aber nun war nicht der Moment, um darüber zu diskutieren, wer den Kittel reinigen würde.

»Anni ist im Krankenhaus. Ich glaube, es war ein Nervenzusammenbruch«, sagte Lena.

»Das kann nicht sein. Dann hätten die Kollegen mir gesagt, dass sie da ist.«

»Nach dem Unfall mit all den Verletzten? Sie haben wahrscheinlich eine andere Klinik angefahren.«

Max schaltete das Licht im Wohnzimmer an, trank das halb volle Glas Cola aus, das bei Lenas Rückkehr in ihre Wohnung auf dem Boden gestanden hatte. Längst enthielt es keine Kohlensäure mehr und war abgestanden, doch Max störte sich nicht daran. Er setzte sich aufs Sofa, sah sie mit einem Kopfschütteln an. »Warum hilfst du nicht bei der Suche? Ist dir Martha so egal?«, fragte er.

»Die Polizisten sagten, ich solle hierbleiben. Falls sie noch mal zu mir kommt.«

»Wir sollen also nichts anderes tun, als zu warten? Ohne mich. Ich fahre zur Polizeistation.« Er stand auf, taumelte kurz, ging dann Richtung Wohnungstür.

Sanft drängte Lena ihn zurück. »Alle wissen Bescheid, die Nachbarn, die Mitschüler und Lehrer. Es läuft zusätzlich eine

Suche nach ihr, sie ist offiziell als vermisst gemeldet, da hilft es nicht, wenn wir alle kopflos herumlaufen. Damit helfen wir niemandem.«

»Ob sie zu mir nach Hause gegangen ist?«

»Das sind ja über zehn Kilometer. Kennt sie denn den genauen Weg? Du wohnst erst ein paar Monate dort.«

Max setzte sich wieder und vergrub sein Gesicht hinter den Händen. Seine Schultern bebten. Er weinte geräuschlos.

Lena nahm neben ihm Platz, legte ihren Arm auf seine Schultern und küsste ihn. Er schien es gar nicht zu bemerken. »Ich bin für dich da«, sagte sie und wünschte, ihre Worte vom vergangenen Streit zurücknehmen zu können.

»Ich bin so ein verdammter Idiot! Ich habe mich viel zu wenig um sie gekümmert. Du hast recht. Sie kann den Weg nicht kennen, weil wir die Strecke bisher nur im Dunkeln gefahren sind. Was, wenn ich sie nie wiedersehe? Ich bin ja so ein Idiot gewesen!«

»Du wirst sie wiedersehen.«

»Was weißt du schon?«

Lena löste ihren Arm von ihm und rückte ein Stück beiseite. »Das ist der Grund, warum ich einfach nicht weiß, ob wir zusammenpassen. Manchmal ist alles, was ich sage, falsch. Meinst du, ich mache mir keine Sorgen? Denkst du, es ist mir egal, dass Martha weg ist? Ich bin nicht dein Blitzableiter.«

»Willst du jetzt auch noch eine Grundsatzdiskussion vom Zaun brechen? Macht es dir Spaß draufzuhauen, wenn der andere am Boden ist?«

Lena schüttelte den Kopf und schwieg. Es war wirklich nicht der Zeitpunkt für Diskussionen. »Ich mache uns Tee«, sagte sie und stand auf.

»Bier wäre gut. Oder noch besser ein Schnaps.«

»Wir sollten einen kühlen Kopf bewahren. Vielleicht finden sie Martha ja schon bald, dann willst du sicher fahren, um sie abzuholen.« Sie ging in die Küche und füllte Wasser in den Wasserkocher, als ihr ein seltsamer Schatten unter dem Küchentisch auffiel und sie ein leises Knistern hörte.

Sie schaute unter den Tisch und konnte nicht glauben, was sie sah: Dort saß Martha inmitten von Chipspackungen.

»Martha!« Lena bückte sich, packte das Mädchen am Arm und zog es unter dem Tisch hervor.

Max stürmte vom Wohnzimmer dazu. »Martha!« Er blieb mit geöffnetem Mund im Türrahmen stehen. Dann polterte er los: »Bist du völlig durchgedreht? Und du, Lena, du hast sie bei dir und sagst nichts?« Er sah von einer zur anderen.

»Ich wusste nicht … wie ist das möglich …?« Lena begriff gar nichts mehr. Sie wich ein paar Schritte zurück. Max' Wut machte ihr Angst.

Martha versteckte sich hinter Lenas Beinen. »Ich war unter dem Bett«, sagte Martha. Sie blickte zu Lena. »Es war doch nur ein Spiel. Dann hast du geschlafen und ich habe Hunger gekriegt.«

»Du bist die ganze Zeit hier in der Wohnung gewesen?«, fragte Max.

Auch Lena konnte es nicht glauben, dass sie die Anwesenheit des Mädchens nicht bemerkt hatte.

Martha nickte, schaute zu Boden und begann zu weinen.

»Hey, Kleine, ist ja gut.« Lena zog sie an sich, hob sie hoch, auch wenn sie viel schwerer war, als Lena erwartet hatte, und drückte Martha an sich. »Du bist da, das ist die Hauptsache. Jetzt wird alles gut.«

»Ich fasse es nicht.« Max schnaubte.

»Wie bist du hier reingekommen?«, fragte Lena.

Martha schwieg.

Lena ahnte es bereits. »Ich habe den Schlüssel stecken lassen. Unten bist du reingekommen wie das Mal davor auch: Du musstest nur gegen die Tür drücken.«

Martha nickte.

»Aber warum hast du nichts gesagt? Dich nicht bemerkbar gemacht, als ich gekommen bin? Weißt du, dass sich alle riesige Sorgen um dich gemacht haben?«, fragte Lena. Sie strich Martha die Tränen aus dem Gesicht. »Na, das war ja eine Aktion.«

Max wandte sich ab. Er zog sein Handy aus der hinteren Hosentasche. »Ich gebe erst mal bei der Polizei Entwarnung und versuche dann herauszufinden, wo Anni ist, damit man ihr auch Bescheid gibt. Das darf doch alles nicht wahr sein! So ein verdammtes Theater! Gerade heute! Als ob es mit dem Unfall nicht schon genug Stress gegeben hätte! Ich fasse es nicht!« Er entsperrte das Display, schaute noch einmal zu Martha, die daraufhin den Blick abwandte. Dann ging Max ins Schlafzimmer, wo er ungestört war, und begann zu telefonieren.

»Meinst du, Papa hat mich überhaupt lieb?«, fragte Martha.

»Natürlich, du Dummchen«, sagte Lena. »Alle Väter und alle Mütter lieben ihre Kinder.« Dabei wusste sie, dass die Wahrheit häufig deutlich komplexer war.

Kapitel 21

Marianne 1962

Draußen wurde es Herbst. Es kam ihr vor, als hätte sie nicht Tage, sondern Monate in Haft verbracht. Alles, was vorher alltäglich gewesen war, erschien nun so fern, die Idylle von Peters Wohnzimmer wie ein Traum im Vergleich zur Kargheit der Zelle. All der Plüsch, die bunten Kissen, der Geruch nach frischem Brot machten sie traurig. Sie ging auf die Terrassentür zu, ohne sie zu öffnen. Stattdessen lehnte sie ihre Stirn an das Glas. Ihr Atem ließ die Scheibe beschlagen, sodass der Garten durch den gleichmäßigen Film aus Kondenswasser wie eine einzige bräunlich grüne Fläche ohne Konturen erschien.

»Mach mir nichts vor, ich kenne dich«, sagte Peter. »Du bist nicht zufällig in das Treffen dieser Widerstandsgruppe hineingeplatzt. Petra, die wir auch verhaftet haben, ist mit dir während der Ausbildung in eine Klasse gegangen. Im Stenografiekurs seid ihr nebeneinandergesessen. Ich habe deine Akte gelesen, kenne die Zusammenhänge. Das alles kann kein Zufall sein. Nachdem ich dich rausgeboxt habe, bist du mir die Wahrheit schuldig, wenigstens das. Meinst du nicht? Du hast unendliches Glück gehabt, dank mir.«

Marianne schwieg. Es hatte keinen Zweck zu leugnen, denn es stimmte, er kannte sie zu gut, um nicht zu erkennen, wenn sie versuchte, ihm einen Bären aufzubinden. Doch sie konnte auch nicht vollständig offen sein. Mit jedem Wort, das sie sagte, lief sie Gefahr, irgendetwas zu verraten, was er möglicherweise noch nicht wusste, was er an die offiziellen Stellen weitergeben würde. Hatte er Zusagen getroffen, damit sie freikam? Hatte er vielleicht versprochen, weitere Namen von ihr zu erfahren und diese weiterzugeben?

»Petra hat nicht so ein Glück gehabt wie du«, sagte er. »Nur damit du es weißt: Sie wird verurteilt werden und ich kann dir jetzt schon garantieren, dass sie viele Jahre hinter Gittern verbringen wird. Danach wird ihr der Spaß an solch zersetzenden Aktionen vergangen sein.«

Marianne hielt die Tränen zurück. Es gab nichts, was sie für Petra tun konnte – im Gegenteil. Würde sie zugeben, wie sehr betroffen und schockiert sie war, würde Peter sich wahrscheinlich erfolgreich für ein noch höheres Strafmaß in Petras Verfahren einsetzen, um auch ihr eine Lektion zu erteilen.

»Ja, du hast recht. Ich bin dir sehr dankbar für deine Hilfe. Ich will dir gegenüber ehrlich sein«, sagte sie. War das Verschweigen von Tatsachen und Zusammenhängen schon eine Lüge? Doch wenn sie ihm jetzt nichts gab, wenn sie schwieg, würde er nie Ruhe geben und sie wahrscheinlich dauerhaft beobachten. »Es war nicht das erste Mal, dass ich da war. Viermal habe ich an den Zusammenkünften teilgenommen. Ich hatte gehofft, dass sie mir irgendetwas über Günther und seine Eltern sagen können, weil sie dort Westkontakte haben. Und sei es nur, dass sie mir ein paar Artikel beschaffen, die Richard Steinhäusler geschrieben hat. Nur damit ich sicher sein kann, dass es ihnen gut geht.«

Peter schüttelte den Kopf, trat von hinten an sie heran und legte versöhnlich seinen Arm um ihre Schulter.

»Backfischgefühle. Ich dachte, du bist über diese Schwärmerei hinaus. Dir ist ja wohl klar, dass du ihm nie wieder begegnen wirst?«

»Ich habe ja mit ihm abgeschlossen«, sagte sie, »vom Verstand her. Ich weiß, dass ich ihn nicht mehr wiedersehe. Das ist das Rationale. Aber mein Gefühl ist eben unlogisch. Vielleicht auch, weil es so plötzlich gegangen ist. Von einem Tag auf den anderen waren sie weg.«

»Hast du schon mal von einem Republikflüchtling gehört, der seine Tat im Vorhinein groß ankündigt?« Er lachte. »Natürlich sind die Steinhäuslers von einem Tag auf den anderen verschwunden. Sonst hätten wir sie ja vorher festgenommen. Wobei ich nicht verstehe, dass das nach all den Verdachtsmomenten gegen die Familie nicht geschehen ist.«

»Die Lücke ist einfach da. In mir.«

»Du hast zu viel Zeit nachzudenken. Bei so etwas hilft es immer, sich beschäftigt zu halten, sich auf den Alltag und die Notwendigkeiten zu konzentrieren. Das Leben geht weiter. Meinst du, ich merke nicht, dass du oft gar nicht anwesend bist? Aber eins weiß ich: Es macht unglücklich, sich eine Traumwelt zurechtzubasteln und sich darin zurückzuziehen.«

»Ja.« Sie drehte sich von ihm weg.

Je dichter die Feuchtigkeitsschicht vom Atem an der Terrassentür wurde, umso mehr verschwand die Umgebung hinter dem Nebel. Einzelne Tropfen lösten sich und liefen die Scheibe hinunter wie Tränen.

»Aber ich muss dich loben«, sagte er und drehte sie zu sich, sodass sie ihn ansehen musste. »Erst dein Schweigen, dann die Geschichte von der Heirat – das war gekonnt. Als ich bestätigt habe, dass wir heiraten wollen, dass du mit all diesen Möchtegern-Revolutionären gar nichts zu tun haben kannst, weil wir die entsprechenden Abende zusammen verbracht haben, gab es für sie keine Möglichkeit mehr, das Gegenteil zu beweisen. Mir glaubt man.«

»Was, wenn einer der anderen Teilnehmer der Treffen etwas anderes ausgesagt hätte?«

»Hat er.«

Sie erstarrte, blickte ihm in die Augen, um irgendeinen Hinweis zu finden, dass er nicht die Wahrheit sagte. Doch er wich ihrem Blick nicht aus.

Jemand hatte sie verraten? Wer? War es Petra gewesen, um dem Druck der Verhöre zu entgehen?

Marianne schauderte.

Peter grinste. »Was denkst du, sagt in solch einem Fall die Analytik? Wenn Verräter gefasst werden, ist es nur logisch, dass sie versuchen, die Schuld auf Unbeteiligte zu lenken. Anstatt die wirklichen Namen und Mitverschwörer preiszugeben, stürzen sie sich auf jemanden wie dich, um abzulenken. Du gehörst nicht zu ihnen, zu dir haben sie keine emotionale Verbindung. Wenn sie dich belasten, trifft es keinen, der ihnen am Herzen liegt. Solche Menschen halten zusammen. Das ist ein richtiges Pack. Sie lügen und vertuschen, wo immer sie können. Das habe ich auch zu Protokoll gegeben und den Kollegen klargemacht, dass es sich nicht lohnt, dem weiter nachzugehen. Ich habe dir ein Alibi gegeben, ich bin glaubwürdig, allein schon aufgrund meines Amtes und meiner Erfolge. Dagegen haben diese Lügner mehr als ein Motiv, den Verdacht auf dich als zufällig Vorbeikommende zu lenken.«

»Danke, dass du mich da rausgeholt hast.«

Er wandte sich ab, ging zur Garderobe und zog Mantel und Hut über. Dann nahm er den Autoschlüssel. »Es ist Zeit, ich muss los. Und denk darüber nach: Du schuldest mir noch etwas. Namen.«

»Kann ich hierbleiben?«, fragte sie leise. Jetzt ihren Eltern gegenüberzutreten und die Wut ihres Vaters abzubekommen

161

– schon die Vorstellung war unerträglich. Ruhe, einfach nur Ruhe, danach sehnte sie sich. Etwas essen und trinken, sich dann ins Bett legen und schlafen, das war wie ein wunderbarer Traum.

»Natürlich bleibst du hier. Was denn sonst?« Peter verharrte im Türrahmen. »Du kannst mit der Hochzeitsplanung fortfahren und ich werde mit deinem Vater reden, dass du zukünftig nicht länger als unbezahlte Arbeitskraft für ihn zur Verfügung stehst. Es gibt hier bei mir im Haus genügend zu tun und als meine Frau wirst du Pflichten haben. Wenn erst ein Kind da ist … Wir sollten wirklich in dieser ehemaligen Gutskapelle heiraten. Danach würde auch der letzte Zweifel an deiner Aussage schwinden. Kümmere dich am besten darum zuerst. Kann man diese Kapelle mieten?«

Er trat ins Freie und zog die Tür hinter sich zu. Seine Schritte klangen kraftvoll und beschwingt. Für ihn war die Welt völlig im Lot. Dass sie nun heiraten würden, nahm er als gegeben an.

Langsam ging Marianne die Treppe hoch. Mit jeder Stufe spürte sie zunehmend ihre Müdigkeit. In der Zelle hatte sie immer nur minutenweise geschlafen, bis irgendein Geräusch oder ihre Angst sie wieder hatte hochschrecken lassen.

In Peters Schlafzimmer streifte sie nur die Schuhe von den Füßen, dann legte sie sich aufs Bett. Obwohl es herbstlich kühl in diesem Raum war, als hätte während ihrer Haftzeit die Jahreszeit gewechselt, schlief sie innerhalb von Sekunden ein, ohne die Decke über sich zu breiten.

Doch schon bald wachte sie von einem Geräusch auf, das sie nicht zuordnen konnte. Es war ein entferntes, unregelmäßiges Klacken. Zuerst hielt sie die Augen geschlossen, zog sich das Kissen über den Kopf, drehte sich auf die andere Seite und schlief wieder ein. Nichts war so beruhigend nach all dem Erlebten wie in einem weichen, neu bezogenen Bett zu liegen, das nach Lavendelwaschpulver und dem frischen Duft vom

Trocknen in der Sonne roch. Es ließ sie an Sommer denken, an Geborgenheit und Schutz. Die Welt mit ihren Problemen, selbst die Haft, die Verhöre und die Sehnsucht nach Günther rückten ganz weit weg.

Doch das Klacken hörte nicht auf, bald riss es sie wieder aus dem Schlaf und hinderte sie am erneuten Einschlafen. Sie richtete sich auf und blickte sich um. Als das Geräusch noch einmal auftrat, begriff sie: Jemand warf Steine gegen das Fenster.

Sie stand auf, trat auf die Terrasse und schaute in den Garten.

»Hier«, flüsterte Ulrike. »Mach mir auf.« Ulrike wirkte übernächtigt, die Gesichtsfarbe bleich, die Haare ungekämmt. Mit unruhigem Blick sah sie sich immer wieder um.

»Gleich«, sagte Marianne.

Benommen vor Müdigkeit und Erschöpfung musste sich Marianne am Geländer festhalten, um beim Treppabgehen nicht zu stürzen. Noch bevor sie die Glastür zur Terrasse ganz geöffnet hatte, schlüpfte Ulrike hinein. Sie sah sich um, legte den Finger auf die Lippen, schloss die Tür hinter sich und zog Marianne ohne zu sprechen mit sich nach unten in den Keller. Dort schaute Ulrike sich wieder um, dann ging sie in den Kohlenkeller, zog Marianne weiter hinter sich her, schaltete das Licht an und schloss die Tür.

»Ich verstehe nicht …« Marianne war zuvor nie hier unten in diesem staubigen, schmutzigen Raum gewesen.

»Besser, wir reden leise weiter. Wanzen wird es hier ja wohl nicht geben. In diesem Haus wahrscheinlich sowieso nicht, aber hier im Keller kann ich es vollständig ausschließen.«

»Was erzählst du?« Marianne schüttelte den Kopf. »Ist das nicht ein bisschen paranoid?« Das war noch untertrieben. Den Gedanken, irgendjemand könnte hier im Haus etwas installiert haben, um sie abzuhören, fand Marianne grotesk.

»Hast du eine Ahnung!« Ulrike wischte sich übers Gesicht. »Sie beobachten uns. Uns alle.«

»Wer sind ›sie‹?«

»Die Staatssicherheit, schon seit Jahren. Petra und ich haben lange diskutiert, ob wir es dir sagen sollen. Petra war dafür, dich ein Stück weit außen vor zu lassen, denn dein lieber Peter ist bei denen von der Stasi dabei.«

Marianne lachte. Sie schüttelte den Kopf. »Das ist unmöglich. Peter ist nicht so, wie du ihn einschätzt. Du denkst das, weil er Polizist ist? Sicher, Peter weiß immer alles besser. Er hat sozusagen die Moral für sich gepachtet, regt sich über jede Kleinigkeit bei anderen auf, wenn etwas nicht so läuft, wie er es sich vorstellt. Er ist unversöhnlich, kann stur sein. Gleichmut und Nachsicht sind nicht seine Stärken. Aber so etwas? Dass er euch verraten würde und mich gleich mit? Nein, das würde er nicht tun. So ist er nicht. Nur dank ihm bin ich wieder entlassen worden, weil er meine haarsträubende Geschichte bestätigt und mich gedeckt hat.«

»Was weißt du denn über seine Arbeit?«

Marianne hatte keine Lust, über Peter zu reden, sie kam sich dabei vor, als würde das Verhör vom vergangenen Tag weitergeführt. Sie wollte überhaupt keine Fragen mehr beantworten. »Viel wichtiger ist doch, was mit den anderen passiert ist. Petra haben sie verhaftet, wohl als Erste. Sie war gerade draußen gewesen, um eine zu rauchen.«

»Du bist so naiv!«

Marianne schwieg. Sie presste die Lippen aufeinander und wünschte sich, die Terrassentür nicht geöffnet zu haben. Ulrike war so gereizt, dass ein ruhiges Gespräch anscheinend nicht möglich war. Marianne stellte sich vor, noch im Bett zu liegen mit dem Kissen auf dem Kopf. »Ich bin müde.« Marianne wandte sich zur Tür. »Reden wir ein andermal. Ich bin so froh, dass sie dich nicht erwischt haben. Du kannst dir gar nicht vorstellen, wie die letzten Tage für mich waren. Mehr als grauenhaft. Treffen wir uns später. Morgen oder übermorgen. Ich bin so kaputt, ich kann mich gar nicht konzentrieren.«

Ulrike schob Mariannes Hand von der Klinke. »Was denkst du denn, was Peter beruflich macht?«

»Er ist Polizist. Und fang nicht wieder an, Peter schlechtzumachen. Wenn du gegen ihn kämpfen willst, hast du dir den Falschen ausgesucht.«

»Polizist, denkst du? Ja, war er. Anfangs.«

»Jetzt ist er in der Verwaltung. Aber was ändert das, wenn er nur noch die Schreibtischarbeit macht und nicht mehr im Streifenwagen rumfährt? So ist das immer, wenn man befördert wird. Der Streifendienst steht nur am Anfang.«

»Verwaltung. So hat er sich also dir gegenüber ausgedrückt. Da hat er aber einiges beschönigt. Ich sag's dir noch mal: Er ist bei der Stasi. Er ist unter anderem für unsere kirchliche Gruppe zuständig. Wahrscheinlich warst du diejenige, die ihn auf unsere Spur gebracht hat, ohne es zu wollen. Ich habe es Petra gleich gesagt, dass du wegen der Nähe zu ihm möglicherweise eine Gefahr für uns bist.«

»Das kann nicht sein. Er weiß im Grunde gar nichts von mir. Wir sehen uns vielleicht zwei- oder dreimal im Monat. Na ja, vielleicht doch eher ein- oder zweimal die Woche. Das heißt aber nichts, weil unsere Treffen neutral sind.«

»Er liebt dich.«

Marianne rieb sich über die Schläfen, hinter denen es hämmerte. Auch ihr Nacken war verspannt, die Muskeln am Hals waren verhärtet und geschwollen, der Rücken schmerzte, ihre Beine fühlten sich an, als wären sie aus Gummi. Sie wollte nur schlafen und nicht darüber grübeln, ob es möglicherweise stimmte, was Ulrike sagte. »Bedeutender als Peters Berufstätigkeit ist die Aussage, die ich gemacht habe, um freizukommen«, sagte Marianne. Wäre ihr doch nur etwas anderes eingefallen! »Ich Idiot habe gesagt, ich wäre in der Kapelle gewesen, um mich nach einem Heiratsort umzusehen, um Peter zu überraschen.«

»Das haben sie dir abgenommen?«

»Sie haben es geglaubt. Meine Eltern und auch Peter haben bestätigt, dass es die Heiratspläne gibt und wir jeden seiner freien Abende zusammen verbringen. Aber jetzt halt die Luft an: Er will mich wirklich heiraten. Wenn es nach ihm ginge, hätten wir schon vor Jahren Hochzeit feiern können. Er hat nie aufgehört, um mich zu werben. Wie komme ich nur aus der Angelegenheit wieder raus, ohne mich erneut zu belasten?«

»Das ist doch genial!«

Marianne lachte laut auf. Eine unpassendere Einschätzung konnte sie sich nicht vorstellen. »Genial?« Wenn sie die Heirat ablehnte, strafte sie ihre Aussage Lügen. »Er will mich heiraten. So schnell wie möglich. Und ich weiß absolut nicht, was ich machen soll. Ich stecke in einer Zwickmühle und du machst blöde Witze darüber. Was soll ich nur tun?«

»Ihn heiraten natürlich.«

Marianne stieß verächtlich die Luft aus.

»Hör zu.« Ulrike kam näher und sprach noch leiser. »Das ist unsere Chance. Du musst nur immer wachsam sein. Petra ist weiterhin in Haft. Niemand weiß, wo. Ihre Eltern haben versucht, es herauszufinden. Vergeblich. Denen haben sie gesagt, dass Petra gar nicht eingesperrt ist, dass sie bei den Verhaftungen gar nicht aufgegriffen worden ist! Dabei ist sie es garantiert, sonst hätte sie sich bei irgendjemandem von uns gemeldet. Ich selbst habe beim Weglaufen, als ich mich umgedreht habe, gesehen, wie sie sie in den Polizeiwagen geschleift haben, wie sie sich gewehrt hat, um sich getreten, wie sie sie mit einem Knüppel geschlagen haben und sie zusammengesunken ist.«

Marianne versuchte vergeblich, ihre Gedanken zu ordnen. Was war der Grund dafür, dass Petras Eltern nicht Bescheid bekamen? Peter hatte auch gesagt, dass Petra in Haft sei. War gerade diese Aussage von Peter nicht der Beweis, dass er einer der Guten war?

»Petra ist noch in Haft«, fuhr Ulrike fort. »Aber wo? Zuerst müssen Informationen her. Du bist direkt an der Quelle. Heirate ihn. Das garantiert, dass sie auch in deinem Fall nicht mehr nachhaken und du außer Gefahr bist. Durch die Heirat hast du sozusagen einen Freifahrtschein. Dreh den Spieß um. Sie wollen uns bespitzeln. Jetzt bespitzelst du sie. Über Peter kommst du an alle Antworten, die wir brauchen. Besuch ihn in seinem Büro. Schau dich um. Fotografier die Akten, die er mit nach Hause nimmt.«

»Ich habe keinen Fotoapparat.«

»Das wird das geringste Problem sein. Beim nächsten Mal bringe ich dir einen mit. Dazu Filme. Das alles lässt sich in diesem Raum zum Beispiel gut versteckt halten. Noch wird längst nicht geheizt, eine Kiste zwischen den Kohlen versteckt ist sicher.«

»Das kann ich nicht tun.« Ja, es gab einiges, was sie an Peter kritisierte, aber ihr gegenüber hatte er sich immer fair verhalten. Er hatte sie nie bedrängt, ihr die Zeit gegeben, die sie haben wollte. Ja, manchmal war ihr die Hartnäckigkeit seines Werbens zu viel. Sie liebte ihn nicht, wie sie Günther geliebt hatte, auch wenn Peter hoffte, dass sich diese Gefühle bei ihr irgendwann einstellen würden. Aber ihn verraten? Ihn überwachen? Ihn hintergehen? Nein, das hatte er nicht verdient. »Ich bin ihm etwas schuldig. Ohne ihn würden wir uns garantiert jetzt nicht unterhalten. Ohne ihn würde ich noch immer in der Zelle schmoren.«

»Er ist nicht der harmlose Liebhaber, für den du ihn hältst. Ich wette, er hat über dich zu uns gefunden. Du warst ein Risiko, auch wenn ich es nicht wahrhaben wollte. Du bist es Petra schuldig, dass du zumindest ihre Befreiung möglich machst. Meinst du, sie fassen Petra mit Samthandschuhen an wie dich? Du kannst über deine kurze Haftepisode bald scherzen. Petra hat garantiert nichts zu lachen. Nur du kannst etwas tun, damit sie freikommt.«

Mariannes Kopf dröhnte. »Du meinst wirklich, Peter bringt Unterlagen mit nach Hause, in denen steht, wo Petra gerade ist?« Sie rümpfte die Nase. »Du hast vielleicht Vorstellungen!«

»Es wird anders funktionieren. Du fotografierst, was immer du an Akten zwischen die Finger bekommst. Das übermitteln wir in den Westen. Dafür kümmern die sich darum, Petra freizukaufen und in den Westen zu überführen. Eine andere Chance haben wir nicht. Wir müssen einen kleinen Umweg in Kauf nehmen.«

»Das ist Spionage. Das ist kein Scherz und geht auch über alles hinaus, was wir in der Gruppe …« Marianne wurde immer leiser. Sie wollte sich gar nicht vorstellen, was wäre, wenn sie bei etwas Derartigem erwischt würde. Würde sie erschossen werden? Erhängt? Würde es überhaupt ein Gerichtsverfahren geben?

»Wie stellst du es dir denn vor, dass Petra und die anderen sonst wieder freikommen?«, fragte Ulrike. »Wie sieht denn dein Plan aus? Und jetzt rede dich nicht raus, behaupte nicht, dass du nichts damit zu tun hast. Es ist sehr wahrscheinlich, dass unsere Treffen nur durch dich aufgeflogen sind, durch deine Nähe zu Peter. Du kannst dich nicht aus deiner Verantwortung stehlen.«

Marianne dachte nach. Wie sie sich auch entschied, es war alles andere als ideal. »Du hättest mich warnen können. Dass ich besser aufpasse, dass ich Peter im Blick behalte, wenn ich losradle.«

»Hätte, hätte, Fahrradkette. Das tut nichts zur Sache. Die Frage ist: Tust du es oder nicht? Heiratest du ihn, wiegst ihn in Sicherheit, lieferst uns die Fotos oder nicht?«

Kapitel 22

Lena

Lena öffnete zuerst einmal die Fenster. Sie hatte das Gefühl zu ersticken, als wäre aller Sauerstoff aus ihrer Dachwohnung verschwunden, dabei war es an diesem Tag nicht besonders heiß gewesen. Durch das geöffnete Fenster blickte sie auf die Straße. Max hatte unter einer Straßenlaterne geparkt, so sah sie, wie er Martha auf der Sitzschale auf dem Beifahrersitz unter deren Protest anschnallte.

»Ich kann das allein. Ich bin doch kein Baby«, protestierte Martha lauthals, was Lena schmunzeln ließ. Eine der typischen Situationen, bei der Erwachsenenlogik – es ging schneller, wenn die Eltern es erledigten – auf Kinderlogik prallte. Für Kinder war die Selbstständigkeit ein eigener Wert, dabei spielte es keine Rolle, wie lange es dauerte, bis der Gurt endlich einrastete.

Nun stieg auch Max ein. Gerade wollte Lena sich abwenden und ins Bett legen, als ein Stottern des Motors sie innehalten ließ. Noch einmal versuchte Max vergeblich zu starten, dann stieg er wieder aus und blickte zu Lena hoch.

Lena atmete geräuschvoll ein und wieder aus. Max funktionierte zwar im Operationssaal auch dann perfekt, wenn er müde und erschöpft war, aber Alltagsdinge überforderten ihn oft vollkommen. Kurz überlegte sie, ob sie Max den Schlüssel ihres eigenen Wagens geben sollte, entschied sich aber dagegen. Es wäre besser, wenn sie in den nächsten Tagen Distanz wahrten, jeder erst mal für sich die Absage der Verlobung verarbeitete. Sie wollte nicht, dass Max am folgenden Tag vorbeikam, um ihr Wagen und Schlüssel zurückzubringen. Niemals würde er den Wagenschlüssel einfach nur in den Briefkasten werfen, sodass sie dann einer zusätzlichen Situation kaum ausweichen könnte. Abgesehen davon – es konnte doch nicht so schwer sein umzusetzen, was sie ihm erklärt hatte!

»Warte!«, rief sie, drehte sich um, holte den verschmutzten Arztkittel aus der Wäsche, nahm den Haustürschlüssel, schlüpfte in ihre Schuhe und lief nach draußen.

Max empfing sie mit einem Schulterzucken und hielt ihr den Autoschlüssel entgegen.

Lena öffnete die Kofferraumklappe, warf den Kittel hinein, schloss die Klappe wieder und erklärte ihm, was zu tun war: »Die Straße geht bergab. Anrollen lassen und wenn er rollt, versuchen zu zünden.«

»Wie das?«

»Anrollen und dann den Schlüssel drehen.«

»Wie soll das denn funktionieren?«

Sie nahm ihm den Schlüssel ab. »Setz dich einfach nach hinten. Ich fahre.«

Max stieg ein. Doch anstatt sich hinzusetzen, legte er sich quer über die Rückbank. Er war eingeschlafen, bevor sie die Handbremse gelöst hatte – eine der Fähigkeiten, die ihm seinen Job erleichterten: Sobald seine Anspannung nachließ und er sich hinlegte, schlief er innerhalb von Sekunden ein, egal, wo er sich befand.

Lena legte den Leerlauf ein, löste die Handbremse, lenkte auf die Straße. Es war ein Glück, dass Max sich noch keinen neuen Wagen gekauft hatte, wie es eigentlich schon jahrelang geplant war, denn dann hätte das Lenkrad blockiert. So konnte Lena warten, bis das Auto Geschwindigkeit gewonnen hatte, um anschließend zu starten. Es gelang direkt beim ersten Mal.

»So, jetzt läuft er.« Sie hielt am Straßenrand, legte wieder den Leerlauf ein, zog die Handbremse und stieg aus. »Jetzt auf keinen Fall den Motor ausschalten, dann geht er nicht mehr an.«

Als Max nicht antwortete, öffnete sie die Tür zum Rücksitz. »Max!«

Er schlief weiter. Sie zögerte, ihn zu rütteln, und ärgerte sich über ihre Inkonsequenz.

»Bitte, komm mit«, sagte Martha.

»Das geht leider nicht.« Sie beugte sich über Max, berührte ihn am Bein. »Max.«

»Ja?«

»Der Motor läuft, jetzt nur nicht ausgehen lassen. Du kannst weiterfahren.«

»Ja«, sagte er, schloss die Augen und schlief weiter.

Sie rüttelte ihn wieder wach. »Max? Der Motor läuft.«

»Ja.« Seine Augen blieben geschlossen.

Lena stellte sich neben den Wagen, lehnte sich an die Karosserie und spürte das Vibrieren des Motors im Rücken. Dann schloss sie die Tür zum Rücksitz, setzte sich wieder hinter das Lenkrad und fuhr los. Gerade das hatte sie nicht tun wollen: Nun fuhr sie mit Max und Martha zusammen zu Max' Haus. So war es nicht abgesprochen gewesen. Trotzdem brachte sie es nicht übers Herz, einfach zu gehen.

»Kannst du Pfannkuchen machen?«, fragte Martha.

»Klar kann ich das.« Von hinten war Max' Atem zu hören, wie er immer gleichmäßiger und langsamer wurde, mit langen Pausen zwischen den einzelnen Atemzügen.

»Machst du mir morgen früh Pfannkuchen?«

»Ich muss gleich wieder zurück zu mir in die Wohnung, leider.«

Gedankenverloren fuhr Lena durch menschenleere Straßen. Bald wäre das erste Morgengrauen zu sehen, doch noch lag die ganze Stadt im Tiefschlaf. Lena fiel es schwer, die Augen offen zu halten. Martha war nun auch eingeschlafen.

»Danke, dass du uns fährst«, sagte Max. Er setzte sich auf, war so nah, dass sie seinen Atem an ihrem Nacken spürte. »Das kurze Wegnicken hat schon geholfen. Tut mir leid. Das war so nicht geplant. Kommst du gleich noch mit rein?«

»Ich will nicht, dass du es missverstehst.«

»Inwiefern?«

»Ich hätte das für jeden gemacht, auch für einen Nachbarn, weil du in dem Zustand nicht hättest fahren sollen. Du warst ja mehr weggetreten als im Vollrausch. Und ich habe es für Martha getan.«

»Gerade das liebe ich ja so an dir. Du bist hilfsbereit. Du hast ein wirklich praktisches Talent. Wenn im Alltag irgendetwas schiefgeht, findest du eine Lösung. Wir ergänzen uns, jeder hat seine Bereiche, es gibt keine Reibereien, weil wir uns aufeinander verlassen können. Zusammen kriegen wir hin, was wir allein nicht schaffen würden.«

Sie schwieg, versuchte, sich auf den Straßenverlauf zu konzentrieren und nur darauf. Sie konnte nicht behaupten, dass seine Worte nichts in ihr berührten.

»Jetzt sag du doch auch mal was.« Seine Stimme klang belegt.

»Ich bin einfach noch nicht so weit.« Sie blickte in den Rückspiegel. Er sah übernächtigt aus. »Du erwartest zu viel von mir. Ich kann nicht heiraten, nicht jetzt. Und ich kann Martha keine Mutter sein. Ich kann dir die Familie nicht ersetzen, die du mit Anni nicht gehabt hast. Ich kann nicht das fehlende Puzzleteil in einem Bild sein, das andere gemalt haben. Ich muss mich erst …« Sie zögerte, weil ihr Gedanke so abgedroschen klang und überhaupt nicht zu ihrer momentanen

Lebenssituation passte. Trotzdem sprach sie es aus. »… mich selbst entdecken.«

»Du meinst beruflich?«, fragte er.

Sie hörte die Skepsis in seiner Stimmlage. Ja, er wusste, was er wollte. Sein Leben lang hatte er klar seine Ziele verfolgt, schon in der Schule, als ihm gute Noten wichtig gewesen waren, dann während des Studiums und jetzt auch.

»Beruflich ist der eine Aspekt«, sagte sie. »Ich habe das Stipendium, und was folgt dann? So sehr habe ich es mir gewünscht, nur noch zu zeichnen, von der Kunst zu leben. Es war mein Traum. Was, wenn ich den endgültigen Vertrag nicht bekomme, wenn das Buch nicht veröffentlicht wird? Wenn ich nicht gut genug bin? Ich habe Angst davor, dann denke ich wieder, dass es vielleicht gar nicht das Richtige für mich ist, weil ich so sehr tagesformabhängig zeichne. Die Zeichnungen können supergut sein, wenn alles andere gut läuft. Oder sie sehen aus wie hirnloses Gekritzel. In der Kita kann ich auch müde oder frustriert sein, der Tag mit all dem Trubel nimmt mich immer schnell gefangen und reißt mich mit. Aber Ideen beim Zeichnen lassen sich nicht erzwingen. So weiß ich zum Beispiel schon, dass ich heute nichts zuwege bringen werde. Vielleicht probiere ich auch noch mal was ganz anderes?«

»Du bist neunundzwanzig.« Es klang wie ein Vorwurf.

»Ich weiß.« Sie lenkte in den Wohnweg und parkte den Wagen direkt vor Max' Garage. »Da wären wir.«

»Du kannst diese Zweifel doch alle zu den Akten legen. Ich verdiene genug für uns beide.«

»Genau das will ich nicht, dass es darauf hinausläuft.«

»Ich verstehe dich einfach nicht.«

»Ich mich ja oft selbst nicht.« Sie ließ den Schlüssel stecken und stieg aus. »Ein Spaziergang wird mir jetzt guttun, um runterzukommen, für den Rest nehme ich mir ein Taxi«, sagte sie und ging ohne großen Abschied los, bevor Max protestieren und sie aufhalten konnte.

Die kühle Nachtluft war angenehm, es war ein Wind aufgekommen, der Feuchtigkeit mit sich brachte.

»Lena«, rief Max ihr nach, doch sie drehte sich nicht mehr um.

KAPITEL 23

MARIANNE 1970

Sie musste den Fotoapparat weglegen, um sich mit den Händen auf der massiven Tischplatte des alten Eichenschreibtisches abzustützen. Diese Koliken! Sie beugte sich vornüber, so war der Schmerz etwas besser zu ertragen. Doch jetzt war er so heftig, dass die Schrift der aufgeschlagenen Akte von den Tränen, die ihr in die Augen traten, verschwamm. Sie musste sich konzentrieren, damit keine Tränen auf die Papiere der Akten tropften. Es war kaum möglich, nicht laut aufzustöhnen. Trotzdem gelang es ihr, ruhig zu bleiben. Sie ließ den Kopf auf die Tischplatte sinken und presste die Stirn ganz fest auf das kühle Holz, bis die Schmerzwelle abebbte.

Das ging nun bereits seit einigen Tagen so, immer wieder traten diese Koliken wie aus dem Nichts heraus auf. Vor einigen Wochen hatte sie auch schon einmal eine Phase gehabt, in der immer wieder Bauchkrämpfe aufgetreten waren. Und obwohl sie deswegen kaum etwas hatte essen können, nahm sie zu, wölbte sich ihr Bauch nach außen. Doch als sie sich endlich durchgerungen hatte, einen Arzt aufzusuchen, war es wieder gut gewesen – keine Schmerzen, keine Schwierigkeiten nach dem Essen, auch das Völlegefühl war weg gewesen.

Aber heute waren die Schmerzen unerträglich heftig. Sie musste schnell die Akten zurücklegen, den Fotoapparat verstecken, erst dann könnte sie um Hilfe rufen. Mit zitternden Händen griff sie nach den Akten, in Erwartung der folgenden Schmerzwelle. Als diese ausblieb, verharrte sie bewegungslos, horchte in sich hinein, lauschte in Richtung Bad, in dem sich Peter aufhielt.

Im Bad blieb alles ruhig. Und auch ihr Bauch krampfte sich nicht mehr zusammen. Nun war der Schmerz vorbei, als wäre nichts gewesen. Sie wartete eine Weile und als nichts passierte, wischte sie mit ihrem Ärmel den Schweiß vom Holz, den dunklen Fleck, den ihre Stirn dort hinterlassen hatte. Zum Glück hatte sie ihren Kopf nicht auf dem Papier abgelegt!

Aus dem Badezimmer drang das Geräusch von laufendem Wasser zu ihr herüber, gemischt mit dem Plätschern, wenn Peter sich in der Wanne umdrehte. Das war gut. Er ließ heißes Wasser nachlaufen und würde dementsprechend noch einige Zeit in der Badewanne verbringen. Das war für ihn die perfekte Art, sich nach einem langen Arbeitstag zu entspannen.

Sie führte ihre Arbeit fort, fotografierte eine Seite nach der anderen ab. Doch schon nach weiteren vierzehn Fotos merkte sie, wie sich ihr Bauch erneut zusammenkrampfte, hart wurde und berührungsempfindlich. Die nächste Welle von Schmerz rollte heran. Sie sank zu Boden und biss sich in den Unterarm, um den Schrei zu unterdrücken. Dass es ihr gelang, ruhig zu bleiben, bezahlte sie mit einer blutenden Wunde.

Auch diesmal gingen die Krämpfe genauso schnell vorbei, wie sie aufgetaucht waren. Kurz überlegte sie, die Akte zügig wegzuräumen, den Fotoapparat zu verstecken und zu Peter ins Badezimmer zu gehen, um ihn zu bitten, sie ins Krankenhaus zu fahren. Doch die Gelegenheit war einmalig. Als hätte er etwas geahnt von ihrer Tätigkeit für den Widerstand und von den Westkontakten, hatte er während der vergangenen zwei

Wochen kein einziges Papier von der Dienststelle mit nach Hause gebracht. Außerdem hatte er kein Wort über seine Arbeit verloren, nicht einmal wie üblich von Kollegen gesprochen. Nie zuvor hatte er seine beiden Welten – das Zuhause und die Arbeit – so strikt getrennt.

Nun, beim Überfliegen dessen, was sie abfotografierte, begriff sie den Grund. Die Polizei plante eine Großaktion, es hatte schon im Vorfeld deutlich mehr Verhaftungen gegeben als zuvor.

Wenn sie diese Fotos weiterleitete, könnte sie bestimmt fünf oder zehn politischen Gefangenen damit zur Freiheit verhelfen.

Doch gerade als sie sich wieder aufrichtete und den Fotoapparat ausrichten wollte, krampfte sich der Bauch so zusammen, dass sie nicht anders konnte, als aufzuschreien. Einen solchen Schmerz hatte sie noch nie erlebt! Fühlte sich so der Tod an?

Die Kamera glitt ihr aus den Händen. Sie nässte sich ein. Nun gab es kein Halten mehr, es war nicht möglich, sich zu beherrschen, irgendetwas zu verbergen.

Der Körper übernahm die Regie.

Sie krümmte sich. Sie wand sich. Sie schrie, holte Luft, schrie und holte Luft.

Durch den Nebel des Schmerzes merkte sie, dass Peter sie auf die Couch wuchtete, und schon rollte die nächste Welle heran. Es gab keine Möglichkeit zu sprechen, etwas zu erklären, um etwas zu bitten.

Abwechselnd schrie sie und atmete ein, wand sich und versuchte vergeblich, irgendeine Körperposition zu finden, die die Situation erträglicher machte. Sie fühlte sich wie ein einsam im Meer treibender Körper, der von innen heraus von Raubfischen zerfetzt wurde. Irgendetwas in ihr riss, sie spürte es genau. Blut und eine klare Flüssigkeit liefen ihr zwischen den Beinen herunter, durchnässten den Rock, sickerten in den Stoff des Sofas.

Peter verschwand kurz, dann kehrte er zurück, war jedoch genauso hilflos wie sie selbst. Sie konnte nicht mehr aufstehen, sich nicht artikulieren. Nun war sie absolut sicher, dass sie sterben würde.

Wie aus der Distanz begriff sie, dass Sanitäter sie packten, auf eine Trage hoben, in den Rettungswagen schoben und mit Blaulicht in die Klinik fuhren. Jede Bodenunebenheit bereitete ihr weitere Schmerzen. Sie wollte sich aufsetzen oder hinhocken, irgendetwas tun, damit die Schläge von unten durch die holprige Straße, wenn der Wagen ruckelte, nicht direkt in ihren Rücken gingen. In dieser liegenden Position, in der sie hilflos angeschnallt dalag wie ein umgekippter Käfer, war es noch viel schlimmer als bei ihr zu Hause. Dort hatte sie gedacht, dass der Schmerz nicht steigerbar wäre, doch sie hatte sich geirrt. Sosehr sie sich auch nach einer Ohnmacht sehnte, sie trat nicht ein. Der Druck auf dem Bauch und im Bauch, dieses Zusammenziehen war so extrem, dass es alles überstieg, was sie sich je vorgestellt hatte.

Dann kam ein fürchterlicher Drang hinzu, auf die Toilette zu müssen.

»Nicht pressen, sonst kommt es im Rettungswagen«, schrie der Sanitäter. »Nicht pressen.«

Sie begriff nicht, was er meinte. Als ob sie irgendetwas tun oder nicht tun könnte! Es war ihr Körper, der entschied, ob sie brüllte oder sich krümmte und wand oder ob sie presste. Sie selbst konnte nichts mehr bewusst entscheiden.

»Nicht pressen«, schrie der Sanitäter wieder.

Sie presste. Es floss mehr und mehr Blut aus ihr heraus. Ihr wurde schwindelig.

»Ich sterbe«, flüsterte sie, wobei sie die Worte kaum hervorbrachte. Warum um alles in der Welt taten die Sanitäter nichts? Warum half ihr keiner? Wie konnten sie nur tatenlos zusehen?

»Sie sterben nicht. Sie bekommen ein Kind«, sagte der Sanitäter.

Das konnte nicht sein. Der Schock dieses Gedankens brachte den Schmerz kurz zum Stillstand. »Nein!«, rief sie und wurde von der nächsten Schmerzwelle überrollt. Sie konnte nicht schwanger sein. Wenn sie mit Peter geschlafen hatte, dann entweder nur in den beiden Tagen, nachdem ihre Periode geendet hatte, oder wieder, wenn die Temperatur vier Tage lang angestiegen war. Ihr Arzt hatte ihr versichert, dass das sicher sei, absolut sicher. Außerdem hatte sie nach einer verschleppten Blasenentzündung auch eine Gebärmutterentzündung bekommen und es gab Verwachsungen. Die Gynäkologin hatte ihr daraufhin verkündet, dass sie nicht schwanger werden könne.

Der Wagen hielt. Eine junge Frau lief ihr entgegen, tastete über den Bauch, noch während Marianne ins Innere des Gebäudes geschoben wurde.

»Querlage«, sagte sie. »Die Frau verblutet uns.«

Dann verlor Marianne das Bewusstsein.

* * *

Nach der Operation vergingen die Tage wie im Nebel. Rational begriff sie, was die Ärzte ihr erklärt hatten: Sie war schwanger gewesen. Nur mit einer Notoperation hatten sie ihr Leben retten können, ansonsten hätte es wegen der Querlage und der vorzeitigen Plazentaablösung für sie keine Chance gegeben. Wäre sie nur wenige Minuten später im Krankenhaus eingetroffen, wäre sie nun tot. Sie hatte eine Tochter. Nach einigen Bluttransfusionen und der Operation war sie außer Lebensgefahr. Sie hatte Glück gehabt.

Marianne erfasste vom Verstand her, dass dieses Kind, das Mädchen, das sie ihr alle paar Stunden zum Stillen brachten, ihr eigenes war. Doch ihr Gefühl kam nicht mit. Ihr Körper weigerte sich, Milch zu produzieren, trotzdem kamen die Schwestern am Tag dreistündlich, um ihr dieses verknautschte Wesen an die Brustwarzen zu legen, die von den Saugversuchen bereits heiß und gerötet waren. Das einzige Resultat dieser Versuche war, dass das Kind immer verzweifelter zupackte und fester saugte, um anschließend noch lauter zu schreien, während sich dabei ihr Bauch zusammenkrampfte und es sich anfühlte, als hätte jemand die Operationsnarbe wieder aufgerissen, um die Gebärmutter von innen auszuwringen. Beim Saugen kam keine Milch, aber das Blut ließ die Einlage überlaufen, sodass es auf die Matratze sickerte.

Sie sah auf die Uhr. Noch ein paar Minuten, dann würde eine Schwester wieder dieses Mädchen bringen, das keinen Namen hatte. Peter solle ihn aussuchen, hatte sie gesagt. Sie hatte keine Meinung, musste sie doch erst einmal begreifen, was mit ihr geschehen war und dass sie eine Tochter hatte. Sie solle glücklich sein, hatte Peter gesagt, dankbar, dass er ihr ein Einzelzimmer besorgt hatte. Aber sie ahnte, dass er das teure Geld nicht dafür investierte, damit sie ihre Ruhe hatte, sondern weil er die Kamera entdeckt hatte, dazu die aufgeschlagenen Akten. Ihr Verrat an ihm war durch das Chaos der Situation, die ihr entglitten war, nicht zu verbergen gewesen. Für Peter war es am besten, sie zu isolieren, jeden Besuch und auch Gespräche mit anderen Patientinnen auf der Wöchnerinnenstation zu unterbinden. So konnte sie mit niemandem darüber reden, was sie in Erfahrung gebracht hatte.

Sein scheinbarer Gleichmut machte ihr mehr Angst, als dass er sie beruhigte. Was würde er tun? Was war sein Plan? Nur eins war sicher: Er konnte und würde es nicht zulassen, dass sie weiter spionierte.

Wieder schaute sie auf die Uhr. Die Zeit flog nur so dahin. Während sie in ihren Gedanken versank, waren plötzlich Stunden vergangen, ohne dass sie es registrierte. Die

Fütterungszeit war bereits seit einundeinhalb Stunden überschritten und die Schwestern hatten ihr den Säugling nicht gebracht. Sie nahm die Notklingel in die Hand und verharrte. Sollte sie läuten? Oder war es nicht das Beste, was ihr passieren konnte? Sie wusste, dass das Kind sowieso von den Schwestern zugefüttert wurde, vom ersten Tag an, sonst wäre es ja längst verhungert.

Sie brachten ihr Mittagessen.

Die nächste Stillzeit verging wieder, ohne dass ihr der Säugling gebracht wurde. Stattdessen öffnete sich wenig später die Tür und Peter trat ein, ohne zu klopfen. Er ging an ihrem Bett vorbei und schaute aus dem Fenster.

»Du sollst übermorgen entlassen werden«, sagte Peter.

»Schon?« Damit hatte sie nicht gerechnet. Sie fühlte sich noch immer, als sei ein Lastwagen mitten über sie gefahren. Der Gang zur Toilette war eine Tortur, jede Lageveränderung schmerzte.

»Du bist bald drei Wochen hier!« Er sagte es, als meinte er: *Stell dich nicht so an.*

Drei Wochen? Sie schüttelte den Kopf, glaubte aber nicht, dass er sie deswegen anlog. »Ich habe jedes Zeitgefühl verloren. Welchen Tag haben wir heute?«

»Samstag.«

»Ach, deswegen geht es hier so ruhig zu. Sie haben mir das Kind die letzten beiden Male gar nicht zum Stillen gebracht.«

»Sie hat einen Namen!«

»Du hast einen Namen eintragen lassen?«

»Natürlich habe ich das. Sag bloß, du hast es vergessen.«

»Wie war der Name?«

Er stöhnte, antwortete nicht, stand nur schweigend da, starrte weiter aus dem Fenster, warf ihr nicht einmal einen kurzen Blick zu.

Immer, wenn es ganz still war, keine Geräusche aus den Nachbarzimmern oder vom Flur zu ihr herüberdrangen, war es, als läge ein Flirren im Raum, das sie an Strom und Elektrizität denken ließ. Als würden die Leitungen surren.

»Wie stellst du dir das vor?«, fragte Peter. »Wie soll das funktionieren, wenn sie dich entlassen?«

Sie zuckte mit den Schultern, dann fiel ihr ein, dass er sie ja gar nicht sah. »Ich weiß es nicht.«

Sie wartete, damit er ergänzte, wie er es sich denn zumindest im Groben vorstellte, wie es funktionieren sollte zu dritt, aber er schwieg weiter.

»Sie bringen mir das Kind nicht mehr zum Stillen«, sagte sie.

»Es hat einen Namen.«

»Sie bringen es nicht mehr.«

»Ich habe sie angewiesen, diesen Blödsinn zu lassen. Wegen der Bindung, so hatte es die Oberschwester erklärt und wollte mir weismachen, welch große Bedeutung es gerade bei Frauen mit einer verdrängten Schwangerschaft habe. Dass das Stillen dir helfen würde. Dabei hat es nicht einmal dazu geführt, dass du dir den Namen unserer Tochter merken kannst.«

Ein Arzt, den sie nie zuvor gesehen hatte, kam herein, nahm sich einen Stuhl und setzte sich an den Rand. Da er sich nicht bewegte, sich nicht vorstellte, sondern nur seine Unterlagen herausholte, darin blätterte und bald völlig vertieft schien, nahm sie ihn schnell gar nicht mehr wahr.

»Du kannst dir nicht einmal den Namen unserer Tochter merken«, sagte Peter noch einmal.

»Das hast du gerade schon gesagt. Wie heißt sie denn? Dann sag es mir doch.«

»Du hättest den Namen fünf Minuten später sowieso wieder vergessen. Warum? Erklär mir, wie es möglich ist, dass du von der Schwangerschaft nichts gemerkt hast.«

»Ich weiß es nicht. Aber du hast ja auch nichts davon gemerkt.«

»Lenk nicht ab.«

»Dann sieh mich an. Sieh mich wenigstens an, wenn du mit mir redest!«

Er tat es, drehte sich zu ihr um. Sein Gesicht war starr und kalt. Jede Wärme war daraus entwichen. So oft hatte sie sich gewünscht, er würde sie nicht lieben. Doch nun, da wirklich alle Gefühle verschwunden waren – was sie sehr gut verstehen konnte nach allem, was geschehen war –, war es trotzdem erschreckend. Mit einem Mal konnte sie sich gut vorstellen, was sie in all den fotografierten Protokollen gelesen hatte – wie er den Häftlingen immer wieder dieselben Fragen stellte, wie er sie mitleidlos zu jeder Tages- und Nachtzeit zu sich ins Verhörzimmer holen ließ. Wie er ihnen jede Hoffnung nahm und versuchte, sie innerlich zu zerstören, damit sie gestanden und möglichst viele Mitwisser verrieten.

»Was empfindest du für deine Tochter?«, fragte er.

»Meine Tochter?« Sie lachte. »Unsere Tochter. Von selbst wird keine Frau schwanger.«

»Was empfindest du?«

Nun schaute auch der Arzt von seinen Unterlagen auf und blickte sie an.

»Nichts«, sagte sie. »Gar nichts.«

»Gar nichts empfindet man nur, wenn man tot ist.« Peter grinste. »Oder man ist psychisch sehr krank.«

Sie wünschte, genügend Kraft zu haben, um aufzustehen und ihm ins Gesicht zu schlagen, mit Wucht auf die Wange. Er brachte sie zur Weißglut, wie er da so überheblich stand. Er konnte gut reden von »deiner Tochter«, weil es nicht sein Körper gewesen war, der diese Tortur überlebt und sich davon längst nicht erholt hatte.

»Es wäre besser gewesen, sie hätten mich wirklich sterben lassen«, sagte sie.

183

»Ich habe es Ihnen gesagt«, richtete Peter sich nun an den Arzt. »Keiner hier wollte es mir glauben. Nun hören Sie es selbst.« Er nickte dem Mann zu und beide verließen den Raum, ohne sich zu verabschieden.

Peter schloss die Tür von außen. Obwohl die Männer vor dem Krankenzimmer leise sprachen, konnte Marianne Wortfetzen verstehen, da die üblichen Krankenhausgeräusche fehlten, wie sie unter der Woche üblich waren.

»Schwere Depression … vor sich selbst schützen … andere Klinik … verdrängte Schwangerschaft … psychotisch …«

Der andere Mann sprach immer leiser, während Peter lauter wurde.

Schließlich schrie er: »Wenn irgendetwas passiert, wenn Sie Ihrer Verantwortung nicht nachkommen, dann ziehe ich Sie zur Rechenschaft und sorge dafür, dass Sie nicht nur in dieser Klinik, sondern in keiner anderen Klinik mehr einen Fuß auf den Boden bekommen. Sie werden die Straße kehren, anstatt Patienten zu behandeln.«

KAPITEL 24

LENA

Noch am späten Vormittag war es angenehm kühl in ihrer Wohnung, sodass sie die Klimaanlage noch nicht aufbauen musste. Durch die geöffneten Fenster strich ein sanfter Wind über ihre nackten Beine und Füße, über die Arme und ihr Gesicht. Lena lag auf dem Rücken auf der Couch, das Zeichentablett zwischen Bauch und Oberschenkeln abgelegt. Den Laptop hatte sie so daneben auf den Couchtisch gestellt, dass sie gleichzeitig gut sehen konnte, was sie zeichnete. Mit hochgelagertem Oberkörper, einen Eistee neben sich und dazu noch etwas zu knabbern – das war die Position, in der ihr immer auch dann noch Ideen kamen, wenn sie das Gefühl hatte, dass gar nichts mehr ging, dass sie viel zu müde oder aufgewühlt war, um zu zeichnen. Mit ihren Arbeitsgeräten vor sich in einer Position, als würde sie entspannt YouTube-Videos gucken, hatte sie beim Arbeiten immer das Gefühl, Bilder wie in einem Film zu betrachten, der vor ihrem inneren Auge ablief. Es war keine Anstrengung, mehr ein Fließenlassen, ein Offensein für das, was kam.

Doch heute wollte sich die Entspannung nicht einstellen. Immer wieder gingen ihr Situationen und Unterhaltungen der letzten Tage durch den Kopf, die es ihr schwermachten, sich zu konzentrieren. Um in einen kreativen Fluss zu kommen, erlaubte sie sich, erst einmal zu zeichnen, was ihr in den Sinn kam. So formten sich meist geometrische Figuren zu Häusern, Kreise zu Gesichtern. Doch was nun entstand, sah eher aus wie die Kritzelei, die ihre Mutter früher häufig auf dem Notizblock hinterlassen hatte, wenn sie mit jemandem telefonierte.

Erschwerend kam die Rückmeldung vom Verlag hinzu, die sie am Morgen erhalten hatte. So zügig hatte sie nicht mit einer Antwort der Programmleiterin gerechnet, doch noch weniger war sie auf eine solche Menge an Kritik eingestellt gewesen. Die bisherigen Kinderbuchzeichnungen sollten bezüglich der Gesichtsausdrücke klarer bearbeitet werden, die charakteristischen Merkmale deutlicher herausgearbeitet, die Konflikte inhaltlich zugespitzt.

Würde sie all das umsetzen, wäre es gar nicht mehr ihre Idee und ihre Geschichte, sondern heraus kämen überzeichnete Figuren, die in ihrer Überspitztheit die Vielschichtigkeit verloren.

Neben den Gedanken an Marlies, an Max und Martha kamen nun auch noch Grübeleien hinzu, ob die Auszeit von ihrem Beruf als Erzieherin ein Fehler gewesen war.

Doch zuerst wollte sie die Kritik vom Verlag beiseitelegen und vergessen, sich stattdessen erst einmal auf den Fortgang ihrer Arbeit konzentrieren. Verbesserungen konnte sie später vornehmen.

Nach einer Stunde hatte sie noch immer keinen Ansatzpunkt eines Bildes vor sich. Sie war vollständig blockiert.

Ist es möglicherweise besser, wenn sich manche Träume nicht erfüllen, sondern Sehnsüchte bleiben?

Lena stand auf, legte das Zeichentablett weg, um in die Küche zu gehen. Inzwischen war es bereits Mittag geworden. Draußen war es bewölkt, trotzdem regnete es nicht. Dabei war der Boden inzwischen völlig ausgetrocknet und sie sah beim Blick in den Garten der Vermieterin nur eine gelbbraune Fläche, die einmal ein Rasen gewesen war.

Im Vorbeigehen bemerkte sie, dass die Info-Taste des Routers blinkte. Sie nahm das Mobilteil von der Ladestation, um die aufgenommene Nachricht abzuhören. Es war eine Kollegin von Max. Max sei nicht zur Arbeit erschienen, er möge sich bitte auf der Station oder bei der Verwaltung melden.

Lena hörte die Aufnahme noch einmal ab. Sie war knapp über eine Stunde alt. Es passte nicht zu Max, einfach ohne Entschuldigung der Arbeit fernzubleiben.

Sie hatte zwar keine große Hoffnung, Max zu erreichen, trotzdem wählte sie seine Nummer.

Nach dem dritten Klingeln nahm jemand ab, ohne sich zu melden. »Hallo?«, fragte Lena.

Niemand antwortete.

»Hallo?«, versuchte es Lena ein zweites Mal.

»Wer ist da?«, fragte Martha.

Lena sah auf die Uhr. Es war halb eins. *Seltsam, dass Martha noch bei Max ist.* »Ich bin es, Lena. Bist du denn nicht in der Schule?«

»Ich bin im Wohnzimmer. Ich habe Schokolade gefunden. Und an Papas Handy gespielt. Das habe ich sogar angekriegt, weil ich mir die Geheimnummer gemerkt habe. Ich habe Spiele entdeckt und selbst geladen. Ich kann das schon. Ganz allein. Ist das nicht toll?«

»Wo ist denn Max?«

»Der schläft.«

Lena schloss die Augen. Das durfte doch nicht wahr sein! Max schlief nie, ohne das Handy für Notfälle neben sich auf den Nachttisch zu legen. Zudem benutzte er das Handy als Wecker. »Du bist zuerst aufgewacht, noch vor Max, und hast dir das Handy vom Nachttisch genommen, weil du Langeweile hattest?«

»Ja.«

»Was hast du denn gemacht, als es geklingelt hat?«

»Ich habe es abgestellt. Wie das geht, das weiß ich schon. Einfach den Schieber zur Seite wischen.«

»Okay, dann geh jetzt mal zu Max.« Lena zwang sich, ruhig zu bleiben. »Weck ihn und gib ihn mir bitte mal.«

Anstelle einer Antwort blieb es völlig still in der Leitung.

»Martha?«, fragte Lena. »Martha?«

Anscheinend war das Gespräch unterbrochen worden. Lena legte auf und rief direkt noch einmal an. Nach einiger Zeit sprang die Mailbox an.

Lena wartete ein paar Minuten, goss sich ein Glas Wasser aus dem Hahn ein, das sie in einem Zug austrank. Dann wählte sie noch einmal Max' Nummer. Wieder erreichte sie nur die Mailbox.

Mit einem Fluchen legte Lena auf. Sie brauchte keine Hellseherin zu sein, um zu begreifen, was nun geschehen war: Martha hatte ein schlechtes Gewissen bekommen, weil ihr inzwischen wohl klar geworden war, dass sie das Handy besser nicht weggenommen hätte. Wahrscheinlich hockte Martha nun wieder in irgendeiner stillen Ecke im Haus und spielte weiter mit dem Handy. Konfliktvermeidung durch Ignoranz – eine der ersten Bewältigungsstrategien, die sich jedes Kind zu eigen machte.

Lena brauchte nicht lange nachzudenken, was sie tun sollte. Schon jetzt würde Max einen Wahnsinnsärger bekommen. Trug sie daran eine Mitschuld?

Zügig zog Lena ihre Schuhe an, nahm Handtasche und Schlüssel, dann verließ sie das Haus und ging zu ihrem Wagen.

Kapitel 25

Günther 1971

Post vom Büro für Besuchs- und Reiseangelegenheiten. Günther hielt den Brief in der Hand und nahm ihn mit ins Wohnzimmer. Lange betrachtete er den Briefumschlag. So oft hatte er in der Vergangenheit schon einen ablehnenden Bescheid erhalten, dass er es nun kaum wagte, den Umschlag zu öffnen. Er musste die Möglichkeit bekommen, Marianne zu finden, wenigstens einmal mit ihr zu sprechen.

Ohne Klärung würde er nie innerlich abschließen können. Günther bewunderte die Menschen, die sich rational sagen konnten, dass bestimmte Dinge einfach aussichtslos waren, dass man manchmal die Vergangenheit abschütteln und neu beginnen musste. Diese Unfähigkeit, das Bohren in Vergangenem, all das Grüblerische und Melancholische kam ihm beruflich zugute: Er hakte als Journalist im Gegensatz zu vielen Kollegen Informanten nicht ab, wenn sie nicht sprechen wollten, sondern legte eine Hartnäckigkeit an den Tag, die schon an Besessenheit grenzte. Wenn irgendetwas nicht funktionierte wie geplant, konnte er nicht einfach zur Tagesordnung übergehen. Er blieb dran. So hatte er seine interessantesten und bestbezahlten Reportagen schreiben können.

Doch im Privatleben war diese Unfähigkeit, abzuschließen, seine Achillesferse. Er hätte längst heiraten und Kinder bekommen können. Stattdessen dachte er noch immer mehrmals pro Woche an die überstürzte Abreise aus der DDR und all das, was er unabgeschlossen zurückgelassen hatte. Wie er keine Romane oder Filme mit offenem Ende mochte, so hasste er in seinem Leben alles Halbfertige, Bruchstückhafte, Ungeklärte.

Günther nahm die Schere und öffnete den Brief. Mehrmals musste er den Bescheid lesen, bevor er begriff, was das bedeutete: Das Visum wurde erteilt. Die Einladung seiner Cousine Margret zu deren Hochzeit war als Grund für den Verwandtenbesuch akzeptiert worden!

Zwei Tage blieben ihm bis zur Abreise. Er musste noch eine Liste schreiben für den Grenzübergang mit allem, was er mitführen wollte. Er sehnte sich nach nichts mehr, als endlich das Eisenwarengeschäft von Mariannes Vater zu betreten. Dass das Geschäft noch existierte, wusste er: Mehrfach hatte er dort angerufen, aber Mariannes Vater hatte jedes Mal direkt wieder aufgelegt, wenn sich Günther mit Namen gemeldet hatte. Doch bevor er persönlich im Geschäft vorsprechen würde, durfte er die Formalien nicht außer Acht lassen: Zuerst musste er sich nach seiner Ankunft in der DDR auf der Polizeiwache melden. Ihm durfte kein Fehler unterlaufen, der dazu führte, dass er Ärger bekam oder möglicherweise frühzeitig zurückgeschickt wurde.

Er schaute auf die Uhr. Halb sieben – zu spät, um in der Filiale Geld für den Zwangsumtausch und die Reise abzuheben. Die Vorbereitungszeit war knapp. Auch musste er noch einige Dinge erledigen. In Gedanken erstellte er einen Plan für die zwei Tage, die ihm bis zur Abreise blieben.

Einen halben Tag brauchte er mindestens, um herumzutelefonieren und alle Aufträge mit Abgabetermin an Kollegen weiterzugeben oder die Fristen zu verschieben. Anschließend musste er nur noch packen, die Gepäckliste ausfüllen und Geld abheben. Dann hatte er für drei Wochen nichts anderes vor, als sich auf die Suche nach seiner Geliebten zu begeben.

* * *

Noch vor der Morgendämmerung lud er zwei Tage später sein Gepäck in den Wagen. Der Ölstand und das Kühlwasser waren kontrolliert, der Tank war voll, so könnte er zügig ohne Stopp bis zur Grenze fahren. Horrorgeschichten von ausgebauten Rücksitzen bei der Grenzkontrolle, von stundenlangem Warten gingen ihm durch den Kopf, während er auf der Autobahn durchgängig knapp über der erlaubten Höchstgeschwindigkeit an Lastern und anderen Reisenden vorbei auf der linken Spur in Richtung Nordosten fuhr. Er war in den letzten Jahren beruflich nach Moskau geflogen, er war in New York, Paris, Venedig und Madrid gewesen, doch nie hatte er eine solche Nervosität bei einer Reise verspürt.

Knapp drei Stunden später verließ er die Autobahn A4 an der Ausfahrt Obersuhl, um über die Grenze zu gelangen.

Die Grenzbeamten schauten in seinen Kofferraum, ließen sich den Koffer und die Taschen öffnen, doch sie glichen nicht einmal das mitgeführte Gepäck mit der vorbereiteten Liste ab.

Beruhigt setzte er seine Fahrt in Richtung Templin fort. Noch rund sechs Stunden Reisezeit hatte er vor sich, wenn er weiterhin so zügig vorankam.

Obwohl sein Magen bereits am späten Vormittag knurrte, legte er nur eine kurze Pause ein, in der er seine Blase erleichterte. Dann fuhr er weiter. Es drängte ihn vorwärts, als gäbe es kein Morgen.

Nach nur einem zusätzlichen kurzen Stopp zum Tanken erreichte er Templin am Nachmittag. Während der Fahrt hatte er sich immer wieder umgesehen, ob er verfolgt wurde, doch er hatte nichts feststellen können, was allerdings nichts bedeutete. Wenn die Verfolger bei der Überwachung die Wagen und die Personen wechselten, war es kaum möglich, dies mit Sicherheit festzustellen. Trotz des Visums kam er sich vor, als täte er etwas Verbotenes.

Er lenkte seinen Wagen in die Einfahrt, die er seit fünfzehn Jahren nicht mehr gesehen hatte. Doch nichts, aber auch gar nichts hatte sich verändert. Der Bodenbelag bestand weiterhin aus dem holprigen Kopfsteinpflaster, die alten Kirschbäume ragten vom Beet wie ein Dach über das Pflaster. Sogar die Schaukel, auf der er als Kind gesessen hatte, stand noch im Garten.

Margret kam ihm entgegengelaufen, umarmte ihn, nahm ihm den Koffer ab und führte ihn in ihre kleine Wohnung im dritten Stock unter dem Dach. Die Toiletten befanden sich wie früher auf dem Gang, ein Badezimmer gab es nicht. Man konnte nur die Spüle in der Küche als behelfsmäßige Waschgelegenheit nutzen.

»Nach der Heirat bekommen wir eine größere, modernere Wohnung zugeteilt. Udo ist noch auf der Arbeit, aber am Abend wirst du ihn kennenlernen. Er ist schon ganz gespannt auf dich«, sagte Margret. Sie deckte den Tisch, schnitt den selbst gebackenen Kuchen auf, kochte Kaffee. Es war, als wäre an diesem Ort die Zeit stehen geblieben. Als hätte es all seine Berufsjahre in Darmstadt und Frankfurt nicht gegeben. Er fühlte sich wieder wie der Jugendliche, der er einmal gewesen war: unsicher, orientierungslos und nervös.

»Darf ich mich umsehen?«, fragte er.

»Viel zu sehen gibt es hier nicht. Es ist dieselbe Wohnung, es sind dieselben Möbel wie früher, als ich noch mit meinen Eltern hier gelebt habe. Trinkst du den Kaffee mit Milch und Zucker?«

»Schwarz.« Günther ging es nicht um die Einrichtung, sondern um einen genauen Überblick, wo er möglicherweise das Haus verlassen konnte, ohne den Vordereingang zu nutzen. Die Wohnung hatte drei Zimmer. Obwohl sie im ersten Stock lag, wäre es theoretisch möglich, über einen Mauervorsprung in den hinteren Garten zu gelangen. Doch dann würde er von allen Nachbarn des gegenüberliegenden Hauses gesehen werden, wenn einer von ihnen aus dem Fenster blickte oder sich im Garten aufhielt.

Als hätte Margret seine Gedanken gelesen, sagte sie: »Die Keller der Häuser sind verbunden. Du kannst durch unseren Keller zwei Häuser weiter kommen und dort bei der Nummer 32 über den Hof auf die Straße gelangen. Vor der 34 habe ich meinen Wagen geparkt, der ist unauffälliger, als wenn du dich in deinem Opel bewegst.«

»Ich komme mir vor wie ein Schwerverbrecher.« Was war für ihn konkret erlaubt – unabhängig von der Teilnahme an der Hochzeit? Mit wem durfte er sich treffen, mit wem reden? Er wusste, dass sich in ähnlichen Fällen niemand beschwert hatte, wenn die Besucher touristische Ausflüge in die nahe gelegenen Erholungsgebiete unternahmen. Obwohl gemunkelt wurde, dass man nur die Augen offen halten müsse, um zum Beispiel bei einem Restaurant- oder Cafébesuch die unauffälligen Begleiter der Stasi zu entdecken.

Doch darauf wollte er es nicht ankommen lassen. So nutzte er nach dem Kaffeetrinken den restlichen Nachmittag dazu, sich zuerst auf der Polizei zu melden, um die Formalien erfüllt zu haben.

Eigentlich wollte er noch mit Margret und ihrem Mann zu Abend essen und sich nach Einbruch der Dunkelheit auf den Weg zu Marianne begeben, doch dann hielt er seine Neugier nicht mehr im Zaum. Das Eisenwarengeschäft lag zu nah, es bedeutete, auf dem Rückweg von der Polizeistation nur einen

Umweg von einer halben Stunde in Kauf zu nehmen, um dort einen Besuch abzustatten.

* * *

Zuerst umrundete er das Gebäude. Auch hier hatte sich auf den ersten Blick nichts verändert, sogar dieselben Gardinen und Vorhänge waren angebracht. Es gab noch immer die alte Hütte mit dem Wellblechdach für Gartengeräte mit der Hundehütte davor, obwohl es bereits in Mariannes Kindheit keinen Hund in der Familie mehr gegeben hatte. Auch der Weidenbaum, den Marianne so sehr gehasst hatte, wuchs noch mitten auf dem Rasen. Alle Fenster waren geschlossen. Obwohl es langsam dunkel wurde, ging nirgends Licht an. Nur aus dem Geschäft drangen Stimmen herüber. Günther verharrte mit Blick auf das Gebäude. Nach einiger Zeit war klar, dass sich keine der Töchter im Haus befand.

Mit der untergehenden Sonne wurde es deutlich kühler, der Wind wehte unangenehm. Nieselregen setzte ein. Die Vögel, die in den miteinander verbundenen Hintergärten der Häuser gesungen hatten, schwiegen nun. Neben dem Pfeifen des Windes war Klackern und Klappern, Scheppern und Türknallen aus dem Geschäft zu hören. Einen Kunden gab es anscheinend nicht mehr zu betreuen.

Günther straffte seinen Oberkörper. So lange hatte er auf diesen Augenblick gewartet. Nun fiel es ihm schwer, seinen Entschluss in die Tat umzusetzen. Er ging zurück zur Vorderseite des Hauses und öffnete die Geschäftstür. Die Glocke ertönte laut.

»Kann ich Ihnen helfen?«, klang es hinter der Theke. Es war Rudolf, Mariannes Vater, den Günther im ersten Moment gar nicht erkannte. Er hatte an Gewicht verloren, schien kleiner geworden, in sich zusammengesunken zu sein. Sein Rücken war zu einem Buckel gewölbt, die Schultern nach vorn gebeugt. Seine Haare waren vollständig ergraut. Günther rechnete. Über siebzig Jahre war er inzwischen alt und es schien auf den ersten Blick, als arbeitete er noch immer überwiegend allein im Geschäft.

Keine Kunden waren in den Verkaufsräumen. Wenn die Verkaufszeiten unverändert geblieben waren, würde Rudolf in einer Viertelstunde schließen.

»Ein Akkordeon«, sagte Günther, um nicht gleich mit der Tür ins Haus zu fallen und um einen etwas persönlicheren Gesprächseinstieg zu finden. Er deutete auf den ledernen Kasten neben der Registrierkasse. Marianne hatte früher öfter erwähnt, dass ihr Vater dieses Instrument spielte und auch zu Orchesterproben ging.

»Ja, heute ist wieder Probe. Jetzt bereits für Weihnachten, dabei kenne ich die Stücke seit Jahrzehnten und kann sie längst auswendig.«

»Ein schönes Instrument, das inzwischen leider immer weniger gespielt wird«, sagte Günther.

»Sie sind aber nicht gekommen, um sich mit mir über Musik zu unterhalten. Was kann ich für Sie tun?« Rudolfs Stimme klang nun ungeduldig.

»Ich bin es, Günther.«

Der Name schien ihm nichts zu sagen, Rudolf zuckte mit den Schultern. »Schön. Und Sie wünschen?«

»Günther … Günther Steinhäusler. Ich wollte mich nach Marianne erkundigen. Sie sprechen, wenn möglich.«

»Marianne ist nicht da. Sie kommt auch nicht wieder.« Er presste die Lippen aufeinander, drehte sich weg und begann, in dem Regal von Kleinteilen hinter der Registrierkasse Schrauben aus kleinen Papiertüten in Holzkästen einzuordnen.

»Wie kann ich Marianne denn erreichen?«

»Gar nicht.«

»Ist sie inzwischen verheiratet?«

»Ja.«

»Hat sie Kinder?«

»Eine Tochter. Und jetzt muss ich Sie bitten zu gehen. Wir schließen gleich. Ich will nicht zu spät zur Probe kommen. Sie werden Marianne nicht treffen können.«

Günther hörte Schritte hinter sich. »Warum nicht? Es macht mir nichts aus, wenn ich noch eine Strecke fahren muss. Ich habe Zeit.« Er drehte sich um, weil er spürte, wie Blicke auf ihm ruhten. Johanna stand im Türrahmen zum Büro. Sie hatte die Haare mit einer Dauerwelle gelockt, die Frisur wirkte starr, keine einzige Strähne bewegte sich, als sie aus dem Schatten heraustrat.

»Und Ruth?«, fragte Günther. Mariannes Schwester würde ihm bestimmt weiterhelfen.

»Ruth ist längst nicht mehr in der Stadt«, sagte Johanna. Wehmut lag in ihren Augen. »Sie hat den Kontakt zu uns abgebrochen.«

»Sie wissen, wer ich bin?«, fragte Günther an Johanna gerichtet.

»Ganz der Vater. Was hat er immer hochherrschaftlich getan. Als wäre er etwas Besseres als wir, als müsste er sich an keine Regeln halten. Hat er denn im Westen sein Glück gefunden?«

»Meine Eltern leben nicht mehr. Sie sind vor zwei Jahren beim Absturz eines Privatflugzeugs in den Alpen umgekommen. Glück finden – das sind große Worte.«

»Sie haben gehört, was mein Mann gesagt hat: Unsere Töchter wohnen nicht mehr bei uns. Sie sind schon lange ausgezogen.«

»Die Adressen oder Telefonnummern werden Sie mir doch sicher ...«

»Gehen Sie. Jetzt.« Rudolf ging zur Tür und hielt sie auf.

Günther merkte, wie die Stimmung kippte. Johanna trat neben Rudolf, nahm ihn an der Hand. Es war, als würden sie sich ohne Worte verständigen und absprechen. Er sah es an ihren Gesichtern, die sich zeitgleich vollständig verschlossen. Jede Freundlichkeit war daraus gewichen, Abwehr lag in den zusammengekniffenen Augenbrauen. Sie wechselten einen Blick, dann nickten sie sich zu. Günthers Gedanken rasten.

»Ich finde es bewundernswert«, sagte Günther, »dass Sie das Geschäft in Ihrem Alter weiterhin selbstständig führen, dass Sie sich noch nicht zur Ruhe gesetzt haben.«

»Was bleibt mir?«, fragte Rudolf. »Einen Nachfolger gibt es nicht und ich werde den Laden nicht irgendeinem Unbekannten überlassen. Das ist mein Lebenswerk. Wenn ich aus diesen Räumen gehe, dann mit den Füßen zuerst.«

»Wie kann ich denn Marianne erreichen? Oder Ruth?«, versuchte es Günther noch einmal.

»Sie haben meinen Mann gehört. Wir wollen, dass Sie jetzt gehen.« Johanna ging auf ihn zu, stellte sich dicht vor ihn und nickte in Richtung Tür. »Wir schließen.«

»Ich akzeptiere die Umstände, wie sie sind. Die Zeiten ändern sich, jeder muss sein eigenes Leben leben. Mir geht es nur darum, Marianne noch einmal zu sehen, mich von ihr zu verabschieden. Das habe ich damals nicht gekonnt und will es gern nachholen.«

»Nach all den Jahren?« Johanna lachte bitter. »Sie wissen gar nichts, junger Mann, gar nichts.«

»Dann erklären Sie es mir.«

Nun trat auch Rudolf dichter an Günther heran. Rudolf nahm sein Akkordeon und hielt es vor sich, als wollte er es als Rammbock benutzen. »Sind Sie taub oder was? Sie sollen gehen. Wir haben Ihnen nichts zu sagen. Lassen Sie uns in Ruhe. Wir leben unser Leben, Sie leben Ihr Leben. Es gibt keine Verbindungen, keine Wünsche unsererseits, den Kontakt wieder aufleben zu lassen.« Er ging zur Tür und hielt sie auf. »Verschwinden Sie. Den Mädchen geht es gut. Das muss Ihnen reichen.«

»Geben Sie mir wenigstens die Anschrift von Marianne. Oder die Telefonnummer.« Günther wollte nicht aufgeben, Marianne zu kontaktieren – nicht nach all den vergeblichen Versuchen in den vergangenen Jahren. Nun war er so nah dran, sein Ziel zu erreichen. Es konnte doch nicht so schwer sein, ihm eine Adresse oder eine Telefonnummer zu nennen!

»Sie sind wirklich schwer von Begriff. Wir wünschen keinen Kontakt. Und jetzt gehen Sie!«

»Aber ...«

»Wenn Sie nicht innerhalb von drei Sekunden aus dem Laden sind, rufe ich die Polizei. Das ist Belästigung. Hausfriedensbruch. Bei der Polizei werden sie sich freuen, einen eingebildeten und sturen Westler wie Sie festsetzen zu können. Ich zähle jetzt bis ...«

»Ich gehe ja schon.« Er wandte sich ab und trat ins Freie. Wenn er nicht zumindest scheinbar nachgab, brachte er sich in Gefahr.

Rudolf und Johanna würden ihm nichts sagen, so viel war klar. Es gab aber noch andere Möglichkeiten.

Günther verbarg sich hinter dem geparkten Lieferwagen der Eisenhandlung, um darauf zu warten, dass Rudolf wie angekündigt zu seiner Orchesterprobe aufbrach. Im Geschäft gingen die Lichter aus. Das Knallen von Türen war zu hören. In der Küche des Wohnhauses wurde das Deckenlicht angeschaltet. Doch Rudolf trat nicht durch die Tür. Anscheinend hatte er den Plan für diesen Abend geändert, die Orchesterprobe gestrichen. Das machte es Günther deutlich schwerer, hatte doch seine Hoffnung darin bestanden, Johanna allein gegenüberzustehen und es bei ihr noch einmal zu versuchen.

Günther trat hinter dem Wagen hervor und schaute sich um. Wieder hatte er das Gefühl, beobachtet zu werden, aber nirgends war jemand zu erkennen. Auch parkte kein Wagen auf der Straße, der nicht schon bei seiner Ankunft dort gestanden hatte. Es waren bestimmt seine Nerven, die Erinnerung an die Anspannung der Eltern in den letzten Monaten, in denen sie hier gelebt hatten, die Observation ihres Hauses, die Angst, frei zu sprechen, die Vorsicht, in der Öffentlichkeit nichts Unbedachtes zu sagen. All die Ängste von damals waren nun so präsent, als hätte es die Flucht und all die Jahre danach gar nicht gegeben.

Günther gab sich einen Ruck, löste sich aus der inneren Erstarrung und klingelte am Nachbarhaus.

Eine junge Frau öffnete. Sie hielt mit einer Hand einen Säugling auf der Hüfte, die andere Hand war von Teig verschmiert.

»Sie kennen mich nicht«, sagte Günther. »Ich bin Günther Steinhäusler, ein ehemals sehr guter Freund Ihrer Nachbarn, besonders von Marianne. Ich selbst bin schon lange mit der Familie in den Westen übergesiedelt, nun bin ich für ein paar Tage zu Besuch, weil meine Cousine heiratet. Können Sie mir sagen, wie ich Marianne kontaktieren kann?« Er beobachtete die Reaktionen genau. Das erste Mal, als er Mariannes Namen erwähnt hatte, war sie zusammengezuckt, obwohl er den Namen in einem vollkommen neutralen Zusammenhang verwendet hatte. Er musste aufpassen, dass auch sie sich nicht völlig verschloss. Irgendetwas Ungutes ging hier vor, er spürte es genau. Es war seine Erfahrung als Journalist, die ihm nun half. So oft hatte er es beim Zusammentreffen mit Informanten schon erlebt, dass dieser Punkt auftrat, wenn der Kern einer Sache angesprochen wurde, über die lange niemand offen geredet hatte. Doch er begriff nicht, wo konkret das Geheimnis lag, was vor sich gegangen war. Aber es gab keinen Zweifel, dass es mit Marianne und auch mit Ruth zusammenhängen musste.

»Ich mische mich nicht in anderer Leute Angelegenheiten«, sagte die Frau. »Klären Sie das nebenan. Persönlich. Ich zähle nicht zu denjenigen, die Klatsch und Gerüchte weitertragen. Abgesehen davon: Ich mag Rudolf und Johanna sehr, wissen Sie? Es gibt nicht viele Menschen, die so selbstlos aushelfen wie die beiden. Mehr habe ich nicht zu sagen. Klingeln Sie nebenan.« Sie beugte sich vor. »Dort ist auch jemand zu Hause. Auf Wiedersehen.« Sie trat energisch zurück und schloss die Tür.

Günther überlegte, noch einmal zu läuten, doch das wäre zwecklos. Die Nachbarin wollte nicht mit ihm sprechen, das hatte sie mehr als deutlich gemacht. So ging er ein Haus weiter, wo er wieder läutete und versuchte, etwas über Marianne herauszufinden.

Es war, als hätten sich alle verschworen. Die Nachbarn auf beiden Seiten der Eisenwarenhandlung schickten ihn barsch weg. Auch auf der gegenüberliegenden Straßenseite war es dasselbe: Niemand wollte reden.

Als er an der siebten Tür läuten wollte, gerade den Finger auf den Klingelknopf gelegt hatte, rollte in Schrittgeschwindigkeit ein Wagen die Straße entlang. Günther verharrte in der Bewegung. Das Auto hielt mitten auf der Straße vor der Eisenwarenhandlung. Der Motor wurde abgestellt. Günthers Herzschlag setzte kurz aus. Das Grün im unteren Teil des Wagens, die weiße Lackierung oben, das Blaulicht auf dem Dach und die Sirenenanlage zeigten unverkennbar, wer sich nun mit der Angelegenheit beschäftigte: die Polizei.

Die Türen öffneten sich. Zwei Polizisten traten heraus. Eilig wandte sich Günther ab und machte sich auf den Rückweg. Zuerst befürchtete er, sie hätten ihn längst entdeckt, würden ihm nachlaufen, ihm etwas zurufen, doch alles blieb ruhig.

KAPITEL 26

LENA

Auf ihr Klingeln reagierte zuerst niemand. Zwar hatte Lena einen Schlüssel von Max' Haus, doch sie zögerte, ihn zu benutzen. Gerade als sie nach dem vierten Läuten doch den Schlüssel ins Schloss stecken wollte, ging die Haustür einen kleinen Spalt auf.

Durch die Ritze lugte Martha, dann sah sie betreten zu Boden, als hätte sie etwas angestellt.

»Alles in Ordnung bei euch?«, fragte Lena.

»Das Telefon klingelt immer.« Sie hielt Lena das Handy entgegen. »Dann geht mein Spiel weg. Das andere Telefon klingelt auch immer. Ich weiß gar nicht, ob ich drangehen darf.«

»Und Max? Wo ist er?«

Martha lief ins Innere des Hauses, ihre Schritte polterten auf der Treppe.

»Max?«, rief Lena und trat in den Flur. Als niemand antwortete, schloss sie hinter sich die Haustür und ging treppauf.

Martha trippelte vor dem Schlafzimmer von einem Bein aufs andere, die Hand auf der Türklinke, ohne sie hinunterzudrücken.

Sanft schob Lena das Mädchen beiseite, öffnete die Tür.

Max' Körper zeichnete sich unter der Bettdecke ab, über seinem Kopf lag ein Kissen, sodass es ein Wunder war, dass er noch atmen konnte, doch unter der Decke hob und senkte sich sein Oberkörper gleichmäßig.

»Max?« Lena setzte sich neben ihn auf die Matratze.

Als er nicht reagierte, rüttelte sie ihn vorsichtig.

Er zuckte zusammen, zog das Kopfkissen von sich und wirkte im ersten Moment desorientiert. Seine Hand tastete über die Matratze. »Mein Handy?«, fragte er. »Wie spät ist es denn?«

»Kurz nach eins.«

»Mittags?« Mit einem Ruck richtete er sich auf, blickte im Zimmer umher. »Wo ist denn nur das verdammte Handy?«

Lena ging zu Martha, die sich nun hinter dem Türrahmen versteckte, nahm ihr das Gerät ab und reichte es Max. »Martha hat es genommen. Und wohl schon einige Stunden damit gespielt.«

»Das darf doch nicht wahr sein. Ich verstehe nicht …« Er hörte die Mailbox ab, drückte jedes Mal die Aufnahme weg, kurz nachdem sie begonnen hatte, um sich die nächste Nachricht anzuhören. Jeder der Anrufe war vom Krankenhaus gekommen, die Nachfragen waren erst neutral, dann wütend und schließlich immer sorgenvoller geworden.

»Ich muss zurückrufen«, sagte er.

Nur mit seiner Boxershorts bekleidet ging er auf den Balkon. Der Lautsprecher des Geräts war angestellt, so konnte Lena mithören. Max entschuldigte sich vielmals, war völlig außer sich und beruhigte sich auch nicht, als er erfuhr, dass eine Kollegin bereits für ihn eingesprungen war und er nicht mehr kommen musste.

Als er wieder hereinkam, steckte er das Handy ans Ladekabel. »So etwas darf einfach nicht passieren«, sagte er. »Martha!« Er blickte sich um. »Wo ist sie denn nur? Martha! Martha!«

»Jetzt beruhig dich erst mal.« Sie drückte ihn aufs Bett, setzte sich neben ihn. »Wahrscheinlich hat sich Martha irgendwo versteckt oder ist ins Wohnzimmer gegangen. Sie wird auch ganz verschreckt sein. Martha hat es nur gut gemeint. Sie wollte dich nicht wecken. Sie hat ja gemerkt, wie müde du warst nach all den Überstunden wegen des Unfalls. Eine Kollegin ist für dich eingesprungen, dann ist es doch jetzt gut.«

»Gut nennst du das? Wie stehe ich denn da vor meinen Kollegen und Vorgesetzten? Da nimmt die Göre einfach mein …«

»Stopp.« Sie legte eine Hand auf seinen Oberschenkel. »Es ist nichts, aber auch gar nichts passiert, was wirklich schlimm wäre. Du hast verschlafen. Jemand ist für dich eingesprungen. Niemand ist deswegen gestorben oder verletzt worden.«

»Was hast du für eine Ahnung von den Klinikabläufen? Was weißt du, was das für die anderen für einen Stress verursacht? Bis erst mal Ersatz gefunden …«

Lena stand auf und schloss die Tür. Was sie jetzt sagen wollte, war nicht unbedingt für Marthas Ohren bestimmt.

»Du führst dich auf wie ein Idiot!« Lena ging wütend im Raum auf und ab. »Noch vor Kurzem hast du davon geredet, Martha ganz zu dir zu nehmen. So etwas passiert jeder Mutter und jedem Vater immer mal wieder. Das ist eine völlig alltägliche Panne. Meinst du, mit Kindern läuft alles nach Plan? Denkst du, es reicht, wenn du zwischen deinen Diensten und dem Schlafen kurz nach Martha siehst und ihr Essen auf den Tisch stellst, sollte sie bei dir wohnen?« Sie wartete, dass Max etwas erwiderte, aber er schwieg.

»Wer weckt Martha unabhängig von irgendwelchen eigenen Terminen?«, fragte Lena. »Wer versorgt sie regelmäßig? Wer packt mit ihr die Schultasche und kümmert sich darum, dass sie pünktlich im Unterricht ist? Dann wäre da noch das Kochen des Mittagessens, Hausaufgaben stehen an, jemand muss Geschenke für Kindergeburtstage kaufen, das gemeinsame Abendessen herrichten. Wer geht zu den Elternabenden?«

Max schüttelte den Kopf. »Du übertreibst. Du stellst es so dar, als müsste sich alles um Martha drehen, wenn sie bei mir lebt.«

Sie lachte laut auf. »In Wirklichkeit bedeutet es noch viel, viel mehr, sich um ein Kind zu kümmern, als diese Liste abzuarbeiten. Die ist nicht mal annähernd vollständig. Du hast echt keine Ahnung. Anstatt dass du Anni unterstützt, dass du ihr mal sagst, wie wundervoll sie das alles macht, was für ein wunderbares Mädchen deine Tochter geworden ist – dank Anni –, machst du ihr das Leben schwer und kommst mit irgendwelchen Schnapsideen, Martha könnte …«

»Hör auf.«

Lena schwieg. Max' aufeinandergepresste Lippen, sein abgewandter Blick und der von ihr weggedrehte Körper sprachen Bände. Sie wusste, dass er all das nicht hören wollte. Er wollte, dass sie ihm stattdessen versicherte, es sei kein Problem, Martha zu sich zu nehmen, dass es einfach nur ein dummes Versehen mit dem Handy sei, eine einmalige Panne.

»So etwas passiert immer, wirklich immer«, sagte Lena. »Kinder verhalten sich nicht nach Lehrbüchern. Sie haben laufend irgendwelche Ideen, die sie in die Tat umsetzen, sie fordern einen ganz.«

»Willst du mir etwa die Schuld für alles in die Schuhe schieben? Ich bin also selbst schuld, dass meine Tochter mir das Handy wegnimmt?«

»Du hast nichts begriffen, oder?« Sie stellte sich zwischen ihn und die Terrassentür in seine Blickrichtung, sodass er keine andere Wahl hatte, als sie anzusehen. »Es geht hier nicht um Schuld.«

»Sondern?«

»Darum, dass bei dir der Job an erster Stelle steht.«

»Wäre es nicht so, könnte ich ihn nicht machen.«

»Auch das ist kein Vorwurf. Es ist eine Tatsache. Bei dir steht der Job an erster Stelle, alles andere folgt danach. Das funktioniert aber nicht, wenn man für ein Kind verantwortlich ist.« Sie hob die Hand, als er den Mund öffnete, um etwas zu sagen, dann sprach sie weiter. »Du hast mir schon öfter sinngemäß gesagt, ich solle erwachsen werden, ich könne nicht immer wieder Neues ausprobieren. Aber was ist mit dir? Ist es erwachsen, wenn du deine Tochter zu dir nimmst, obwohl du es mit dem Job gar nicht vereinbaren kannst? Wenn du deine Pläne auf die Beziehung zu mir stützt, die alles andere als geklärt ist?«

Er schwieg.

»Stattdessen solltest du nach Anni sehen. Urlaub nehmen, bis es ihr wieder besser geht. Du hast so viele Urlaubstage angesammelt, dass du sie gar nicht in diesem Jahr abfeiern kannst.«

Max antwortete weiterhin nicht.

Lena öffnete die Tür wieder und setzte sich neben Max. Nun schwieg auch sie, denn alles, was sie so oft gedacht hatte, was aber unausgesprochen geblieben war, war nun gesagt.

Es dauerte nicht lange und Martha lugte durch die Tür. Lena klopfte mit einer Hand neben sich auf die Matratze, woraufhin Martha näher kam und sich setzte.

»Bist du noch böse?«, fragte Martha an Max gerichtet.

Er strich über Marthas Kopf. »Es ist wirklich dumm gelaufen. Aber daran können wir jetzt auch nichts mehr ändern. Es ist schon gut. Ich bin nicht böse. Was hältst du davon, wenn wir beide uns waschen, etwas essen und dann deine Mama besuchen gehen?«

KAPITEL 27

MARIANNE 1971

Anfangs hatte sie noch gedacht, dass alles ein Irrtum sei, der sich bald aufklären würde. Hier gehörte sie nicht hin. Niemand – wirklich niemand – sollte sein Leben an einem solchen Ort verbringen. Aber sie war nicht wie all die anderen Frauen, die in diesem Gebäude lebten, sie war nicht psychisch krank, sondern gesund. Inzwischen waren mehrere Monate vergangen und sie begriff, dass es kein Irrtum war, hier eingesperrt zu sein. Vielmehr war es der Plan von Peter und ihren Eltern, als Strafe für ihren Verrat am eigenen Ehemann. So wurde ihr jede Möglichkeit genommen, Peter noch einmal zu hintergehen.

Erst nach und nach hatte sie begriffen, dass sie selbst dazu beigetragen hatte, dass sie hierhergebracht worden war. Ohne darüber nachzudenken, hatte sie auf der Wöchnerinnenstation davon gesprochen, sie wäre lieber tot. Da hatte es nicht geholfen, später zu beteuern, es sei nur unüberlegt dahergesagt gewesen und sie würde sich niemals etwas antun.

Sie hätte viel eher auf der Hut sein müssen! Nie hätte sie es für möglich gehalten, schwanger zu werden, hatte geglaubt, die Kontrolle zu behalten – der erste Fehler. Sie war nicht wachsam genug gewesen.

Im Nachhinein betrachtet hätte sie sich nie auf Peter einlassen dürfen.

Hätte sie die Chance, ihr Leben zurückzudrehen bis zu dem Punkt, an dem Petra und Ulrike die Idee in ihr hatten wachsen lassen, sie müsse sich gegen staatliches Unrecht engagieren, hätte sie sich auf der Stelle umgedreht, wäre in ihr Elternhaus zurückgekehrt und hätte sich damit zufriedengegeben, was sie besaß: ihr kleines, bescheidenes Leben mit den Annehmlichkeiten, die das Geschäft der Eltern und deren Kontakte mit sich brachten. Ihre Familie hatte viele Möglichkeiten, sich durch Beziehungen und Tauschgeschäfte einen angenehmen Alltag zu gestalten. Warum nicht einfach stur die Stunden im Hinterzimmer des Ladens mit der Buchhaltung ableisten und sich auf den Feierabend und das Wochenende konzentrieren? Warum hatte sie sich nur eingebildet, die Welt retten zu wollen? Ja, sie hatte wirklich geglaubt, zu einem kleinen Teil die Politik mitbestimmen zu können, wenn sie nur genug darum kämpfte, für die Inhaftierten eine Befreiung zu erwirken. Es stimmte: Dank ihrer Fotografien, die an den Westen weitergeleitet worden waren, waren Gefangene freigekauft worden. Doch konnte sie darüber keinen Stolz mehr empfinden und erst recht keine Genugtuung. Was half ihr das in ihrer jetzigen Situation?

Nun war sie die Eingesperrte. Wer würde sie befreien? Warum ließen Petra und Ulrike nichts von sich hören? Warum überbrachten sie nicht wenigstens eine Botschaft?

Dass Peter sie hier rausholen würde, an diese Möglichkeit glaubte sie nicht mehr. Er wollte, dass sie hier schmorte, am besten bis zu ihrem Tod. Er war wütend, was sie ihm nicht verübeln konnte. Sie verstand seinen Hass. Ein einziges Mal hatte er sie besucht, hatte aber länger mit den Ärzten und Pflegekräften als mit ihr geredet und betont, wie leid es ihm doch tue, dass seine Frau psychotisch geworden sei, und dass er so sehr hoffe, dass sie hier beschützt und gut aufgehoben sei mit ihrer postnatalen

Depression. Er war mit Bedauern überschüttet worden und mit Hochachtung, wie es ihm doch gelinge, den Alltag mit einem Neugeborenen zu meistern, wie aufopferungsvoll er sei, wie herzensgut, was für ein vorbildliches Mitglied der Gesellschaft.

Ihre Eltern standen nach dem, was sie getan hatte, vorbehaltlos hinter Peter, von dort konnte sie keine Hilfe erwarten. Viele Besuche von ihnen würde es nicht geben, das hatte Peter ihr klargemacht.

Auch ihr Versuch, das Personal von dem Irrtum zu überzeugen, war gescheitert. Mussten die Fachleute nicht sehen, dass sie anders war als die vor sich hin murmelnden Gestalten mit dem unsicheren Gang, die manchmal wie aus dem Nichts aufschrien, dann wieder wie lebendige Tote wirkten mit ihren ausdruckslosen Gesichtern, die die Umwelt nicht einmal mehr wahrnahmen? Doch weder Schwestern noch Pfleger oder jemand von den Ärzten redeten mit ihr, drohten bei Renitenz mit Spritzen, die sie für drei Tage schlafen ließen.

Von den anderen Mitpatientinnen konnte sie auch keine Hilfe erwarten. Keine der Frauen war fähig, einen klaren Gedanken zu fassen. Auch hatten die anderen Patientinnen etwas Unheimliches, sie waren so nah und gleichzeitig so fern.

In der Nacht lag Marianne in ihrem Bett im Schlafsaal, umgeben von dreiundzwanzig Körpern, die schwitzten, meistens wie betäubt schliefen, sich teilweise wälzten, manchmal stöhnten oder schreiend hochschreckten. Das Verlassen der Betten nach dem Löschen des Lichtes war verboten. Wer sich dem widersetzte, verbrachte einige Zeit im Keller. Was im Keller passierte, wusste sie nicht und wollte es auch nicht wissen. Den anschließend völlig leeren Blicken der Frauen nach zu urteilen, die aus dem Keller zurückkehrten, ihrer Unfähigkeit nach, aufrecht zu stehen, geschah dort nichts Gutes. Sie musste es unbedingt vermeiden, auf diese Weise bestraft zu werden. So trank sie schon zum Abendessen nichts mehr, um sicherzugehen, dass sie nachts keinen Drang verspürte, auf die Toilette gehen zu müssen.

Am Tag ging es in den Aufenthaltsraum. Dort gab es Tische und Stühle, sonst nichts. Dann saßen sie an den Tischen und warteten auf die Mahlzeiten. Reden war erlaubt, was keine wirkliche Erleichterung war, weil es nichts gab, über das sie reden konnten, weil sie nichts erlebten, weil sich nichts veränderte, weil ein Tag wie der andere war und sie alle längst vergessen hatten, welcher Wochentag oder welcher Monat es war. Sie durften vom Aufenthaltsraum aus zur Toilette gehen. Schreien und Herumrennen war verboten, doch die meisten Patientinnen waren von den Medikamenten so stark sediert, dass ihnen sowieso nicht nach Rennen war. Selbst die endlose Langeweile schien niemanden zu stören.

Noch immer machten die anderen Frauen ihr Angst, weil Marianne befürchtete, irgendwann genauso zu werden wie sie, zu leben wie ein Tier im Zoo, ohne dass Besucher kamen, dahinzuvegetieren, alles zu akzeptieren ohne eigene Gedanken, ohne Wünsche. So wollte sie nicht leben. Oder war sie möglicherweise schon längst geworden wie die anderen Frauen?

Den Ausweg, falls es einen gab, musste sie selbst ohne Hilfe finden. Unterstützung konnte sie von keiner Seite erwarten. Die Fluchtmöglichkeiten hatte sie bereits geprüft, doch das Gebäude war von einer hohen Mauer umgeben, die Türen immer verschlossen, die Fenster vergittert. Es gab eine zusätzliche Schleuse – zwei kurz nacheinander folgende Metallgitter –, durch die der Frauenbereich, in dem sie sich befand, abgeschottet war. Der Aufenthaltsraum mit den Toiletten daneben und der angrenzende Schlafraum waren damit ein abgetrennter Bereich, aus dem es kein Entkommen gab. Auch die seltenen Ausgänge auf den Hof brachten keine Hoffnung. Ein Balkon überragte den Hof zur Hälfte, grenzte ihn nach oben ab. Die Pflasterung des Bodens machte den Gedanken an eine Grabung von Anfang an zunichte. Es gab keine Wiese mit Büschen, die Sichtschutz boten, wie sie es anfangs gedacht hatte, als sie die Worte »Garten« und »Hof« gehört hatte.

Zwar existierte ein weiterer Garten, aber den würde sie nie zu sehen bekommen, denn dort arbeiteten nur Männer unter Bewachung, wie sie in Erfahrung gebracht hatte.

Zwischendurch hatte sie überlegt, Gewalt anzuwenden. Könnte sie eine der Schwestern überwältigen, in ihre Gewalt bringen und als Geisel nehmen? Ihr wurde klar, dass sie im entscheidenden Moment zurückschrecken würde, jemand anderem etwas anzutun. Vor wirklich brutalem Vorgehen schreckte sie zurück. Ja, sie war eine unrealistische Visionärin gewesen, eine Verräterin, aber sie war keine kriminelle Gewalttäterin.

So blieb ihr nur eine einzige Möglichkeit, von der sie nicht wusste, ob sie funktionierte. Den Plan hatte sie sich in vielen Wochen zurechtgelegt, ihn verfeinert, unzählige Male durchdacht und dabei gemerkt, dass es ihr immer schwerer fiel, sich zu konzentrieren. Ihr Gang wurde von den regelmäßigen Spritzen schlurfend und sie hörte auf, die Langeweile wahrzunehmen. Die Sehnsucht nach Büchern oder Zeitungen existierte nicht mehr. Doch den Gedanken an einen Ausweg hatte sie noch nicht aufgegeben.

Das erste Element zu ihrem Plan war ihr Bettpfosten. Er besaß eine Art Zierknopf als oberen Abschluss, unten war der Bettpfosten offen. Er bestand aus einem einzigen metallischen Rohr. Den unteren Teil des Rohres hatte sie mit einem Matsch aus aufgeweichtem Brot ausgestopft, der zügig getrocknet war. So befand sich dort ein Pfropfen, der das, was sie von oben in das Rohr hineinfallen ließ, innen hielt, wenn einmal in der Woche die Betten zum Putzen verschoben wurden.

Den Zierknopf hatte sie herausgeschraubt, das Gewindestück herausgedreht und den Knopf wieder oben auf dem Pfosten einrasten lassen. Er hielt sicher trotz fehlendem

Gewinde. Den Metallstab mit beiderseitigem Gewinde selbst hatte sie in der Matratze versteckt, auch wenn sie nicht wusste, ob er ihr irgendwann auf irgendeine Weise dienlich sein könnte. Doch eins hatte sie schnell gelernt: Es war wichtig, jeden noch so kleinen Gegenstand zu schätzen und aufzubewahren.

Seit drei Tagen ging sie zwar nach wie vor morgens und abends zur Schwesternklappe und ließ sich ihre Medikamente geben – eine Alternative dazu hatte sie auch nicht. Doch anstatt die Pillen aus dem kleinen Becher zu schlucken, bewahrte sie sie erst in ihrer Backentasche, dann unter der Zunge auf, bis sie die Tabletten im Pfosten verstecken konnte. Ihr Ziel war es, noch einige Tage weiterzusammeln, um dann auf einen Schlag so viele der Medikamente zu nehmen, dass sie in Lebensgefahr geraten und ins öffentliche Krankenhaus gebracht werden würde. Dass dies passierte, wusste sie, hatte sie doch selbst beobachtet, wie ein neues, noch ungeprüftes Medikament eine der Frauen hatte ins Koma fallen lassen. Die Schwestern hatten den Krankenwagen gerufen, die Frau war ein paar Tage später wieder zurück in die Psychiatrie gekommen.

Das Risiko, dabei zu sterben, ging sie ein, doch wollte sie sich vorsichtig an die richtige Dosis herantasten. Am besten erschien es ihr, zuerst die dreifache, dann die sechsfache und schließlich die zehnfache Tagesdosis zu nehmen. Ihre Medikamente waren stark sedierend, das spürte sie, sie führten zu Schwindel, auch zu Kopfschmerzen und Übelkeit, ließen ihre Hände zittern.

»Besuch für Sie.« Eine der Schwestern tippte sie an die Schulter.

Marianne zuckte zusammen, ihr Herz raste. Jede unerwartete Ansprache, jedes plötzliche Geschehen versetzte sie in Panik, seit sie die Medikamente abgesetzt hatte und sammelte. Die Tage, die unter Medikamenteneinfluss zu einer einheitlichen Masse verschwommen waren, dehnten sich nun ins Endlose. Wie spät war es überhaupt? Hatten sie schon zu Mittag gegessen?

Begleitet von einer Ärztin kam Peter in den Gemeinschaftsraum. Er setzte sich neben sie.

»Können wir uns irgendwo anders hinsetzen, wo es mehr Privatsphäre gibt?«, fragte Marianne.

»Was wir besprechen, kann ruhig jeder hören«, sagte Peter. Er nickte der Ärztin zu, die daraufhin in das Zimmer der Schwestern ging, das durch eine Glasscheibe vom Aufenthaltsraum abgetrennt war.

»Wie lange willst du mich hier eingesperrt lassen?«, fragte sie.

»Du bist nicht eingesperrt. Es geht darum, dass du gesund wirst.« Er rümpfte die Nase.

»Ja, es stinkt. So viele Körper auf engem Raum. Meinst du, das ist ein Ort, an dem es irgendjemandem besser gehen wird, wenn er hierbleibt? Was denkst du, würde mit dir passieren, wenn du hier leben müsstest? Tu mir einen Gefallen und hör auf mit der Scharade. Dass du wütend auf mich bist, dass du mir nicht verzeihst, was ich getan habe, kann ich verstehen. Wir sollten wenigstens aufhören, uns anzulügen.«

Er musterte sie mit zusammengekniffenen Augen, sah zu der Scheibe, hinter der die Ärztin mit zwei Schwestern redete, dann wieder zu ihr.

»Du bist verändert«, sagte er.

»Inwiefern?«

»Aufsässig und trotzig, wie ich dich von früher kenne. Anfangs habe ich es für Charakterstärke gehalten. Du bist eine der wenigen Frauen, die ihren eigenen Weg geht, auch gegen Widerstände, die ihren Kopf nicht nur benutzt, um ihn hübsch aussehen zu lassen. Aber du übertreibst es und merkst nicht einmal, dass du dir selbst damit noch mehr schadest als allen anderen in deinem Umfeld.« Er beugte sich näher zu ihr, blickte ihr direkt in die Augen. »Der Gegensatz ist schon extrem, wenn ich mir deinen jetzigen Zustand betrachte und den bei unserem letzten Besuch.« Er war nun so nah, dass sie sein Aftershave riechen konnte, den Geruch der Zitrusseife, mit der er sich jeden Morgen wusch.

Sie spürte seinen Atem auf ihrer Stirn. Sie erwiderte seinen Blick, zwang sich, nicht wegzusehen.

Dann stand er ruckartig auf und ging in das nebenliegende Zimmer hinter der Scheibe, ohne sich zu verabschieden. Er schickte die beiden Schwestern raus und schloss die Tür, sodass sie nicht mehr hören konnte, was gesprochen wurde. Nun waren nur noch er und die Ärztin in dem abgetrennten Personalbereich. Er gestikulierte wild. Die Ärztin nickte, wich einen Schritt zurück. Sobald sie den Mund öffnete, wischte Peter ihre Worte mit einer Handbewegung weg, als wollte er lästige Fliegen vertreiben. Am liebsten wäre sie aufgestanden und zu dem Gespräch dazugekommen. Was wollte er denn? Hatte er nicht alles erreicht, was möglich war? Sie würde weggesperrt sein ohne absehbares Ende und er gab anscheinend noch immer keine Ruhe.

Kurz darauf rief die Ärztin die beiden Schwestern zu sich, nickte in Mariannes Richtung, woraufhin beide Schwestern auf sie zukamen.

»Leibesvisitation«, sagte eine der Schwestern. »Mitkommen.«

»Das ist doch lächerlich. Absolut lächerlich!«

»Du machst es uns allen leichter, wenn du dich nicht wehrst.«

Marianne wurde in den Waschraum gebracht. Sie musste sich vollständig entkleiden. Der Stoff wurde ausgeschüttelt, auf links gedreht, dann bekam sie die Kleidungsstücke zurück.

»Anziehen«, sagte eine der Schwestern und wechselte mit der anderen Schwester Blicke. Beide verließen den Raum und ließen Marianne im Waschraum allein. Erschöpft und langsam kleidete sie sich an. Ihr Herz raste. Um nicht das Gleichgewicht zu verlieren, musste sie sich mit einer Hand am Waschbecken festhalten.

Sie hoffte, dass Peter bereits gegangen wäre, wenn sie wieder in den Aufenthaltsraum zurückkam, doch er wartete noch immer hinter der Glasscheibe. Er sah sie an. Sie schaute beiseite, wich seinem Blick aus.

Dann bemerkte sie die Unruhe im Schlafraum. Die beiden Schwestern rissen die Bezüge von ihrem Kissen, der Decke und der Matratze, hoben die Matratze an und verrückten das Bett.

Panisch verfolgte Marianne das Spektakel. Erst als ihr schwindelig wurde, merkte sie, dass sie die Luft angehalten hatte, und atmete wieder. Vor Anspannung ballte sie die Hände so fest zu Fäusten, dass sich die Fingernägel in ihre Handinnenflächen bohrten.

»Bitte, lieber Gott«, betete sie stumm, »wenn es dich gibt, hilf mir. Steh mir bei.«

Beim Zurückrücken des Bettes an seinen Ort blieb ein Pfosten an einer Bodenunebenheit zwischen zwei Bodenfliesen hängen. Es gab einen Ruck und der Zierknopf, der lose war, fiel ab. Eine Schwester wollte ihn wieder aufstecken, dann stutzte sie und blickte in das Rohr.

»Na, was haben wir denn da?«, fragte sie und kippte das Bett um. Tabletten kullerten über den Boden.

Marianne sah von einer der Frauen zur anderen. Alle saßen weiter auf ihren Stühlen oder auf dem Boden an die Wand gelehnt im Aufenthaltsraum. Keine nahm Notiz von dem, was sich im Schlafsaal abspielte. Nur Peter und die Ärztin begriffen neben den Schwestern und ihr selbst, was das bedeutete.

Marianne betrachtete die dumpfen, ausdruckslosen Gesichter der anderen Frauen um sie herum. Deren Lethargie, der stolpernde Gang, die Selbstvernachlässigung, die Aufgabe allen Widerstandes bei den Mitpatientinnen – all das war ihr bisher wie Schwäche vorgekommen. Nun begriff sie, dass es auch eine ungeheure Stärke sein konnte. Nein, die Frauen um sie herum waren keine Verliererinnen, sie waren nicht schwach. Sie waren wie Raupen, sie spürten, dass der Winter nahte, dass sie sich verpuppen mussten, einen festen Kokon um sich errichten, der in seiner Farbe mit der Umgebung verschmolz. Die Frauen um sie herum waren nicht innerlich tot, sondern sie warteten auf die Frühlingssonne, darauf, dass die Zeit kam, die es ihnen erlaubte, den schützenden Kokon abzustreifen und als Schmetterlinge davonzufliegen.

»In den Keller«, sagte die Ärztin.

Peter wandte sich ab. Er drehte sich um und ging mit zügigen Schritten durch die Hintertür des Schwesternzimmers weiter den Gang entlang. Seine Sohlen klackten auf dem Boden.

Die Schwestern kamen auf sie zu. Eigentlich dachte Marianne, dass sie sich fürchten sollte, vor der Einsamkeit, der Kälte, der Dunkelheit, dem Hunger, dem Durst und was sie sonst noch erwartete. Doch sie spürte keine Angst mehr. Sie stellte sich vor, dass sie eine Raupe war, fest von ihrem Kokon umschlossen, geschützt von einer stabilen Hülle. Was sie auch mit ihr tun würden – sie könnten den Kokon nicht durchdringen. Was sie sahen, war nicht die Raupe im Innern, sondern nur die äußere Hülle.

KAPITEL 28

LENA

Seit mehr als einer Woche hatte sich Max nicht mehr gemeldet. Es war überdeutlich, dass er wütend war. Er wollte keine Freundschaft, er wollte nicht länger warten, sondern sich offiziell mit ihr verloben, sie heiraten, eine Familie gründen. Eine Freundschaft war für ihn keine Option. Stattdessen entschied er sich für einen vollständigen Kontaktabbruch.

Niemals hatten sie länger als einen Tag nichts voneinander gehört, selbst an den stressigsten Arbeitstagen hatte Max angerufen. Nun herrschte Funkstille, die Lena so nervös machte, dass sie versuchen musste, sich selbst zu überlisten, um nicht Zugeständnisse zu machen, die sie später bereute. Er kannte ihre Schwachstellen: Sie konnte mit seinem Schweigen ganz schlecht umgehen, es machte sie nervös und fahrig. Ihre Gedanken begannen zu kreisen.

Unruhig lief sie in ihrer Wohnung auf und ab. Zum Arbeiten war sie zu unkonzentriert. Seit dem Verschwinden von Martha und dem anschließenden Streit mit Max hatte sie keine einzige verwertbare Zeichnung produziert, nichts von den Verbesserungswünschen des Verlages umgesetzt. Dabei hatte sie es sich so angenehm vorgestellt, ein Jahr lang nur zeichnen zu können, sich ganz dem zu widmen, was ihr am meisten bedeutete auf der Welt. Eine Zeit ohne Termine und Pflichten – keine Teamsitzungen und keine frustrierenden Elterngespräche.

All die Jahre zuvor war das Zeichnen für sie wie eine Fluchtburg gewesen, es hatte ihr Halt gegeben, sie aus dem Alltag entführt. Es war gleichgültig, wie stressig der Tag gewesen war – sobald sie die Stifte ausgepackt oder das Zeichentablett hervorgeholt hatte, hatte sie in eine andere Welt eintauchen können, in der es weder Sorgen noch Zweifel oder Frustration gab. Nun war es, als wäre diese Fluchtburg zerstört worden. Die Notwendigkeit, etwas zu produzieren, etwas Verwertbares vorzuzeigen, entwickelte sich zu einem Stress, dem sie sich nicht gewachsen fühlte.

Um nicht weiter zu grübeln und frustriert in ihrer Wohnung auf und ab zu gehen, nahm Lena ihre Handtasche und den Schlüssel und trat auf die Straße, um kurzerhand ihre Oma in deren Hotelzimmer zu besuchen. Aus dem Vorgarten pflückte sie ein paar Rosen, Goldrute und Schleierkraut und ging zum Außenwasserhahn, wo sie einige Papiertaschentücher befeuchtete und um die Stängel wickelte, damit die Blumen bei der Hitze frisch blieben. Die Temperatur kühlte sich bereits ab und die Sonne senkte sich langsam hinter die Hausdächer. Doch noch immer strahlte Wärme von den Mauern und vom Asphalt. Die Luft schien in der Stadt zu stehen.

So ging Lena gemächlich die Straße entlang, an der Bäckerei und der Bushaltestelle vorbei weiter stadteinwärts.

Eine halbe Stunde später erreichte sie das Hotel. Die Rezeption war nicht besetzt. Lena läutete, woraufhin eine junge Frau aus dem Hinterzimmer kam und auf Nachfrage die Nummer des Zimmers nannte, in dem Marlies wohnte.

Nervös klopfte Lena wenig später an die Zimmertür.

»Einen Moment«, klang es von innen. Kurz darauf öffnete Marlies die Tür. Ihre Haare waren feucht, sie roch nach

Shampoo und Creme. Ein Auge war mit Mascara geschminkt, das andere nicht.

»Wie schön, dass du vorbeikommst«, sagte Marlies und umarmte Lena zur Begrüßung. Sie zeigte auf den gedeckten Tisch, schien kein bisschen verwundert über Lenas unangekündigtes Auftauchen. »Mein Mann kommt jeden Moment, er wollte versuchen, einen Wein vom Rheingau oder der Mosel zu besorgen, einen Riesling, den sie im Hotel nicht haben. Das Abendessen ist gerade gekommen.« Sie zeigte auf das Rolltischchen neben dem größeren Tisch, auf dem sich mit Metallhauben abgedeckte Essensplatten befanden. »Ich lasse noch ein Gedeck und einen Stuhl für dich kommen, die Portionen sind so riesig, die würden für vier reichen.«

Marlies ignorierte Lenas Protest, dass sie gar keinen Hunger habe, und die Erklärung, dass sie selten abends etwas Warmes esse. Stattdessen griff sie zum Zimmertelefon und bat darum, für einen weiteren Gast zu decken. Dann entschuldigte sie sich kurz und ging ins Bad.

»Machst du auf, wenn es klopft?«, rief Marlies durch die halb geöffnete Tür. »Ich bin gleich fertig.«

»Ich will euch aber nicht stören«, sagte Lena, dann bemerkte sie, dass sie noch immer die Blumen in der Hand hielt, hinter ihrem Rücken verborgen. »Ich habe dir auch etwas mitgebracht.« Sie nahm eine der Vasen vom Tisch und stellte die Blumen hinein.

Marlies kehrte aus dem Bad zurück. Nun waren beide Augen geschminkt, die Wangen mit Rouge ließen sie jünger aussehen. Marlies bedankte sich, füllte die Vase mit Wasser und stellte sie auf den Tisch.

»Wenn ihr aber zu zweit sein wollt …«, begann Lena. Sie wollte nicht bei einem romantischen Abendessen stören.

»Jetzt setz dich schon, gleich kommt auch das dritte Gedeck. Du störst nie. Niemals. Das weißt du doch, oder?«, fragte Marlies.

»Ich will dich nicht überfallen oder überrumpeln …« Noch war es ungewohnt, dass es dort plötzlich jemanden gab, der immer für sie da war.

»Jetzt hör aber mal auf.« Marlies nahm Lenas Hand und führte ihre Enkelin zu einem der Stühle.

Lena setzte sich unsicher. Sie wusste nicht, was sich genau unter den Metallglocken auf dem Beistelltisch befand, aber es roch nach gebratenen Zwiebeln und zerlaufenem Käse. Ihr Magen begann laut zu knurren und erst jetzt wurde ihr klar, wie hungrig sie doch war. Zu Mittag hatte sie nur ein Eis gegessen, das Frühstück ausfallen lassen.

Bereits als Marlies sich ihr gegenübersetzte, merkte Lena, wie die Anspannung nachließ, sich ihre Schultern entspannten und ihr Atem tiefer floss. Nun hatte sie keine Zweifel mehr, dass es richtig gewesen war, hierherzukommen.

Kapitel 29

Marianne 1991

»Weißt du, wer ich bin?«, fragte der Mann.

Sie blickte auf die Finger ihrer rechten Hand. Dort war etwas Rotes, das vor ein paar Tagen noch so groß wie der Nagel des kleinen Fingers gewesen war, nun war es münzgroß. Sie versuchte, sich an die Münze zu erinnern, die so groß war wie der rote Fleck, wie viel sie wert war, was man davon kaufen könnte.

Wie viele Münzen hatte ich immer in meinem Portemonnaie?

Wie viele Scheine?

Welche Farbe hatte mein Portemonnaie?

Habe ich überhaupt eins besessen?

Ihre Gedanken waren wie eine Horde Wildpferde. Ein Pferd setzte sich in Bewegung, stieß das nächste Pferd an, bis die gesamte Horde in Erregung geriet und man um sich herum nur noch ein einziges Getrappel wahrnahm, das man keinem konkreten Pferd mehr zuordnen konnte.

Marianne zwang sich, ihre Konzentration auf eine Frage zu richten.

Habe ich damals ein Portemonnaie besessen?

Die Zeit, in der sie im Haus ihrer Eltern gelebt hatte, war so entfernt, dass die Erinnerung daran immer weiter in den

Hintergrund trat. Wenn sie versuchte, sich an ihre Kindheit und Jugend zu erinnern, war es, als versuchte sie, die Handlung eines Buches zu rekonstruieren, das sie vor Jahrzehnten gelesen hatte.

Habe ich damals ein Portemonnaie besessen?

Sie schüttelte den Kopf über sich selbst. Was für eine dumme Frage. Hatte nicht jeder Mensch, der in Freiheit lebte, ein Portemonnaie? Also musste sie auch ein Portemonnaie gehabt haben, obwohl sie es nicht mehr aus der Erinnerung bestätigen konnte.

»Weißt du wirklich nicht, wer ich bin? Du kannst dich nicht an mich erinnern?«, fragte er.

Sie sah ihn an. Erinnerte sich daran, dass er ihr seinen Namen gesagt hatte, auch wenn sie den Namen bereits wieder vergessen hatte.

Sie musterte ihn genauer, blickte ihm in die Augen.

Irgendwie kam ihr sein Gesicht bekannt vor. Die hellen Haare, die hellen Augen, die aufmerksam und warm schauten – er war einer der Guten, das sah sie ihm an. Sie war sich sicher, ihm irgendwann, irgendwo schon einmal begegnet zu sein, konnte aber nichts Genaueres definieren.

»Ich weiß nicht«, sagte sie. »Es ist alles so lange her.«

Tränen traten ihm in die Augen. »Ich habe jahrzehntelang nach dir gesucht. 1971 war ich so nah dran, habe endlich ein Visum erhalten, habe sogar mit deinen Eltern und Nachbarn sprechen können. Aber niemand hat geredet. Ich musste die Suche abbrechen, um nicht ernsthafte Schwierigkeiten mit den Behörden zu bekommen. Es gab keine Spur, die zu dir geführt hat. Es war, als wärst du vom Erdboden verschwunden, genauso wie deine Schwester Ruth. Dabei warst du die ganze Zeit …« Seine Stimme brach. Er schwieg. »Es tut mir so unendlich leid! Hätte ich das nur geahnt!«

»Geht es Ihnen nicht gut?«, fragte sie. Er wirkte aufgewühlt. Durcheinander.

»Wir können rausgehen, nicht nur in den Hof, auch in den Park, da sind wir ungestört«, sagte er.

Sie schüttelte den Kopf. »Lieber nicht.« Seit die zwei neuen jungen Ärztinnen da waren, wurden sie oft nach draußen geführt. Alle Patientinnen mussten den Aufenthaltsraum verlassen, ob sie wollten oder nicht. Sie wollten vieles ändern, hatten die jungen Ärztinnen immer wieder verkündet, so oft, dass es sich auch der Letzte gemerkt hatte. Doch wie so oft davor waren Worte das eine, Taten das andere. Niemand wurde mehr zur Bestrafung in den Keller gebracht, was Marianne eine gute Neuerung fand. Zwischen den Betten waren nun provisorische Trennwände aus Stoff aufgestellt worden. Wozu das gut sein sollte, erschloss sich Marianne nicht. Nach all den Jahren konnte keiner mehr ein Geheimnis vor dem anderen haben, es gab nichts, was sich zu verstecken lohnte. Der Zwang war der gleiche geblieben, er hatte sich nur verlagert. Weiterhin mussten sie ihre Medikamente nehmen, sich dem Tagesablauf fügen, zu dem nun zusätzlich gehörte, ins Freie zu gehen. Jeder musste raus, ob er wollte oder nicht.

Zum Glück hatte es in den vergangenen Tagen stark geregnet, sodass sie ausnahmsweise drinnen hatte bleiben können. Marianne hatte den Park nie gemocht, inzwischen verabscheute sie ihn sogar. Der Boden war so uneben, dass sie das Gefühl hatte, er würde schwanken. Über die Wege zu gehen, war wie auf einem Schiff bei Sturm entlangzutaumeln, nur mit dem Unterschied, dass es auf Schiffen eine Reling zum Festhalten gab. Im Park gab es keine Geländer. Es war schwer, einen Schritt vor den anderen zu setzen, ohne zu fallen, denn die kleinen Steinchen rutschten unter ihren Füßen weg. Die anderen Frauen schien es nicht so sehr zu stören, aber sie waren alle auch noch nicht so lange in dieser Einrichtung, wie Marianne es war. Viele der ursprünglichen Patientinnen, die am Anfang zusammen mit ihr hier untergebracht gewesen waren, waren nach dem Auftauchen der beiden Ärztinnen irgendwo anders hingebracht worden. Der Schlafsaal war auch nicht mehr so voll.

»Der Park ist doch wunderschön angelegt, dort gibt es sogar neu errichtete Bänke«, sagte der Mann.

»Ich weiß. Die Bänke habe ich gesehen. Ich mag den Park trotzdem nicht.«

Dann war dort der Himmel. Wie hoch er war! Früher hatte sie das nie in dieser Weise empfunden, aber nun war ihr der Himmel nicht geheuer. Die Wände und die Decken des Gebäudes war sie gewohnt, sie gaben Orientierung. Der Himmel dagegen war so grenzenlos, dass es nur reichte, ihn anzusehen, und ihr wurde schwindelig. Die Bäume waren schön, das stimmte, auch die Farben der Blumen mochte sie. Aber der Himmel und der Boden waren so unangenehm, dass es die Schönheit der Bäume und der Blumen bedeutungslos machte, wenn sie das eine gegen das andere aufwog. Sie war nie auf einem Schiff auf dem offenen Meer gewesen, hatte es nur im Fernsehen gesehen, aber genauso stellte sie es sich dort vor – dieses Verschwimmen, die Haltlosigkeit – ähnlich wie im Park.

»Wie war Ihr Name noch einmal?«, fragte sie.

»Günther. Günther Steinhäusler.«

Sie nickte. Wiederholte den Namen in Gedanken, um ihn sich einzuprägen. Irgendwo ganz tief im Innern tauchte eine Erinnerung auf, die aber so fern war, dass Marianne sie nicht greifen konnte. Das Überlegen bereitete ihr Kopfschmerzen. Trotzdem wollte sie genauer wissen, was es mit ihm auf sich hatte, warum er zu Besuch gekommen war, woher er sie kannte. Sie zwang sich, sich auf ihn und auf die auftauchenden Fragen zugleich zu konzentrieren. »Warum sind Sie gekommen?«, fragte sie.

»Du. Sag ›du‹ zu mir. Bitte.«

Sie schaute ihn an und überlegte, was er ihr damit sagen wollte. Dann schüttelte sie den Kopf. »Warum sind Sie gekommen?«

»Ich wollte schon viel eher kommen. 1971 bin ich in Templin gewesen zur Hochzeit meiner Cousine, habe deine Eltern aufgesucht und an den Nachbarhäusern geklingelt. In den folgenden Tagen habe ich mit alten Klassenkameraden gesprochen, aber dann ist die Polizei auf meine Recherche aufmerksam geworden. Deine Eltern hatten sich beschwert wegen der Belästigung, dass ich mich in ihre Familienangelegenheiten mische, meine Grenzen überschreite, dass ich den Verwandtenbesuch bei meiner Cousine nur vorgeschützt habe und das Visum missbrauche – ich habe alles versucht damals, musste aber ausreisen, um nicht verhaftet zu werden. Selbst an den Hochzeitsfeierlichkeiten konnte ich nicht teilnehmen.

Danach habe ich kein neues Visum mehr bekommen. Zur Zeit der Wende war meine Frau schwer krank. Wir sind zwischen Intensivstation, Normalstation und kurzen Aufenthalten zu Hause gependelt. Ich hatte mir ein Wohnmobil gekauft, um auf dem Klinikparkplatz zu übernachten, wenn sie wieder im Krankenhaus war. In all den Monaten konnte ich an nichts anderes denken als an den Krebs. Das Wechselspiel zwischen Hoffnung und Enttäuschung hat mich völlig gefangen genommen. Aber jetzt ist sie seit einem halben Jahr tot und ich wollte … ich dachte …« Er weinte.

Er tat ihr leid. Es war so viel Traurigkeit in ihm, dass es schien, als würden seine Augen überlaufen, auch wenn er nicht weinte. Sie waren immer glänzend feucht, selbst wenn er lächelte. Sie nahm seine Hand, streichelte sanft die Finger, betrachtete dann wieder ihre eigene Hand.

Dieser rote Fleck!

Woher kommt er nur?

Habe ich mich gekratzt?

Vor ein paar Tagen war er noch kleiner.

Wie heißt der Mann auf dem Stuhl am Tisch noch mal?

Sie betrachtete ihn genauer. Irgendwie kam er ihr bekannt vor. »Wie war Ihr Name?«, fragte sie.

»Ich würde dich gern mitnehmen, mit zu mir nach Hause. Ich habe eine große Altbauwohnung in der Innenstadt von Darmstadt, dort wäre mehr als genug Platz für uns beide. Du könntest dir ein eigenes Zimmer herrichten, dir alle Zeit der Welt nehmen, um anzukommen. Aber so einfach funktioniert das nicht. Ich will dir nichts versprechen, was ich nicht halten kann. Es wird ein weiter Weg, bis du frei sein wirst. Auch wenn es schwierig wird, werde ich niemals aufgeben, solange ich lebe. Darauf hast du mein Wort. Wenigstens habe ich dich gefunden. Das war der wichtigste Schritt in die richtige Richtung. Du gehörst hier nicht hin. Du musst raus hier aus den Mauern.«

»Ich will nicht in den Park. Das habe ich doch gesagt.« Sie vergaß viel, aber sie wusste, dass sie es ihm bereits erklärt hatte. Er war ja noch vergesslicher als sie!

»Hör zu.« Er umfasste ihre Hände. Seine Hände waren so warm, dass auch der rote Fleck ganz warm wurde und anfing zu jucken. »Ich lasse dich hier nicht allein. Ich verspreche, dass ich nicht eher wegfahre, bis ich eine Lösung gefunden habe, wie immer sie aussieht. Du musst Geduld haben, darum bitte ich dich. Dass deine Eltern nicht mehr leben, macht die Sache nicht unbedingt einfacher. Sie können sich dadurch zwar nicht gegen mich stellen, aber es wäre leichter, sie würden vor Gericht eine Aussage machen, die ich dann mithilfe eines Anwalts zerpflücken könnte. Wenn ich doch nur wüsste, wo ich deine Schwester finden kann! Ruth stünde bestimmt auf unserer Seite. So muss es ohne sie gehen. Wie gesagt, ich werde allen Hinweisen nachgehen und so schnell wie möglich einen Anwalt finden, der mich unterstützt. Gib mir Zeit.«

Sie nickte, damit er schwieg. Er redete so viel! Es war so verwirrend.

»Ich komme zurück, lasse dich hier nicht allein«, sagte er. »Vertrau mir.« Er stand auf.

»Sie können ruhig noch bleiben. Ich habe es nicht eilig.«

Wieder hatte er Tränen in den Augen. Sie mochte es nicht, wenn andere weinten. Sie hatte dann immer das Gefühl, irgendetwas tun oder sagen zu müssen, aber nicht zu wissen, was das Richtige war. »Was ist Ihr Beruf?«, fragte sie, damit er noch blieb. Alle anderen Mitpatientinnen waren draußen, sie mochte nicht allein sein. Allein war sie in all den Jahren nur in der Zelle im Keller gewesen, nicht hier oben. Doch das Alleinsein war weniger schlimm als der Park. Trotzdem war es unangenehm, wenn sie sich vorstellte, er würde jetzt einfach gehen.

»Ich bin Journalist geworden. Wie mein Vater. Zwar habe ich nie an seine Erfolge heranreichen können. Ich habe keine Preise oder Auszeichnungen gewonnen, aber ich habe meinen Beruf immer gemocht und konnte, das heißt, ich kann gut von ihm leben, von dem Beruf meine ich. Meine Güte, ich höre mich an wie ein Idiot. Dass ich dich endlich gefunden habe! Es ist wie ein Wunder.«

»Es ist alles gut«, sagte sie.

»Ja, es wird alles gut. Dafür sorge ich – und wenn es das Letzte ist, was ich tue.«

»Was wollen Sie denn tun?«

»Ich suche Ruth. Ich spreche mit Peter. Ich werde vor Gericht gehen. Gutachten einfordern. Den Grund herausfinden, warum sie dich hierhingebracht haben. Es gibt Unterlagen, die gibt es immer, ich muss sie nur finden.«

»Warum ich hier bin?«, fragte sie und lachte.

»Ich hole dich hier raus«, sagte er.

»Ich will nicht nach draußen in den Park.« Wie oft hatte sie ihm schon gesagt, dass sie nicht in den Park wollte?

* * *

Immer wieder dachte sie in den nächsten Tagen – oder waren es Wochen? – an den Mann zurück, der sie besucht hatte und

226

der unbedingt mit ihr hatte in den Park gehen wollen. Als er das Gebäude verlassen und sie ihn durch die Scheibe und die Gitterstäbe des Aufenthaltsraums beobachtet hatte, war eine Erinnerung aufgetaucht, eine so frühe, als wäre sie aus einem anderen Leben. Die Beobachtung seines Gangs hatte das Wiedererkennen ausgelöst. Nun war sie sich sicher: Sie war ihm schon einmal begegnet.

Wenn sie die Augen schloss, sah sie einen Jungen vor sich, der vor ihr herhüpfte, ihr bedeutete, mitzukommen, und auf eine selbst gebaute Hütte in einem Waldstück zulief. Es war so plastisch, dass sie sicher war, dass er wirklich einmal vor ihr hergelaufen und sie ihm gefolgt war.

Sie versuchte, die Zeit zu fassen zu bekommen, die seit seiner Abreise verstrichen war. Die Müdigkeit erschwerte es ihr, denn seit sie die kleinen weißen Tabletten mit der Rille in der Mitte nicht mehr bekam, konnte sie kaum noch schlafen. Selbst am Tag nickte sie nicht ein, obwohl sie so erschöpft war, dass sie dachte, sie würde im Sitzen einschlafen, ihr Kopf würde irgendwann beim Essen auf den Teller sinken, weil sie nicht genügend Kraft hatte, ihn oben zu halten. Ihr Körper fühlte sich an, als hätte sie ohne Pause zu Fuß die Welt umrundet. Jeder Muskel schmerzte. Doch sobald sie abends im Bett lag und das Licht im Schlafsaal gelöscht wurde, begannen ihre Gedanken zu kreisen.

Sie sehnte sich danach, dieselben Tabletten zu bekommen, die sie früher bekommen hatte. Irgendetwas hatte sich verändert, das sie nicht genau beschreiben konnte. Es waren nicht nur die Tabletten, die immer neu angepasst wurden. Die Ärztinnen und Schwestern behandelten sie anders als zuvor, ohne ihr den Grund dafür zu nennen. Sie zwangen sie nicht mehr auf den Hof. Sie brachten ihr Bücher zum Lesen, wenn Marianne danach fragte. Sie waren so nett, dass es schon verdächtig war.

»Was geht hier vor?«, fragte sie immer wieder. »Warum tut ihr das?«

Doch stets erhielt sie ausweichende Antworten. »Sie brauchen die Medikamente nicht mehr«, hieß es dann, oder: »Wir müssen die Dosis langsam ausschleichen.«

Zweimal waren Ärzte zu Besuch gekommen, die sie nicht gekannt hatte, die anscheinend nicht von der Klinik waren und vor denen die beiden Ärztinnen der Station Hochachtung hatten. Vor dem Besuch der fremden Ärzte war das Schwesternzimmer aufgeräumt worden, dort war sie für die Gespräche hingebracht worden, hatte sogar Kaffee und ein frisches Stück Obsttorte bekommen.

Irgendetwas ging vor sich, sie wusste nur nicht, ob es für sie zum Guten oder zum Schlechten war.

Dann kam der Mann wieder, mit dessen Besuch alles begonnen hatte. Zwei andere Männer begleiteten ihn, hielten sich aber im Hintergrund. An irgendetwas aus einer Vergangenheit, die so weit entfernt war, als wäre es ein anderes Leben gewesen, erinnerte er sie. Sie blickte ihm in die Augen. Sie waren grünlich mit einem bisschen Braun, wie Moos – oder Blätter im Herbst. Genau das hatte sie schon einmal gedacht. *Irgendwann. Lange vor der Klinik.*

»Wir haben es geschafft«, sagte er. »Der Gerichtsbeschluss ist zu meinen Gunsten ausgefallen, wenn auch mit Auflagen.« Er grinste breit. Auch dieses Grinsen kam ihr bekannt vor, es war, als würde im gesamten Gesicht die Sonne aufgehen. Sie schloss die Augen, um die Erinnerung einzufangen. Bilder tauchten vor ihrem inneren Auge auf wie aus einem Nebel, der aber noch zu dicht war. Sie konnte schwören, dass dort etwas war, aus ihrer Vergangenheit, direkt vor ihr. Aber es war zu diffus, um es zu benennen. Während er weitersprach, musterte sie ihn nun genau.

Sein Bart ist falsch. Früher war dort kein Bart.

Braune Haare.

Die Hände – schlank und zart, fast wie bei einem Mädchen.

Mädchen auf dem Schulhof in Templin.

Ein Loch im Zaun des Schulhofs, das man auf- und zuklappen kann.

Ich, wie ich durch dieses Loch krieche. Aber wohin? Wohin bin ich gekrochen?

Nicht an die Umgebung, an die Menschen muss ich mich erinnern, rügte sie sich stumm.

»Natürlich bist du diejenige, die entscheidet, wie es weitergeht, nichts mehr in deinem Leben soll gegen deinen Willen geschehen. Ich würde dich gern mit zu mir nach Darmstadt nehmen, dir in meinem Haus ein Zimmer einrichten. Generell gibt es seitens des Gerichts keine Einwände dagegen, wenn du zustimmst. Doch so schnell geht das nicht, sosehr ich es mir auch gewünscht hätte. Vorübergehend ist es notwendig, dass du noch weiter in einem Krankenhaus betreut wirst, aber ich habe eine wirklich gute Klinik in meiner Nähe gefunden, bereits mit den Ärzten gesprochen. Du wirst schon bald in die Tagesklinik wechseln und anschließend dein eigenes Leben leben, deine eigenen Entscheidungen treffen können. Es wäre das größte Geschenk auf der Welt, wenn du zu mir ziehen würdest.«

Sie schüttelte den Kopf. Er redete wirr, was sie ihm aber nicht sagen wollte, weil er so ergriffen wirkte, ihm Tränen in die Augen traten.

Dann nickte sie. Er wollte ihr wirklich nur Gutes, das spürte sie. Obwohl sie nichts über ihn wusste, vertraute sie ihm.

»Wer sind Sie noch mal?«, fragte sie.

Noch bevor er antwortete, sah sie wieder das Loch im Zaun auf dem Schulhof vor sich, sich selbst, wie sie hindurchschlüpfte, und den Jungen, der ihr folgte.

»Günther. Günther Steinhäusler.«

Günni.

Nun erinnerte sie sich. Sie sah ihn an. Wie alt er geworden war! Wie viel Zeit vergangen war! Ihr Blick fiel auf ihre Hände, wo die Haut erste Falten warf. Auch sie war alt geworden. Kurz schloss sie die Augen, um sich zu sammeln. All die Erinnerungen, die plötzlich wieder auftauchten, die so lange verschüttet gewesen waren, fühlten sich an wie ein surrender Bienenschwarm in ihrem Kopf. Doch dann lichtete sich das Durcheinander und es war, als läge die Erinnerung wie ein lange vermisstes und endlich wieder aufgetauchtes Fotoalbum vor ihr, in dem sie blättern konnte, auch wenn noch manche Bilder seltsam distanziert erschienen, als wäre es nicht ihr Leben, das sie betrachtete, sondern das einer anderen, fremden Person.

Wie viele Jahre sind vergangen seit unserer letzten Begegnung?

Sie erinnerte sich an den Brief, den sie noch vor der Morgendämmerung am Tag seiner Flucht unter seinem Kopfkissen gefunden hatte. Lange hatte sie seine Worte vergessen, nun wusste sie wieder genau, was er mit seiner eiligen Handschrift versprochen hatte:

Deswegen kehre ich zurück, das verspreche ich. Mehr noch, das schwöre ich Dir bei meinem Leben. Ich möchte für Dich da sein, ein Leben mit einer anderen an meiner Seite kann ich mir nicht vorstellen. Das mag jetzt sentimental klingen, kitschig und überzogen, aber so ist es: Du bedeutest mir unendlich viel.

Vertrau mir. Alles wird gut. Ich komme zurück zu Dir und melde mich bald.

Er war es, er war es wirklich. Mit geöffnetem Mund starrte sie ihn an, atmete so schnell durch den Mund, dass ihr Hals ganz trocken wurde, dann schloss sie die Lippen wieder. »Ich darf nicht einfach gehen«, sagte sie. »Sie lassen mich nicht gehen.«

»Der Richter hat das entschieden.« Günther nickte zu den beiden Männern, die mit ihm hereingekommen waren. »Und Herrn Johannsen kennst du ja schon.«

Sie ärgerte sich, dass sie sich nicht wirklich erinnern konnte, obwohl sie wusste, dass sie ihm vor ein paar Tagen begegnet war. Marianne versuchte, sich ihre Unsicherheit nicht anmerken zu lassen.

»Er ist vorübergehend zu deinem Vormund bestimmt worden«, sagte Günther. »Er wird auch immer vorbeikommen und mitentscheiden, wie es weitergehen soll.«

Nun tauchte das Bild von Herrn Johannsen vor ihrem inneren Auge auf. Es stimmte, er war sogar bereits zweimal da gewesen. Sie musste sich anstrengen, um ihre Erinnerungen in einen zeitlichen Rahmen einzuordnen. Seit dem letzten Besuch von Günther musste dementsprechend deutlich mehr Zeit vergangen sein, als sie anfangs gedacht hatte. »Das ist mir zu kompliziert«, sagte sie. Sie wusste nicht, was die beiden Männer, die da herumstanden, von ihr erwarteten.

»Möchtest du noch etwas mitnehmen?«, fragte Günther.

»Ich kann wirklich gehen?« Sie blickte in Richtung Tür. »Ich bin frei?« Der Gedanke, dass sie den Park durchqueren musste, um durch das Tor auf die Straße zu gelangen, ängstigte sie.

»Ja«, sagte Günther, und Herr Johannsen und auch der Richter stimmten ihm zu.

Sie dachte an die Kleidung, die sie ihr gegeben hatten und die ihr nie gefallen hatte, an die Zahnbürste, die sowieso gewechselt werden musste, weil die Borsten bereits ganz krumm waren. Dann blickte sie zum Regal des Aufenthaltsraums.

»Von den Büchern würde ich gern einige mitnehmen«, überlegte sie.

»Das geht nicht, die müssen leider hierbleiben«, sagte Günther.

»Dann nichts. Wenn es möglich ist, dass ich neue Kleidung bekomme, andere Schuhe …«

»Und ob das möglich ist!« Günther nahm ihre Hand.

Es war seltsam, dass nun alle Gittertüren vor ihr geöffnet wurden, dass sogar das große Tor hinter dem Park vor ihr aufschwang und sie ins Freie treten konnte. Günthers Wagen stand direkt vor dem Eingang, wie sie erleichtert feststellte, sodass sie schnell einsteigen konnte. Der unebene Boden und der Himmel, all diese Weite, diese Unbegrenztheit und Haltlosigkeit, die sie draußen verspürte, machten ihr noch immer Angst. Doch sie wusste, dass nun eine Hand neben ihr war, die sie greifen konnte und die ihr Halt gab.

Kapitel 30

Lena

Es klopfte an der Tür. Marlies öffnete, umarmte den Mann, der schlohweißes Haar hatte, sich aber trotz seines Alters etwas Jugendliches bewahrt hatte: Er schien von innen heraus zu strahlen, sein Schritt war federnd.

Er stellte eine Weinflasche auf den Tisch und begrüßte Lena mit einem Händeschütteln.

»Meine Enkelin, Lena«, sagte Marlies mit einem Lächeln. »Nun begegnet ihr euch endlich! Und das ist Günther, mein Mann.«

Jemand vom Hotelpersonal brachte noch ein Gedeck und einen Stuhl. Marlies nahm die metallenen Hauben von den Essensplatten ab und tat allen auf. Besonders der Anblick des Kartoffelgratins ließ Lena das Wasser im Mund zusammenlaufen.

Doch während Marlies und Günther einen guten Appetit wünschten und zu essen begannen, stutzte Lena. War der Gedanke zu verrückt, um ihn auszusprechen? Sie sah abwechselnd zu Marlies und zu Günther.

»Die beiden Figuren aus der Geschichte, die du mir erzählt hast«, sagte Lena und stockte. »Ist es ... ist er *der* Günther ... bist du Marianne?« Sie kannte die Antwort bereits, im Grunde hatte sie es von Anfang an gewusst, diesen Gedanken aber immer wieder beiseitegeschoben.

Marlies ließ Gabel und Messer sinken. Kurz schloss sie die Augen und nickte.

»Aber Opa – ich meine Peter …« Nun legte auch Lena ihr Besteck beiseite. »Wie passt das zusammen?« Am ersten Tag ihrer Begegnung, als sie am See gesessen hatten, hatte Lena vermutet, dass Marlies ihre eigene Geschichte erzählte, doch bald hatte sie den Gedanken verworfen. Zu abstrus war die Vorstellung, der Peter, den Marlies beschrieb, könnte ihr Opa sein. Nie wäre sie auf die Idee gekommen, dass es sich um dieselbe Person handeln könnte. Dies war einer der Gründe gewesen, der für sie belegt hatte, dass die Geschichte eben nur Fantasie sein konnte: Der Peter, von dem Marlies erzählt hatte, hatte mit ihrem warmherzigen, offenen und liebevollen Opa scheinbar nichts, aber auch gar nichts zu tun. Sie war bei Peter aufgewachsen, sie dachte, ihn in- und auswendig zu kennen, dass es nichts geben könnte, was sie an ihm überraschen würde. Er war ihr und Susanne gegenüber durchgängig liebevoll, gutmütig und warmherzig gewesen. Bei Gesprächen mit Lehrern hatte er immer für sie Partei ergriffen, ein gutes Wort eingelegt. Er war ihr größter Halt gewesen, ihr Schutz, ihr Hafen. Doch der Peter, von dem Marlies erzählt hatte – Lena hielt die Luft an und stieß sie kurz danach laut wieder aus.

»Menschen sind selten nur gut oder schlecht«, sagte Marlies. »Ja, es gab auch Charakterzüge, die ich an Peter gemocht habe, sonst wäre ich ja nie mit ihm zusammengezogen, hätte ihn nie geheiratet. Mit ihm gemeinsam wurde es nie langweilig, er sprühte vor Ideen. Er war willensstark, hat sich immer voll und ganz für das eingesetzt, was ihm wichtig war. Seine Arbeit allerdings, die konnte ich nie akzeptieren. Dass er aus dem einfachen Polizeidienst so schnell weiterbefördert worden war, dadurch zu jemandem wurde, der mit Leib und Seele hinter einem Überwachungsstaat stand, der auch nicht davor zurückschreckte, Menschen zu quälen, um Aussagen zu erhalten. In unserem Zusammensein und der Ehe habe ich das während der meisten Zeit ausgeblendet, als gäbe es seinen Beruf nicht. Wir haben etwas zusammen unternommen, zusammen gegessen und gelebt – auch meinen Verrat an ihm habe ich größtenteils verdrängt. Wir hatten unser gemeinsames Leben, in dem es viele schöne Momente gab. Daneben hatte jeder von uns seine Geheimnisse, aber das eine haben wir sauber vom anderen getrennt gehalten. Sonst hätten wir ja niemals Bett und Tisch miteinander teilen können.«

»Ich wusste nicht, dass er bei der Stasi war.« Lena stand auf. Sie ertrug es nicht, still auf ihrem Stuhl sitzen zu bleiben. Nun begriff sie, warum Peter nach der Wiedervereinigung seine Stelle verloren hatte, warum er nicht auf einem anderen Posten weiterbeschäftigt worden war, sondern in Frühpension gehen musste. Doch die Verzweiflung, die ihn anschließend erfasst hatte, diese Hoffnungslosigkeit und auch Aussichtslosigkeit – hatte er das verdient, so aussortiert und weggeworfen zu werden? Er war ja nicht nur der Peter gewesen, wie ihn Marlies gekannt hatte!

Lena blickte aus dem Fenster. Vom Hotelzimmer aus konnte sie über die roten in Rastern angelegten Dächer des Stadtrandes bis zum Grün der Natur hinter Templin blicken.

Sie wünschte sich, ihren Opa darauf ansprechen zu können, ihn selbst zu fragen, wie all das geschehen konnte, was zwischen Marlies und ihm passiert war. »Ich kann das nicht glauben. Dir gegenüber war er ja ein …« Sie suchte nach dem richtigen Wort und fand es nicht. »Ein Monster?«

»Nein.« Nun stand auch Marlies auf, trat hinter Lena und legte einen Arm um ihre Schulter. »Er war alles andere, aber kein Monster. Oft habe ich mich gefragt, wie Peter reagieren würde, wenn er erführe, dass ich ihn hintergehe, ausspioniere, seine Unterlagen fotografiere und weiterreiche. Dadurch wurde Peter in die Ecke gedrängt wie ein Tier, das hinter sich eine Wand spürt und für das die Flucht als Ausweg ausscheidet.«

»Das lässt sich doch nicht vergleichen!«, sagte Günther. »Du hast mit deinem Widerstand wahrscheinlich viele Leben gerettet, Menschen aus Gefängnissen befreit, die sonst möglicherweise in einem der Gulags verschwunden und nie wieder aufgetaucht wären.«

»Peter hat auch zwei Leben gerettet – das von Susanne, weil es mir nicht gelungen war, sie als Tochter anzunehmen, und das von Lena. Du bist ein wundervoller Mensch geworden.« Sie strich sanft über Lenas Rücken. »Durch ihn. Er hat dich aufgezogen. Auch diese Seite gehört zu Peter.«

Verwirrt blickte Lena weiter nach draußen, doch sie sah die Stadt nicht mehr, betrachtete stattdessen die Spiegelung ihrer selbst in der Scheibe. Sie kam sich mit einem Mal fremd vor.

»Lass uns weiteressen«, sagte Marlies und nahm Lenas Hand. »Auch wenn die Wärmeplatten sehr hilfreich sind, halten sie nicht ewig warm.«

Doch Lena entzog sich der Berührung, sie trat einen Schritt beiseite und konnte sich nicht vorstellen, je wieder etwas zu essen. Ihr Hunger war weg. Sie dachte an ihre Mutter. »Weiß Susanne, was du mir erzählt hast?«, fragte Lena.

»Nein. Aber leicht wird es für sie auch nicht gewesen sein. Ihr Leben lang hat sie sich für mich geschämt, für die Mutter in der Anstalt. Und hinterher hat sie mich dafür mitverantwortlich gemacht, dass es Peter von Monat zu Monat schlechter ging, er zu trinken anfing und dann gestorben ist, während ich nach vorn geblickt und mir mit Günther ein neues Leben aufgebaut habe. Für sie war es, als hätte ich sie mit meinem Umzug in den Westen zum zweiten Mal verraten.«

Nun setzte sich Lena an den Tisch, weil ihre Knie zitterten. »Habt ihr Peter vergeben? Kann man so etwas überhaupt vergeben?« All die Jahre in der Psychiatrie, eines Großteils ihres Lebens beraubt – Lena begriff nicht, wie ihre Großmutter trotz alledem ein so zuversichtlicher, zugewandter Mensch sein konnte und so wenig verbittert schien.

»Ich bin wütender auf ihn als Marlies«, sagte Günther. Er nahm Marlies' Hand, streichelte sanft über ihre Finger.

»Vergebung ist ein großes Wort.« Marlies' Blick wanderte in die Ferne, als sähe sie jemanden, der plötzlich ein paar Meter hinter ihnen am Tisch stand und sie beobachtete. »Ich glaube nicht, dass das funktioniert, dass man zu jemandem sagt: ›Ich vergebe dir‹, und dann ist anschließend alles gut. Es wäre mir leichter gefallen, wenn er mir gesagt hätte, dass es ihm leidtut, dass er mir das in der Form nicht hatte antun wollen, dass er es bereut. Aber das konnte er nicht, nicht einmal nach meinem Wegzug, als er ja nichts mehr zu verlieren hatte. So war er nicht. Er war in dieser Hinsicht stur wie ich, denn auch ich hätte ihm sagen sollen, dass es mir leidtut, dass ich sein Vertrauen missbraucht habe. Und ja, es tut mir leid. Aber auch ich habe ihm nicht geschrieben, ihn nicht angerufen. Wir beide sind mit unseren Gefühlen allein geblieben, wie wir im Grunde von Anfang an damit allein gewesen sind.«

»Das eine lässt sich nicht mit dem anderen aufrechnen«, sagte Lena. »Peter konnte sein Leben selbst gestalten, er war in Freiheit.«

»Auch Freiheit ist ein solch großer Begriff. Wer ist schon frei? Mit der Freiheit ist es wie mit Gut und Böse und mit der Vergebung. Wir wollen die Welt einordnen, weil sie so chaotisch ist, wollen Kategorien und Schubladen schaffen. Das Gute ins Töpfchen, das Schlechte ins Kröpfchen. Nein, Peter war auch nicht wirklich frei in seinen Entscheidungen. Wir alle sind von der Zeit beeinflusst, in der wir aufwachsen und leben, von dem Ort, von den Menschen um uns herum. Wir rutschen in

Situationen und Entscheidungen hinein und wundern uns im Nachhinein über uns selbst.«

Marlies schloss kurz die Augen.

»Aber zurück zur Vergebung: Ich möchte ihm nicht grollen, verstehe seine Motive, seine Ängste. Manchmal gelingt es mir, nicht wütend auf ihn zu sein, es ihm nicht nachzutragen. Doch Gefühle sind nicht konstant. Natürlich kommt auch immer wieder Verbitterung hoch oder Wut, wenn ich an all die verlorenen Jahre denke. Aber wenn ich mich beschäftige, gelingt es mir meistens zu erreichen, dass der Groll nicht mein Leben bestimmt.«

Lena sah von einem Teller zum anderen. Noch keiner von ihnen hatte gegessen. Ihr Magen meldete sich wieder mit einem Knurren.

Günther schenkte Wein ein, sie prosteten sich erst vorsichtig, dann kräftiger zu. Dann begannen sie zu essen, als täten sie etwas Verbotenes.

»Ich will mit Susanne sprechen«, sagte Lena. »Es kann doch nicht sein, dass ihr euch nicht wenigstens einmal auf einen Kaffee trefft, euch zusammensetzt und miteinander redet. Ihr seid Mutter und Tochter.«

»Eine Mutter habe ich nie für sie sein können«, sagte Marlies leise. »Eine Mutter begleitet ihr Kind zur Einschulung, geht zu Elternabenden, es gibt gemeinsame Urlaube und Wochenenden.«

»Peter war mit mir bei der Einschulung«, sagte Lena nachdenklich. »Alle Ferien habe ich mit Peter verbracht, wir haben auf dem Bauernhof seines Freundes nahe der Ostsee gecampt, mit unseren Zelten mitten auf einer Wiese gestanden unter Bäumen. Zu den Elternabenden ist auch Peter gegangen, weil Susanne nach ihrem eigenen Tag in der Schule zu müde war und noch den Unterricht für den folgenden Tag vorbereiten musste. So eine Mutter, wie du sie beschrieben hast – wer hat die schon? Die gibt es wohl nur in der Werbung und in Geschichten.«

»Ich hatte eine solche Mutter, obwohl sie auch viel zu tun hatte, immer im Geschäft meines Vaters mithelfen musste, daneben noch den Haushalt erledigt hat. Um uns Kinder wurde kein großes Gedöns gemacht. Wir waren eben da und sollten keinen Ärger machen. Das ist mir nicht sonderlich gut gelungen. Sie war für uns Töchter da, aber das heißt nicht, dass es viel Nähe gegeben hätte. Leider waren wir für sie nie die Kinder, die sie sich gewünscht hat, wir waren zu stur, zu aufsässig.« Marlies lachte und mit dem Lachen löste sich alle Anspannung, die zwischen ihnen bestand. Das Gratin war inzwischen kalt geworden, auch das Gemüse, doch das störte Lena nicht. Es war wundervoll, wie sie zu dritt an einem Tisch saßen. Dass Marlies nun ein Teil ihres Lebens war.

Lena goss sich noch Wein nach und prostete Marlies und Günther zu.

Sie musste an Max denken. Sie würde ihn nicht heiraten, nicht jetzt und nicht später, dafür waren ihre Vorstellungen und Wünsche viel zu unterschiedlich. Das, wonach Max sich sehnte, eine Familie zu gründen, das erschien ihr wie ein Rollenspiel. Und sie wollte nicht zur Schauspielerin in ihrem eigenen Leben werden. Eine Freundschaft mit ihm, ja, das konnte sie sich vorstellen, aber das war für ihn keine Alternative.

»Etwas abzulehnen, ist noch keine Entscheidung. Was willst du denn stattdessen?«, hörte Lena die kritische Stimme ihrer Mutter, die in ihr sprach.

Ja, so war es nun mal: Auf viele Fragen hatte sie keine Antworten, obwohl sie in ein paar Monaten schon dreißig Jahre alt wurde. Doch durch die Begegnung mit Marlies war ihr klar geworden, dass man nicht immer auf alles eine Antwort haben musste, egal, wie alt man war. Bloß, weil man »erwachsen« war, hieß das nicht, dass man nicht auch unsicher und auf der Suche sein konnte.

Hat Ihnen dieses Buch gefallen? Möchten Sie informiert werden, wenn Heike Fröhling ihr nächstes Buch veröffentlicht? Dann folgen Sie der Autorin auf Amazon.de!

1) Suchen Sie auf Amazon.de oder in der Amazon App nach dem eben gelesenen Buch.

2) Klicken Sie auf den Namen der Autorin, um auf die Autorenseite zu gelangen.

3) Klicken Sie auf den »Folgen«-Button.

Noch schneller gelangen Sie zur Autorenseite, indem Sie diesen QR-Code mit Ihrem Smartphone oder Tablet scannen:

Wenn Sie dieses Buch auf einem Kindle eReader oder in der Kindle App lesen, wird Ihnen automatisch angeboten, der Autorin zu folgen, sobald Sie die letzte Seite des Buches erreicht haben.

TINTE & FEDER

Zeitfracht Medien GmbH
Ferdinand-Jühlke-Straße 7
99095 Erfurt, Deutschland
produktsicherheit@kolibri360.de

Druck:
CPI Druckdienstleistungen GmbH
im Auftrag der
Zeitfracht Medien GmbH
Ein Unternehmen der Zeitfracht - Gruppe
Ferdinand-Jühlke-Str. 7
99095 Erfurt